HASTA LA TUMBA

RACHEL AMPHLETT

SAXON
PUBLISHING

Michael Cornish puso su mano sobre el hombro de su joven hijo mientras cruzaban el puente peatonal sobre el río Medway, consciente de los peligros ocultos en las oscuras aguas de abajo.

El niño de siete años no había dejado de hablar desde que habían salido de su casa en Loose hacía media hora. Al principio estaba somnoliento, quejándose de haber sido despertado a las seis de la mañana. Luego, cuando Michael comprobó por el espejo retrovisor que el niño se había abrochado correctamente el cinturón de seguridad, el rostro de Daniel se iluminó con una amplia sonrisa, su pura alegría y emoción ante la perspectiva de pasar el día pescando con su padre se evidenciaban en las preguntas que lanzaba desde el asiento trasero mientras el coche serpenteaba por las carreteras hacia el río.

Michael sabía que no duraría.

Era este temor lo que ahora mantenía la atención de Michael en el estrecho sendero cubierto de piedras que serpenteaba desde las barandillas azules del puente y a lo largo de un camino público a orillas del agua. No podía quitarse de la cabeza la idea de que solo le quedaban unos pocos años más antes de que Daniel decidiera que pasar el rato con su padre un sábado por la mañana era lo último que quería hacer.

El miedo se convirtió en tristeza; un duelo anticipado.

—¡Papá, mira!

Michael dirigió su atención a la garza que se elevaba en el cielo.

—La asustamos, ¿verdad?

—Volverá, no te preocupes. La he visto aquí antes. Cuidado dónde pisas.

Apretó su agarre cuando Daniel tropezó y luego recuperó el equilibrio.

Mientras caminaban, Michael dirigió su mirada hacia tres barcos en la orilla opuesta del río, cruceros de cabina de diferentes tamaños que se balanceaban en una suave corriente, sus cascos coloridos contrastando con las cubiertas blancas. En todos menos el primero, las cortinas estaban cerradas, los propietarios ausentes o disfrutando de una mañana de descanso.

Una figura solitaria estaba sentada en la cubierta trasera del primer crucero, un hombre mayor que llevaba una gorra de béisbol pulía un trombón de latón, el metal brillando bajo la luz del sol. Levantó la mano en señal de saludo cuando pasaron.

Daniel devolvió el saludo, sonriendo. —¿Crees que va a tocar eso, papá?

—Espero que no. No creo que sus vecinos se lo agradezcan a esta hora de la mañana. Tal vez estuvo tocando en una banda anoche, o preparándose para esta noche.

—¿Podríamos alquilar un barco algún día?

—Claro. Tendremos que consultarlo primero con tu madre.

—Ella también podría venir. Le gustaría.

—Tienes razón, creo que sí le gustaría.

—¿Pescaré algo? —Sin inmutarse por el terreno, el niño golpeó con su red de pesca de bambú un parche de ortigas que pasaban.

—Tal vez algunas cosas pequeñas. Pero recuerda lo que te dije: tienes que estar callado y quieto, de lo contrario los asustarás.

—Vale. —Daniel levantó la red de color rojo brillante hacia su cara y se empujó las gafas sobre la nariz, frunciendo el ceño—. Espero pescar algo más que solo renacuajos esta vez.

—No es la época del año, amigo. No te preocupes. Conseguirás algo, estoy seguro.

El entusiasmo de su hijo le hizo recordar su propia infancia en Tovil, pescando con su padre en este mismo lugar e intentando atrapar algo más grande que un pececillo.

No un lucio, de todas formas.

Algo especial.

Luego creció, y durante años el río no había formado parte de su vida en absoluto. No fue hasta que él y Michelle tuvieron a Daniel que recordó lo que era tener esa edad, y lo que echaba de menos de ella. Aunque trabajaba todas las horas posibles como mecánico móvil, pasaba tiempo con Daniel siempre que podía, sabiendo que Michelle disfrutaba de las pocas horas de paz y tranquilidad que le proporcionaban sus salidas de los sábados.

La atención de Michael fue captada por un repentino estruendo a su derecha, momentos antes de que un tren de pasajeros de tres vagones pasara rugiendo, sus ruedas silbando a lo largo de la vía hacia Paddock Wood. Cuando desapareció entre los árboles, la calma volvió a la orilla del río.

Un suave *plop* llegó a sus oídos, y se detuvo, agachándose junto a su hijo.

—Quédate quieto. ¿Ves ese tronco que sobresale de la orilla?

—Sí.

—El agua está ondulando, ¿lo ves?

—¿Por qué? ¿Qué es?

—O una rata topera, o una nutria. Silencio ahora.

Conteniendo la respiración, Michael señaló un movimiento en la superficie del agua cuando una esbelta franja marrón de pelaje surgió del agua y corrió hacia la orilla opuesta.

—¡Una nutria! ¡Vimos una nutria! —Daniel giró y le sonrió—. Eso fue genial.

—¿Te gustó?

—Sí, espera a que se lo cuente a los de la escuela la próxima semana. —Deslizó su mano en la de Michael y tiró—. Vamos a pescar, papá.

—De acuerdo. Hay un buen lugar por aquí, cerca de ese árbol. Tu abuelo solía traerme aquí cuando tenía tu edad. Vamos.

Momentos después, Michael lanzó su línea y hundió sus botas en la suave maleza, relajando los hombros.

Daniel se agachó al borde del agua, con el ceño fruncido mientras barría su red de un lado a otro en las aguas poco profundas, y Michael sonrió ante la expresión de pura concentración del niño. Una ligera brisa alborotó su cabello rubio rojizo que se oscurecía cada año, otro recordatorio de que su infancia pasaba demasiado rápido para el gusto de su padre.

Michael estiró el cuello para ver más arriba en la orilla del río, pero no vio a nadie más. Tenían el lugar para ellos solos. No es que estuviera demasiado sorprendido: con el verano llegando a su inevitable fin, la mayoría de la gente estaba aprovechando el buen tiempo y pasando los viernes por la noche haciendo barbacoas o sentados en los jardines de los pubs hasta que oscurecía. Solo estaba aquí porque había sido su turno de ser el conductor designado anoche, y Michelle estaba durmiendo hasta tarde.

—¿Qué te parece si compramos algunos pasteles de camino a casa? ¿Crees que a tu madre le gustaría?

—¡Sí! —Daniel le sonrió y luego volvió a inspeccionar su red—. Todavía no he pescado nada, papá.

—Paciencia, pequeño. Esperar es la mitad de la diversión.

La mirada de Michael volvió al río, y parpadeó al ver *algo* río arriba.

Por un momento, no pudo entender lo que estaba viendo. La forma extendida flotaba en la suave corriente, rozando los juncos que se agrupaban contra la orilla a solo unos metros de distancia, luego giró en un remolino y se acercó.

Un escalofrío recorrió los hombros de Michael, erizándole la piel de los brazos. Tragó saliva, sintiendo náuseas mientras la forma se convertía en algo más tangible, más aterrador.

Se acercaba más, el agua lamiendo el material oscuro que cubría la mitad inferior, mientras la parte superior estaba cubierta de pelo oscuro y enmarañado que parecía…

—Daniel, coge tu red. Nos vamos.

—Pero, papá…

—Ahora, por favor.

Extendió la mano y apartó a Daniel de la orilla del río para que mirara hacia las vías del tren, mientras luchaba contra un pánico creciente.

Sacando su teléfono móvil, miró la pantalla.

Sin señal.

Con el corazón acelerado, recogió su sedal, maldiciendo entre dientes mientras se enganchaba y se enredaba alrededor del carrete. Cortó el anzuelo colgante y lo dejó caer junto con el sedal roto en la caja de pesca, envolvió sus dedos alrededor del asa y luego agarró la muñeca de Daniel.

—Vamos. De vuelta al coche.

—¿Qué pasa, papi?

—Nada. Solo recordé que le prometí a tu madre que te estaríamos en casa para esta hora.

—Pero si acabamos de llegar.

—Lo sé. Lo haremos otro día, lo prometo.

Michael se tragó la mentira, sabiendo que nunca volvería a pescar en este tramo del río.

Quizás nunca volvería a pescar.

Jamás.

Mientras se acercaban a la pasarela, miró por encima del hombro hacia el canal. El trombonista había desaparecido dentro de la cabina de su bote, los otros seguían desiertos.

Más allá, junto al árbol bajo el que había estado de pie con su hijo momentos antes, el cuerpo continuaba su macabro viaje.

Colocó la caja de pesca en el suelo y miró su móvil de nuevo. Dos barras de señal, gracias a Dios.

—¿Cuál es su emergencia, por favor?

—Policía.

—Le estoy transfiriendo.

—¿Papi? —La voz de Daniel alcanzó una nota más alta, y se acercó a Michael, dejando caer su red de pesca junto a la caja. Su labio inferior temblaba—. ¿Qué está pasando?

Le dio un suave empujón a Daniel—. Ve y espera junto al coche. Estaré allí en un segundo.

El hijo de Michael avanzó pesadamente, sin preguntar por qué y sin mirar atrás. Su corazón dio un vuelco; su hijo nunca entendería, porque nunca le contaría lo que había visto.

—¿Hola? ¿Cuál es su emergencia, por favor?

Michael respiró hondo, dándose cuenta en ese momento de que su vida nunca volvería a ser la misma. Cerró los ojos e intentó mantener la voz firme.

—Hay un hombre muerto flotando río abajo por el Medway cerca del puente Tovil.

CAPÍTULO 2

La inspectora Kay Hunter cerró de golpe la puerta del coche plateado salpicado de barro y se apresuró tras su oficial de policía.

Ian Barnes, de unos cuarenta y tantos años, con más canas en las sienes este último año, levantó la cinta de la escena del crimen colgada entre dos postes ornamentales y señaló el río que corría bajo sus pies.

—Este es el cordón exterior —dijo—. El cuerpo se enredó bajo uno de los pilones del puente después de que llegara la llamada. Los uniformados organizaron el equipo de búsqueda subacuática y a los forenses.

—¿Testigos? —preguntó Kay.

—Lo enviaron a casa después de tomar su declaración inicial. ¿Te enteraste de que estaba con su hijo de siete años?

—Dios mío. ¿El niño lo vio?

—No. Creo que los uniformados hicieron lo correcto dadas las circunstancias.

—Suena bien.

Se detuvieron en medio del puente y Kay se asomó por la barandilla, colocándose un mechón de cabello rubio detrás de la oreja.

Abajo, el sendero junto al río Medway bullía de especialistas forenses vestidos de blanco y su equipo acumulado.

Un equipo de tres buzos estaba de pie con el agua hasta las rodillas en la orilla, con su atención centrada en las actividades bajo la construcción de acero y hormigón. Un cuarto buzo emergió del del agua a la izquierda de Kay, su traje de neopreno brillando mientras levantaba la mano y hacía gestos a sus colegas.

—Todo despejado allí, entonces —dijo Barnes.

Un grupo de seis personas se movía en un muelle de hormigón junto a las embarcaciones. Dos agentes uniformados estaban cerca con sus libretas abiertas, uno sosteniendo una radio.

—¿Qué hay de los dueños de los barcos? —Kay señaló los tres cruceros de cabina río arriba en la orilla opuesta. Vio a dos mujeres entre los hombres, y todos parecían ser de mediana edad o mayores—. ¿Qué sabemos de ellos?

—Son locales. Una pareja, los dos más cercanos a ese barco del final, son de Thanet. Aparentemente, vienen aquí cada dos fines de semana para descansar. Los dueños del barco del medio son de Yalding y se detuvieron aquí durante la noche en su camino hacia el estuario más tarde hoy. Todos menos uno estaban dormidos —dijo Barnes—. El barco más cercano es propiedad de un músico de jazz local. Vio a nuestro testigo esta mañana mientras se dirigía por la orilla del río hacia un popular lugar de pesca. Puedes verlo allá arriba, junto a ese haya.

Kay se protegió los ojos del sol de la mañana.

La orilla del río se curvaba alejándose de Tovil, su camino reflejado por la línea de ferrocarril a la derecha más allá de una hilera de árboles. Un amplio banco de hierba descendía suavemente desde la vía del tren hasta el sendero del Medway que se extendía hacia East Farleigh y más allá. Las flores silvestres florecían y un par de cisnes adornaban la orilla del agua. Todo el panorama era un idilio de Kent.

Excepto por el cuerpo debajo del puente donde ella estaba parada.

Golpeó sus manos en la barandilla y se dio la vuelta.

—Vamos. ¿Quién está a cargo allá abajo?

—Harry Davis. Estaba de patrulla con Parker cuando llegó la llamada. Fueron los primeros en la escena.

Kay siguió a Barnes por el otro lado del puente peatonal y levantó la mano hacia el sargento de policía mayor que se cernía sobre el sendero.

—Buenos días, Harry. Buen trabajo organizando esto.

Él le entregó un portapapeles. —Gracias, jefa. Buenos días, Ian.

Kay firmó el registro de la escena del crimen, luego se detuvo en la cinta azul y blanca que ondeaba con la brisa del agua y dirigió su mirada hacia el grupo de buzos que ahora conversaban con los investigadores de la escena del crimen en el camino a unos metros de distancia.

—¿Cuál es el estado actual?

Harry se volvió y señaló hacia una forma que yacía entre un enredo de cañas al lado de uno de los buzos. Arrugó la nariz. —Han logrado recuperar el cuerpo del pilón del puente hace unos diez minutos. Harriet está aquí. Lucas anda por ahí, ya ha confirmado que el tipo está muerto.

Kay buscó al patólogo de la Oficina Central y lo localizó más arriba en la orilla del río, con las partes superiores de los edificios de oficinas de Maidstone visibles a través de la línea de árboles más allá de su posición.

Lucas Anderson sostenía su teléfono móvil en la oreja mientras gesticulaba en el aire. La vio, señaló su reloj y luego volvió a su llamada telefónica.

Los ojos de Kay se movieron hacia la más baja de los tres investigadores de la escena del crimen envueltos en trajes blancos, a medida que la jefa, Harriet Baker, comenzaba a moverse hacia ellos.

—Buenos días, vosotros dos —dijo. Se tiró de la máscara que le cubría la boca y la nariz, luego señaló con el pulgar enguantado por encima de su hombro—. Vais a tener un trabajo infernal para identificarlo.

El corazón de Kay se hundió. —¿Ha estado demasiado tiempo en el agua?

—No, no tiene cara.

Un silencio atónito siguió a las palabras de Harriet.

—¿Qué dices? —dijo Barnes finalmente.

—Sí, lo sé. Dios sabe a quién cabreó, pero no cayó al Medway por accidente, eso es seguro —dijo la jefa del equipo de investigación de la escena del crimen.

—Maldita sea —dijo Kay. Miró por encima de su hombro cuando Lucas se acercó—. Buenos días.

—Kay. —Estrechó la mano con ella, luego con Barnes, y metió su móvil en el bolsillo.

—¿Mañana complicada? —dijo Barnes, levantando una ceja.

—Tengo dos técnicos de vacaciones —dijo Lucas—. Y ahora, esto.

—Bien —dijo Kay—. Ponednos al día, vosotros dos, ¿qué habéis logrado determinar hasta ahora?

Lucas se rascó la barbilla. —Obviamente lo confirmaré una vez que se complete la autopsia, pero Harriet probablemente os ha dicho que a nuestro hombre le falta la mayor parte de la cara. El examen inicial parece apuntar a una herida de bala en la parte posterior de la cabeza, con la herida de salida causando el daño en el frente.

—¿Cuánto tiempo crees que ha estado ahí? —dijo Kay.

—No mucho. No hay mucha hinchazón en su cuerpo, así que suponiendo que cayó, o fue empujado boca abajo, no creo que haya ingerido mucha agua, y dudo que haya suficiente en sus pulmones para sugerir que se ahogó. De nuevo, lo confirmaré una vez que hagamos la autopsia.

—¿Fue asesinado en este tramo? —Kay se alejó del patólogo y observó al grupo de investigación de la escena del crimen que trabajaba, con la cabeza baja, bajo un grupo de árboles que bordeaban la orilla del río más arriba.

—No lo creo —dijo Harriet—. Mi equipo está procesando esa escena más arriba para descartarlo, es donde el testigo dijo que vio por primera vez el cuerpo en el agua.

—¿Así que flotó hasta aquí? —dijo Barnes.

—Eso es lo que pensamos, después de leer la declaración del testigo y hablar con los buzos.

Kay se protegió los ojos y entrecerró la mirada hacia el río mientras se curvaba hacia la izquierda y desaparecía de la vista a medio kilómetro de donde estaba parada.

—Entonces, ¿de dónde diablos vino?

CAPÍTULO 3

Para cuando Kay y Barnes se retiraron por el puente peatonal hacia su coche, tres patrullas más y una furgoneta del forense se habían unido a la multitud de vehículos estacionados en la calle sin salida.

Una muchedumbre curiosa se había congregado en un tercer cordón detrás de dos vehículos patrulla cerca del cruce en T con la calle principal, con los cuellos estirados mientras intentaban averiguar qué estaba pasando.

Kay miró con enojo hacia el cielo al oír el batir de las aspas de un helicóptero, y luego de vuelta hacia el río.

—Maldita sea, Ian. Los buitres están dando vueltas.

Barnes levantó la mano hacia uno del equipo del forense y señaló hacia el puente peatonal.

—¿Podéis trabajar lo más rápido posible para llevaros el cuerpo? —dijo—. Antes de que esa gente consiga imágenes para las noticias de esta noche. A este paso, solo será cuestión de tiempo antes de que tengamos más periodistas aquí abajo.

El hombre frunció el ceño.

—¿Ha venido el patólogo?

—Está allí abajo con los de la Científica, así que podrás obtener su autorización para mover a la víctima.

—De acuerdo. Déjanoslo a nosotros.

Kay observó al hombre cruzar el puente peatonal, y luego tocó a Barnes en el brazo y señaló el coche.

—De vuelta a la comisaría. Tenemos que poner al equipo al día sobre lo que está pasando aquí, y luego echar un vistazo a dónde nuestra víctima podría haber caído al agua.

Revisó sus mensajes de texto mientras Barnes conducía, delegando tareas de su carga de trabajo existente tanto como fuera posible para poder concentrarse en la investigación importante que seguiría al descubrimiento del cuerpo en el río.

Al levantar la cabeza cuando el coche disminuyó la velocidad, se sorprendió al encontrar que ya estaban en la puerta de seguridad de la comisaría del centro de la ciudad.

—¿A qué velocidad ibas?

—Es temprano. El tráfico es ligero. Te habrías dado cuenta, pero no has levantado la vista de esa pantalla desde que salimos de Tovil —dijo Barnes, y le guiñó un ojo.

Él lideró el camino a través de los niveles inferiores

de la comisaría y subió un tramo de escaleras, giró a la derecha al final y empujó la puerta para entrar en un gran espacio de oficinas.

La luz del sol se filtraba por las ventanas en la parte delantera de la sala, el sonido del tráfico que pasaba por Palace Avenue se colaba a través del grueso cristal.

Kay se detuvo en el umbral y dejó que Barnes se adelantara, luego tomó una respiración profunda.

Una nueva investigación, y con ella todas las complejidades y problemas que sin duda pondrían a prueba sus habilidades.

Exhaló cuando una familiar figura larguirucha se abrió paso entre los escritorios hacia ella, seguida de cerca por una mujer de unos treinta y tantos años con pelo corto azabache que luchaba por mantenerse a su ritmo.

Gavin Piper asintió a Barnes en su escritorio mientras se acercaba.

—Llegamos tan pronto como pudimos.

Kay entrecerró los ojos mirándolo. El pelo rubio del agente se erizaba en puntas a pesar de sus esfuerzos por domarlo, y ella sacudió la cabeza ante su piel bronceada.

—No es justo, Piper. Solo estuviste fuera cinco días.

Él resopló.

—Y vaya bienvenida esta, jefa. ¿Sabemos quién es?

—No, y no va a ser fácil tampoco. Lucas dijo que le habían volado la cara a la víctima.

La agente Carys Miles hizo una mueca, y luego silbó entre dientes.

—Maldita sea. Me pregunto a quién habrá cabreado. ¿Alguna identificación?

Kay negó con la cabeza.

—Nada en absoluto, no según Harriet. Vamos allí, y os pondré al día.

Pasó rozando a Gavin y se dirigió a donde él había instalado una pizarra blanca recién limpiada. A su lado, había despejado todos los avisos sociales habituales de un tablón de corcho y había colgado un mapa del río Medway a lo largo de la parte superior, con la ubicación del cuerpo de la víctima ya resaltada.

Echando un vistazo por encima del hombro a un grupo de personal uniformado y trajeado junior que se cernía en la periferia del pequeño grupo, agarró un rotulador grueso y se volvió hacia ellos.

—Buen comienzo con esto, Piper. —Hizo una pausa cuando Carys le puso una taza de café en la mano—. Gracias. Bien, acciones: Gavin, necesito que organices el resto de esta sala de incidentes lo antes posible. Ponte en contacto con Theresa en administración y ve si puedes conseguir que el personal asigne a Debbie West al equipo durante la investigación. Ella está familiarizada con todos, y me gustaría tenerla a bordo como gerente de oficina.

Gavin garabateó en su libreta mientras ella hablaba.

—Entendido, jefa. ¿Qué hay de IT?

—Haz que te ayuden; necesitaremos tantos escritorios instalados como sea posible antes del mediodía de hoy. Tengo la sensación de que esto va a ocupar la mayoría de nuestros recursos esta semana. Carys, ¿puedes asegurarte de que este mapa esté completo? Averigua hasta dónde llega este tramo de agua antes de encontrar una esclusa o un azud. Llama también a la oficina local de la Agencia de Medio Ambiente para ver si pueden darnos una idea de las tasas de flujo en este tramo del río. Necesitamos averiguar desde dónde pudo haber viajado ese cuerpo antes de que los equipos de búsqueda bajen allí, para que podamos delimitar un alcance de trabajo para ellos.

La agente levantó la vista de sus notas.

—¿Quieres que los equipos de búsqueda empiecen en el posible punto de origen además de donde se encontró el cuerpo en Tovil?

—Definitivamente —dijo Kay—. Necesitamos explorar la posibilidad de que quien le hizo esto pudiera haber caminado parte del Sendero Medway para escapar, y teniendo un segundo equipo de búsqueda empezando desde donde podría haber entrado al agua, reduciremos el tiempo a la mitad. Necesitamos resultados sobre esto hoy. Ian, necesito que trabajes el ángulo de personas desaparecidas desde aquí esta mañana. Averigua si lo que sabemos sobre nuestra víctima hasta ahora (altura, peso medio, color de pelo) coincide con algún informe en los archivos.

—Lo haré, jefa.

Kay terminó de escribir sus notas en la pizarra, luego tapó el rotulador y se enfrentó a su equipo una vez más.

—Carys, tan pronto como hayas terminado de hablar con la Agencia de Medio Ambiente, te quiero abajo en el río coordinando con el equipo de Harriet y el equipo de búsqueda uniformado. Necesitaré un informe continuo sobre cualquier cosa que encuentren para poder mantener al equipo de este lado al día.

La agente asintió.

—¿Qué hay de los medios, jefa?

Como si fuera una señal, el estruendo de un helicóptero reverberó a través de las ventanas, y Kay arqueó una ceja.

—Déjame eso a mí. Hablaré con el comisario Sharp sobre una declaración coordinada antes de que esa gente empiece a hacer circular rumores. Podéis iros.

CAPÍTULO 4

Carys tomó un mapa de Harry Davis y entrecerró los ojos contra el resplandor del río Medway.

Los buzos de la policía se habían dispersado hacía media hora, satisfechos de que la vía fluvial no contenía más pistas sobre la identidad de la víctima, y ahora un grupo de agentes uniformados y especialistas forenses se cernían sobre el camino de sirga, esperando sus instrucciones.

Su teléfono móvil vibró en el chaleco que se había puesto sobre la chaqueta. Su corazón dio un vuelco cuando vio el número de teléfono que aparecía en la pantalla.

—Agente Carys Miles.

—Detective, soy Ray Annerley de la Agencia de Medio Ambiente. Tengo la información que estaba buscando.

—Gracias por responder tan rápido. ¿Qué puede decirme?

—Basándonos en la época del año y el hecho de que no hemos tenido una inundación en los últimos días, calculamos que su hombre podría haber entrado al agua en cualquier punto desde la esclusa de East Farleigh en adelante antes de llegar a Tovil.

Carys contuvo un suspiro. —Eso es casi tres kilómetros.

—Me temo que es lo mejor que podemos hacer. La primera esclusa desde su posición está en East Farleigh; no creo que hubiera pasado por allí sin que alguien lo notara.

—¿Cuánto tiempo cree que estuvo en el agua?

—¿Desde allí? Un día como máximo.

Carys le agradeció y terminó la llamada. Al menos los tiempos de la Agencia de Medio Ambiente coincidían con los hallazgos iniciales del patólogo.

—Bien, todos. Reuníos, por favor. ¿Todos tenéis una copia del mapa que muestra el sendero del Medway de Harry?

Un murmullo recorrió el grupo en respuesta.

—He hablado con la Agencia de Medio Ambiente, y acaban de confirmar que nuestra área de búsqueda debería comenzar en la esclusa de East Farleigh. Dados los caudales y las condiciones climáticas actuales, coinciden con la opinión de Lucas Anderson de que nuestra víctima estuvo en el agua no más de un día. Teniendo eso en cuenta, nos dividiremos en dos grupos:

uno para continuar desde aquí, y el otro comenzando en la esclusa de East Farleigh.

Haciendo una pausa, revisó sus notas. Una gota de sudor se deslizó entre sus omóplatos, y se obligó a relajarse. Había realizado muchas búsquedas antes, pero nunca había sido responsable de dirigir una.

La oleada de orgullo que la había invadido ante las instrucciones de Kay para llevar a cabo la tarea amenazaba con convertirse en ansiedad a medida que la magnitud de lo que le esperaba se hacía evidente. No ayudaba que no hubiera habido tiempo para involucrar al Asesor de Búsqueda de la Policía para asistir en la tarea; la persona responsable estaba atascada en el tráfico fuera de Folkestone y no llegaría a Maidstone en otras dos horas.

Kay no estaba dispuesta a esperar, así que mientras tanto había instruido al Gerente de Búsqueda de Personas Perdidas asignado (el sargento Harry Davis) para coordinar los parámetros iniciales.

Carys se aclaró la garganta. —Nuestro objetivo de búsqueda es encontrar cualquier evidencia que pueda estar relacionada con nuestra víctima o el perpetrador del crimen. En este momento, no sabemos dónde entró la víctima al agua, así que tendréis que buscar señales de lucha, salpicaduras de sangre de una herida de bala u otros indicadores. También debemos tener en cuenta que su asesino puede haber escapado por el Sendero Medway después de dispararle.

Dando vuelta al mapa, indicó la fotografía satelital

que se había impreso en el reverso. —Si miráis esto, veréis que entre aquí y East Farleigh hay varias rutas de salida que el asesino podría haber tomado. Tenemos otro equipo uniformado realizando investigaciones puerta a puerta en las calles que bordean el río, pero vosotros también tendréis que revisar todos los senderos que se desvían del Sendero Medway principal.

Paseó su mirada por la multitud reunida. —Me doy cuenta de que esto es una tarea enorme, pero tenemos casi once horas de luz diurna disponibles. La inspectora Hunter está buscando más ayuda de la Jefatura para traer personal adicional más tarde hoy para continuar la búsqueda. ¿Alguna pregunta?

Cuando nadie levantó la mano, se volvió hacia el sargento de policía mayor a su lado.

—Harry, ¿puedes liderar el primer grupo desde aquí?

Davis asintió y comenzó a ladrar órdenes a sus colegas.

Carys observó al grupo moverse por el camino de sirga alejándose del puente peatonal, y se volvió hacia el personal restante.

—Vamos.

———————

Espantando una nube danzante de mosquitos de su rostro, Carys se bajó la gorra de béisbol azul marino y maldijo por lo bajo mientras se paraba en el puente medieval que cruzaba el río Medway en East Farleigh.

Un flujo constante de tráfico circulaba detrás de ella.

No se había atrevido a sugerir que se cerrara el puente, dadas las afirmaciones de la Agencia de Medio Ambiente de que la víctima había entrado al agua después de la esclusa a la izquierda de la estructura.

La concurrida vía era una ruta popular hacia los suburbios del sur de Maidstone, con la estrecha carretera gestionada por conjuntos de semáforos que permitían el paso de unos pocos coches a la vez.

Si cerraba el acceso sin evidencia suficiente para justificarlo, nunca dejaría de oír quejas de parte de colegas de Tráfico.

Sus labios se estrecharon mientras recorría con la mirada el vertedero a la derecha de la esclusa, un muelle de hormigón separando los dos, permitiendo a los propietarios de barcos avanzar por el río y a la autoridad local gestionar el flujo de agua.

Apoyando los brazos en el arco de piedra, observó cómo el grupo de oficiales uniformados avanzaba por el camino en una línea corta.

Había optado por dividirlos: una línea de cinco oficiales a la cabeza, un segundo grupo detrás de ellos. Tres especialistas forenses se cernían en la retaguardia, listos para tomar cualquier hallazgo como evidencia para su procesamiento y eliminación.

Carys respiró hondo, luego esperó un hueco en el tráfico y cruzó la carretera corriendo.

Una antigua estación de bombeo de ladrillo rojo convertida se alzaba a su izquierda, con persianas de suelo a techo en las ventanas para contrarrestar el brillante sol, o la vista de tantos oficiales de policía uniformados merodeando por el paisaje.

Redujo la velocidad al llegar al estacionamiento más allá de la estación de bombeo, se apretó entre dos coches patrulla y se apresuró de vuelta por el camino y bajo el puente hacia sus colegas.

Pasando junto a los técnicos de la Policía Científica, alcanzó al agente Aaron Stewart en el segundo grupo de búsqueda.

Él se detuvo, su gran figura proyectando una sombra sobre Carys.

Cubriéndose los ojos, ella señaló con la barbilla hacia los dos equipos. —¿Encontrasteis algo?

—No. No hay señales de salpicaduras de sangre en los lados de la esclusa en los bordes río abajo, y también hemos revisado el otro lado más cercano al azud.

Carys sacó su teléfono móvil. —Tengo señal completa aquí abajo, así que me uniré a ustedes.

—Me parece bien.

Se pusieron en fila, y ella bajó la mirada al suelo. Cada agente trabajaba metódicamente, recorriendo con la vista el camino de piedra áspera y tierra o, en el caso de los dos agentes a su extrema izquierda, la espesa vegetación que crecía entre el Sendero Medway y la valla erigida junto a la vía del tren.

Subiendo el cuello para protegerse del sol, Carys

levantó la vista ante un llamado del grupo que iba delante del suyo.

A la derecha, sobresaliendo hacia el agua, había un embarcadero de hormigón y contuvo la respiración mientras tres agentes se desplegaban y comenzaban a peinar la superficie rugosa en busca de pistas. Reconoció al agente Dave Morrison cuando se agachó a cuatro patas y se inclinó sobre el borde, antes de volver a sentarse y señalar con el pulgar hacia abajo.

—Tampoco hay manchas de sangre ni nada allí —dijo Stewart.

Carys desplegó su mapa. —¿Dónde está el primer desvío en este camino?

—Hay una propiedad a unos ochocientos metros, con acceso a Barming. Si miras la imagen satelital, parece que es un lugar popular para que las casas flotantes atraquen.

Ella volteó la página y luego frunció el ceño. —Con una casa y tantos barcos cerca, uno pensaría que alguien habría informado de un disparo.

—Tal vez. Aunque hay campos alrededor, así que podrían haberlo confundido con un espantapájaros o algo así. Si no están acostumbrados a oírlo, un disparo puede sonar como un coche con el tubo de escape roto.

Carys se mordió el labio, luego estiró el cuello para ver cómo progresaba el primer grupo. Guardó el mapa en su bolsillo y siguió adelante, tratando de ignorar la sensación de inquietud que le revolvía el estómago.

¿Y si le hubieran disparado al hombre en otro lugar

y luego su cuerpo hubiera sido arrojado al río? Sacudió la cabeza, murmurando entre dientes. No, porque alguien habría tenido que cargar su cuerpo; demasiado difícil a través de los campos y una línea de tren concurrida, y demasiado arriesgado cruzar el puente con la cantidad de tráfico que lo usaba día y noche.

Se estremeció cuando un tren pasó volando, con su bocina sonando. El tramo de vía guardaba demasiados recuerdos para ella, recuerdos que la mantenían despierta algunas noches, cuando su mente pensaba en lo que podría haber pasado si no fuera por…

—Han encontrado algo.

La voz de Stewart irrumpió en sus pensamientos y ella levantó la cabeza de golpe.

—¿Dónde?

El agente señaló a una mujer policía a la derecha del primer equipo, que había levantado la mano en el aire, haciendo que su grupo se detuviera.

Carys observó, con los puños apretados, cómo la mujer se movía hacia una casa flotante de colores brillantes amarrada junto al camino, sus movimientos metódicos mientras revisaba la hierba espesa en la orilla del río.

Satisfecha de que el camino estuviera despejado, un compañero varón la ayudó a pasar por encima de la borda. Ella golpeó con los nudillos en la puerta de la cabina y luego se asomó por una ventana redonda.

Un segundo después, giró sobre sus talones e hizo señas.

—Espera aquí —dijo Carys—. Creo que tenemos algo.

CAPÍTULO 5

Al llegar al bote, Carys recorrió con la mirada el costado de rayas azules y encontró un nombre, *Lucky Lady*, pintado cerca de la proa. En la popa, un número de registro había sido estampado con pintura blanca, nítido y claro.

Una sola ventana se extendía a lo largo de la cabina en el lado izquierdo, y mientras se acercaba a la proa, notó que esta y las dos ventanas frontales tenían las cortinas corridas.

La policía Laura Hanway la llamó antes de presentarse, y luego señaló la puerta de la cabina.

—Está cerrada con llave. Pero hay salpicaduras de sangre aquí en la cubierta, así como en el lado derecho de la cabina.

Carys regresó a la popa. Extendió la mano para alcanzar la de la policía y se izó a la cubierta de fibra de vidrio del crucero.

Similar a otras embarcaciones que había visto amarradas en Tovil, la cabina estaba abierta a los elementos, con una lona gris enrollada y guardada en el extremo del reducido espacio.

La policía dio un paso atrás para dar más espacio a Carys, con su cabello castaño claro recogido en un moño pulcro en la nuca. Señaló la ventana con una mano enguantada.

—La puerta está cerrada con llave, pero parece que hubo una pelea.

—Bien, baja de ahí. Vamos a traer a los de la Científica para que empiecen a tomar muestras —dijo Carys—. Después de eso, verifica el número de registro con la Agencia de Medio Ambiente; en cuanto tengan información, pídeles que la transmitan por teléfono a la sala de incidentes. ¿Podrías pedirle a Aaron que se reúna conmigo?

—Sí, señora.

Carys dirigió su atención al equipo de búsqueda que esperaba.

—Continuad con la búsqueda por cuadrículas, y quiero que tres de vosotros os concentréis en la orilla del río junto a esta embarcación. Este podría ser el lugar donde nuestra víctima entró al agua.

Momentos después, Aaron Stewart subió a bordo y arqueó una ceja.

—¿Qué tenemos?

—Quédate cerca de la puerta de la cabina —dijo

Carys—. No quiero que contaminemos las evidencias más de lo que ya podríamos haber hecho.

—De acuerdo.

—Laura tiene razón. El lugar está hecho un desastre por dentro, y mira, hay manchas de sangre. La puerta está cerrada con llave y no he encontrado una de repuesto aquí fuera. ¿Crees que podrías derribarla?

—¿Causa probable, señora?

—Un hombre muerto, signos de pelea y quizás alguien más ahí dentro que necesite atención médica.

—Apártese.

Carys se alejó de la ventana de la cabina y se situó detrás de Stewart. Mientras él daba un paso adelante, ella recorrió con la mirada las manchas de sangre.

Este tenía que ser el lugar. Ningún pescador en su sano juicio dejaría su bote en semejante estado.

Stewart arremetió con su bota, astillando la delgada puerta de madera bajo la frágil cerradura, y sacó su porra telescópica de su cinturón.

—Con todo respeto, quédese aquí.

—Entendido. —Carys sacó su porra y se quedó en el umbral mientras el agente agachaba la cabeza bajo el marco bajo y bajaba a la cabina.

Arrugó la nariz ante un leve olor que escapaba de los aposentos del bote, y se agachó para mirar a través de los pedazos rotos de la puerta que aún colgaban de las bisagras.

La luz tenue del sol se filtraba por las cortinas de las ventanas, creando una penumbra que flotaba en el aire, malévola y amenazante. Stewart se movía con cuidado por el espacio, su alta figura encorvada mientras giraba a izquierda y derecha, sosteniendo la porra con firmeza.

—¡Policía! ¿Hay alguien aquí? —dijo—. Si está herido, llame.

Carys contuvo la respiración.

El bote permaneció en silencio.

—Hay una puerta que lleva a la cabina delantera —dijo Stewart—. Voy a entrar.

Le llegó el sonido de sus nudillos contra la madera, y luego tiró de la puerta.

Maldijo por lo bajo.

—¿Qué pasa?

—Está despejado. No hay nadie aquí, pero será mejor que venga a ver esto.

Carys puso su mano enguantada en el marco de la puerta y bajó los cuatro escalones que conducían a la cabina, antes de dirigirse hacia donde Stewart estaba de pie en el extremo más alejado.

Extendió los brazos para mantener el equilibrio mientras el bote se movía en el agua, sus ojos recorriendo los cajones abiertos, el contenido esparcido por los asientos de la cabina. En la cocina, se había abierto un refrigerador, restos de comida manchaban las paredes y estaban pisoteados en el suelo.

El agente dio un paso a un lado cuando ella se acercó, su rostro preocupado.

—Mire.

Al mirar a través de la puerta, a Carys se le cortó la respiración. Tragó saliva para contener el miedo.

Tenía que concentrarse.

Tenía que hacer su trabajo.

La ropa de un niño había sido sacada de una vieja bolsa deportiva que yacía abierta sobre la cama: un peto azul, camisetas blancas de algodón, un par de sandalias marrones. Entre los pequeños pares de vaqueros y jerséis tirados a un lado, había dos libros ilustrados abiertos, con las páginas arrugadas. Un coche de juguete yacía abandonado en el suelo de la cabina, y una taza de plástico de colores estaba de lado sobre una cómoda de tres cajones.

—Oh, no. —Carys dio un paso adelante y se agachó. Levantó las mantas arrugadas del lado de la cama, luego miró debajo—. ¿No se esconde por ningún lado?

—He revisado el baño también. No hay nadie allí.

Carys se enderezó e hizo señas a Stewart para que la siguiera afuera.

—Haré que entre la Científica. Quiero que te quedes apostado junto a la puerta principal, ¿de acuerdo?

—Lo haré.

—Dame una mano. —Carys llamó a uno de los agentes en el camino junto al río y bajó del bote antes de sacar su teléfono móvil.

Marcó el número de marcación rápida, con las manos temblorosas, y comenzó a apresurarse de vuelta a su coche.

—¿Jefa? Hemos encontrado un bote abandonado

que muestra signos de pelea. Hay manchas de sangre en la borda, y el contenido de la cabina ha sido saqueado. Estamos esperando que la Agencia de Medio Ambiente nos diga a quién está registrado el bote.

—Muy bien —dijo Kay—. Vuelve aquí. Buen trabajo.

—Espera. —Carys apretó más el móvil contra su oreja y empezó a correr—. No cuelgues.

—¿Qué pasa?

—Creo que también tenemos un niño desaparecido.

CAPÍTULO 6

El comisario Devon Sharp levantó la vista del informe HOLMES2 que tenía en la mano derecha cuando Kay irrumpió por la puerta de su oficina, y arqueó una ceja.

—¿Tenemos algún avance?

Kay respiró hondo, obligándose a calmarse. La tensión en la voz de Carys había sido evidente, y Kay apenas podía contenerse para no emularla ante la noticia que su agente de policía había compartido.

—Carys y el equipo de búsqueda han localizado un crucero de cabina abandonado en el río Medway al oeste de East Farleigh. Hay manchas de sangre en las bordas, signos de lucha, y parece que también podríamos tener un niño desaparecido.

Sharp se levantó de su silla, arrojó el informe a un lado y señaló hacia la sala de incidentes, con sus ojos grises preocupados.

—¿Ya tenemos la identidad de la víctima? ¿Tienes alguna idea de quién podría ser el niño?

—Nada todavía. Aún están registrando el barco —dijo Kay mientras se apresuraba tras su imponente figura—. Carys hizo que un agente se pusiera en contacto con la Agencia de Medio Ambiente nuevamente, con una nota del número de registro del barco. Queremos saber si pueden corroborar la ubicación del cuerpo esta mañana con el barco para ver si la corriente del río lo habría arrastrado desde esa ubicación. No quiero retirar al otro equipo de búsqueda hasta que tengamos esa información.

—Buena idea. ¿Dónde está Carys?

—Está de camino aquí ahora.

Barnes cruzó la habitación hacia donde estaban junto a la pizarra, su rostro pálido ante el nuevo descubrimiento.

—He hablado con Harriet y ella se pondrá en contacto con el equipo de búsqueda subacuática para que busquen un arma o casquillos en el río mientras su equipo procesa el barco. También llamaré a Hazel Aldridge para que esté en espera. Vamos a necesitarla por lo que parece.

Kay asintió. La oficial de Enlace Familiar formalmente entrenada sería el principal punto de contacto para cualquier familiar cercano, una vez que se conociera la identidad de la víctima, y proporcionaría información valiosa para ayudar en la investigación mientras la familia revelara detalles sobre lo que podría haber ocurrido antes de la muerte del hombre, mientras continuaba la búsqueda del niño desaparecido.

—¿Dónde está Alistair? ¿Ya ha vuelto de Folkestone? —dijo Sharp.

—Está en camino —dijo Barnes—. Hughes en la recepción me llamó para decir que acaba de ver su coche entrar.

—Bien, lo último que necesitamos es tratar de coordinar una operación de búsqueda como en la que se está convirtiendo esto, sin nuestro asesor de Búsqueda Policial.

La puerta de la sala de incidentes se abrió de golpe y apareció Carys. Dio un golpecito en el hombro a Gavin y se apresuró hacia donde estaba Kay, seguida de cerca por un hombre de casi sesenta años con una mata de pelo blanco que era casi tan puntiagudo como el de Gavin.

Se arremangó la camisa mientras se acercaba, asintió a Sharp y luego estrechó la mano del resto de los detectives reunidos al frente de la sala.

Kay sintió una oleada de adrenalina. La incorporación del asesor de Búsqueda Policial local, Alistair Matthews, añadiría un elemento a la búsqueda que se necesitaba desesperadamente, y ella agradeció su experiencia.

—Harry sigue allí, coordinando el resto de la búsqueda —dijo Carys—. Llegué aquí tan pronto como pude. El tráfico es horrible ahora.

—Es la última semana del verano —dijo Alistair—,

y va a obstaculizar nuestros esfuerzos si no tenemos cuidado.

Kay le dio a su agente unos segundos para recuperar el aliento y luego señaló la pizarra.

—Descarga todas las fotografías que tengas en tu móvil, Carys, y archívalas en HOLMES2 inmediatamente. Gavin, ¿puedes imprimir esas y poner las mejores aquí para que todos puedan familiarizarse con la escena del crimen?

—Lo haré, jefa.

—¿Qué puedes decirnos sobre el crucero de cabina? —dijo Sharp, con los brazos cruzados sobre el pecho—. ¿Y qué te hace pensar que hay un niño desaparecido involucrado?

—El crucero estaba en condiciones razonables —dijo Carys—. No era nuevo, tal vez de seis o siete años, supongo. La pintura se ha mantenido bien, pero no se ha aplicado recientemente. La policía Laura Hanway estaba entre el primer grupo del equipo de búsqueda y encontró manchas de sangre en el lado de estribor del barco, el más cercano al agua. Me llamó y para cuando subí a bordo y me uní a ella, estaba mirando por la ventana entre la cubierta y la cabina. Era evidente que había habido una pelea en algún momento: el lugar estaba destrozado, así que le pedí al policía Aaron Stewart que derribara la puerta por si alguien estaba herido dentro.

—¿Había alguien a bordo? —dijo Kay.

—No, pero cuando Aaron pasó a la cabina delantera,

fue cuando encontró ropa y juguetes de niños esparcidos por todas partes.

—¿Qué tipo de ropa? —dijo Alistair, y sacó su libreta.

—Vi camisetas: verdes, azules y un par con personajes de televisión en el frente; había un dinosaurio en una de ellas. Calcetines a rayas, un par de vaqueros y unos petos rojos. También había un par de sandalias marrones.

Kay tragó saliva mientras escuchaba la lista de artículos que Carys enumeraba. La idea de que en algún lugar ahí fuera, un niño pequeño estuviera perdido y asustado, o peor, le provocó náuseas. Apretó los puños, clavándose las uñas en las palmas de las manos.

—¿Qué talla de ropa? ¿Edad? —dijo Alistair—. ¿Niña o niño?

Carys parpadeó.

—No... no estoy segura. Em, tal vez tres o cuatro años. Pensé que quizás un niño: había superhéroes en las otras camisetas y un par de coches de juguete en la cama.

—¿Qué hay de los forenses?

—Hay un equipo de cuatro en la escena ahora. Estaban con nuestro equipo de búsqueda y pueden solicitar apoyo del otro equipo que trabaja hacia el este desde Tovil si lo necesitan.

—Gran trabajo, Carys —dijo Kay. Entrecerró los ojos al asesor de Búsqueda Policial, que había abierto la boca una vez más.

Carys había flaqueado bajo su interrogatorio, y Kay estaba decidida a mantener alto el nivel de confianza de su joven protegida. Si empezaba a dudar de sus decisiones, nunca se recuperaría. Kay veía reflejos de sí misma a la misma edad en Carys, y sabía que tendría que vigilar cuidadosamente a la joven durante los próximos días para que no se sintiera abrumada por el nivel de responsabilidad que seguramente sentía.

Entre el alboroto de la sala de operaciones repleta de investigadores y personas llamándose entre sí, Kay oyó que otro teléfono móvil empezaba a sonar, y se dio la vuelta para mirar a Barnes.

El oficial levantó un dedo, murmurando en el teléfono.

—Ponlo en altavoz, Ian —ladró Sharp, y le hizo una señal al resto del equipo para que se uniera a ellos.

—Soy el comisario Devon Sharp. ¿Quién es?

—Soy la policía Laura Hanway, jefe. Estoy en el barco.

—¿Qué tienes para nosotros? ¿Algo?

—He recibido noticias de la Agencia de Medio Ambiente. El barco está registrado a nombre de una empresa de alquiler llamada Toppings con sede en Tonbridge. Les he llamado y han confirmado que el barco abandonado, el *Lucky Lady*, fue alquilado por alguien llamado Greg Victor. El propietario también dijo que iba con una niña pequeña.

CAPÍTULO 7

—¿Pueden confirmar si la niña es hija de Greg Victor? —dijo Kay.

—No, jefa, y no saben su nombre; él no se la presentó. Aparentemente, el coche de Greg sigue aparcado frente a su oficina.

—¿Número de matrícula? —dijo Gavin mientras tomaba asiento frente a un ordenador, sus dedos tecleando en el teclado.

Laura lo recitó.

—No tiene antecedentes, y no hay nada más en HOLMES2 relacionado con ese nombre —dijo Gavin—. Tampoco hay nada sobre el vehículo.

—¿La empresa de alquiler te dio una dirección? —preguntó Kay.

—Solo un apartado de correos —respondió Laura.

—Dáselo a Barnes para que se ponga en contacto con Correos.

—Pásemelos si se ponen difíciles —dijo Sharp.

—Lo haré, jefe —dijo Barnes—. ¿Alguna fotografía de la niña, Laura?

—Ninguna. —Hizo una pausa, y pudieron oírla moviéndose por el camarote del barco—. No hay identificación de ninguno de los dos, pero Patrick y los otros de la Científica están seguros de que aquí es donde dispararon a la víctima. Las salpicaduras de sangre son consistentes con una herida de bala.

—De acuerdo, Laura, gracias —dijo Kay—. Mantenlos informados de cualquier otra cosa que encuentres.

Hizo una señal a Gavin. — Ponte en contacto con el equipo de relaciones con los medios y que estén listos para emitir una alerta por una niña desaparecida tan pronto como encontremos una dirección y a los familiares más cercanos de Greg Victor. Necesitamos aclarar urgentemente quién es esta niña, si es su hija o no, y luego tenemos que averiguar por qué se la han llevado.

—Lo haré, jefa.

—Actualiza también al equipo de búsqueda submarina. Puede que no se la hayan llevado; puede que haya huido o que se haya caído por la borda del barco cuando lo atacaron. Mantén a los equipos de búsqueda allí hasta que podamos descartar cualquiera de esas posibilidades.

—¿Qué hay de los parámetros de búsqueda revisados? —preguntó Alistair.

—Empezaremos en el barco y nos extenderemos si no encontramos nada. Es el mejor curso de acción con la poca información que tenemos para trabajar. — Luchando contra el terror ante la idea de una niña pequeña arrojada al río o vagando sola por un camino de sirga en la oscuridad, Kay se volvió hacia el mapa del río Medway y apoyó las manos en las caderas—. Bien, entonces nuestra víctima recibe un disparo donde está amarrado junto al Sendero Medway, justo después de East Farleigh. Pasemos a nuestro tercer escenario. ¿Cuál es el punto de escape más cercano para alguien con una niña pequeña?

Barnes se colocó las gafas de lectura en la nariz y se acercó—. El punto más cercano es el puente de East Farleigh. También hay un par de senderos que salen del Sendero Medway entre donde se encontró el barco y Fant.

—East Farleigh habría sido un riesgo con una niña —dijo Kay—. Demasiada atención si estaba alterada, tal vez.

—No si conocía a la persona o personas que se la llevaron.

—¿Después de ver cómo mataban a alguien a tiros?

—Tal vez le dispararon después de sacarla del barco.

—De acuerdo. Buen punto.

—Si no fue por ahí, entonces los senderos, pasando por esta pequeña granja de aquí. Hay un camino que serpentea hasta la carretera de Tonbridge. Si iban a pie y tenían un coche aparcado más arriba en el camino, puede que los residentes no los oyeran.

—Creo que esa es nuestra mejor apuesta. Es una ruta que atraería menos atención. ¿Qué opinas, Alistair?

El asesor de Búsqueda Policial se acercó a donde estaban y asintió. —Estoy de acuerdo. Iré a East Farleigh para dividir el equipo de búsqueda que trabaja allí, y conseguiremos que un grupo siga esas dos pistas.

—Gracias —dijo Kay.

—Jefa, intentaré encontrar grabaciones de videovigilancia o de seguridad privada de las propiedades alrededor de la esclusa de East Farleigh para que podamos descartar esa opción —dijo Barnes.

—De acuerdo, gracias, Ian. Es mejor estar seguros. —Kay se dirigió al resto del equipo que esperaba en segundo plano—. A trabajar, todos. Quedarse parados no va a encontrarla.

Se volvió hacia Sharp y Alistair mientras los otros detectives se apresuraban a volver a sus escritorios—. ¿Necesitas algo más de mí, Alistair?

—No, pero llámame cuando tengas información actualizada, por favor. Nos centraremos en la búsqueda en esos dos senderos por ahora, pero te mantendré informada de cualquier novedad por parte del equipo de buzos también.

Dicho esto, dio media vuelta y salió apresuradamente de la sala de incidencias, con el teléfono móvil ya en la oreja.

Kay exhaló y recorrió con la mirada las cabezas de su equipo mientras trabajaban.

—Haré algunas llamadas, a ver si la comisario jefa puede asignarnos más personal —dijo Sharp—. Tenemos que coordinar los turnos también. No le haremos ningún favor a esta niña si estamos todos cansados, así que sugiero que yo tome el turno de noche y tú puedas descansar un poco.

—Haré que Carys se vaya ahora —dijo Kay—. Así podrá volver esta noche y darte el apoyo que necesitas.

Él asintió, con el rostro sombrío. —No me gusta esto, Kay. Nunca hemos tenido un incidente así aquí. ¿Cuáles son tus primeras impresiones?

Kay se pasó la mano por el pelo. —No hemos recibido ninguna comunicación sobre un posible rescate para la devolución de esta niña, y si la información de la Agencia de Medio Ambiente es correcta, entonces se la llevaron a última hora de la tarde de ayer, quizás a primera hora de la noche. Pero, ¿por qué estaba allí en primer lugar con Greg Victor? Si fue secuestrada, ¿por qué la sacaron de allí? ¿Por qué correr todo ese riesgo de disparar a Greg?

—¿Crees que los secuestradores entraron en pánico?

—Tal vez. —Kay se encogió de hombros, tratando de aliviar la tensión que ya le estaba provocando un dolor de cabeza en la base del cráneo—. O estaban enviando un mensaje a alguien.

—Vaya mensaje.

—Mmm. —Levantó la mano y llamó a Carys con un gesto.

—¿Qué pasa, jefa?

—El comisario Sharp va a dirigir la investigación durante toda la noche, así que tendremos cobertura las veinticuatro horas hasta que encontremos a esta niña desaparecida. Vete a casa ahora; quiero que vuelvas a las ocho de la noche para apoyarlo. Yo me encargaré del papeleo mañana.

—No hay problema. ¿Me llamarás si la encuentran antes de que vuelva?

—Por supuesto. Te dejaré un mensaje si no contestas.

—Gracias.

—Jefa. —Barnes colgó el teléfono de su escritorio y se abrió paso entre dos oficiales uniformados mientras Carys salía por la puerta. Levantó un trozo de papel—. El depósito de Royal Mail en Parkwood acaba de llamar. Tenemos una dirección para Greg Victor, justo a las afueras de Tonbridge.

—¿Hay algo en el sistema relacionado con esa dirección?

—Nada. Está limpia. Sin problemas.

Kay ya se dirigía hacia su escritorio.

—Ponte en contacto con la comisaría de Tonbridge y pide que dos de sus oficiales nos encuentren allí —dijo—. Voy contigo.

—¿Jefa? Antes de que te vayas... —dijo Gavin,

estirando el cuello desde donde estaba sentado frente a su ordenador.

—¿Sí?

—Hay otra posibilidad. Las personas que se llevaron a la niña desaparecida, quiero decir. Si no usaron uno de esos senderos para escapar con ella.

—Suéltalo ya, Piper —dijo Barnes.

Kay levantó la mano para silenciarlo.

—¿Qué es, Gav?

—¿Y si escaparon en barco, no a pie?

Kay dio un paso atrás, sus entrañas retorciéndose como si alguien le hubiera dado un puñetazo en el estómago.

—Maldita sea, Gav. Podrías tener razón.

—Yo me encargo de esto —dijo Sharp—. Vosotros dos id a Tonbridge. Gavin, empieza a investigar qué otros barcos se han alquilado en el río Medway esta última semana. Conseguiré más oficiales para ayudar con las investigaciones casa por casa y los actualizaré para que empiecen a preguntar si se han visto otros barcos en el río con una niña pequeña a bordo.

—Pregunta también si alguien ha alquilado un barco a nombre de Greg Victor, Gavin —dijo Kay—, por si están haciéndose pasar por él para escapar.

Esperó hasta que Barnes regresó a su escritorio y comenzó a llenar sus bolsillos con las llaves del coche, el teléfono móvil y una libreta, luego se volvió hacia Sharp.

—Volveré tan pronto como pueda. Necesitas descansar un poco si vas a trabajar esta noche.

Él la despidió con un gesto hacia la puerta.

—Siempre puedo contar con el café más tarde si lo necesito. Ve.

CAPÍTULO 8

Kay bajó el parasol sobre el parabrisas y entrecerró los ojos ante el resplandor de la tarde.

Una neblina cubría los campos a su izquierda mientras Barnes conducía el coche pasando una hilera de tráfico en la carretera de doble sentido junto a la gran granja de lúpulo a las afueras de Paddock Wood, y mientras observaba a las familias jugando en el área recreativa ajardinada al otro lado de la carretera, se preguntó por la sensación de normalidad en el mundo que la rodeaba.

En algún lugar ahí fuera había una niña asustada, que no tenía idea de lo que le estaba pasando.

Tragó saliva y volvió su atención a la carretera mientras su oficial aceleraba pasando una rotonda, el coche avanzando tan pronto como tuvo espacio para adelantar al vehículo frente a ellos.

Kay resistió el impulso de mirar su reloj. Barnes

estaba haciendo lo mejor que podía con el tráfico turístico de fin de temporada.

Finalmente, llegaron a las afueras de Tonbridge y él redujo la velocidad del coche hasta detenerse en una avenida bordeada de árboles. Una gran casa de cuatro habitaciones estaba parcialmente oculta detrás de un alto seto de ligustro y un par de abetos, el camino de entrada desprovisto de vehículos.

Un poco más arriba en la calle, un coche patrulla uniformado estaba estacionado junto a dos contenedores de basura, sus ocupantes en otra parte.

—Este es el lugar —dijo—. Parece que los uniformados llegaron primero.

Kay lideró el camino por el sendero y tocó el timbre, sus hombros relajándose cuando el policía Ben Allen respondió.

—Buenas tardes, jefa. Llegamos hace unos diez minutos. La señora Victor está en la sala de estar. Nigel le ha dado la noticia.

—Gracias, Ben.

Tanto Ben como su colega, Nigel Best, eran policías con base en Tonbridge con los que Kay había trabajado antes, y estaba agradecida de que los dos agentes experimentados estuvieran disponibles.

—Antes de que entre, jefa, hay algo que debería saber.

Kay hizo una pausa, con la mano en el pomo de la puerta. —¿Qué?

—Greg Victor era su cuñado —dijo Ben—. El

marido de Annette, Robert Victor, es el hermano mayor de Greg. Alice, la niña que ha desaparecido, es su única hija.

—¿Qué más sabemos sobre Greg?

—Su ex esposa e hija viven en Nottingham. Hemos pedido a nuestros colegas de allí que se pongan en contacto con la familia y nos mantengan informados de cualquier novedad desde ese ángulo.

—De acuerdo, buen trabajo. Gracias, Ben.

La primera impresión que Kay tuvo de Annette Victor cuando entró por la puerta fue que la mujer parecía casi translúcida.

Una figura delgada se levantó de un sofá junto a la ventana, ojos verde pálido asomándose desde un largo flequillo de cabello dorado que rozaba los hombros de la mujer. Su piel de alabastro era un llamativo contraste con la blusa negra de manga corta que llevaba sobre unos vaqueros ajustados, las líneas de preocupación envejeciéndola más allá de los treinta y tantos años que Kay calculaba que tenía.

Su mano tembló mientras la extendía. —Usted debe ser la detective Kay Hunter.

—Señora Victor. Este es mi colega, el oficial Ian Barnes. —Kay asintió hacia Nigel Best—. Lamento si mis preguntas van a parecer un poco duras y directas, pero es un proceso que tenemos que seguir en estas circunstancias. Entiendo que mis colegas le han informado que tenemos motivos para creer que un hombre llamado Greg Victor fue víctima de un asesinato anoche. ¿Puede confirmar que era su cuñado?

—Sí, es correcto. ¿Dónde está Alice? Estaba con él. Dijo que la cuidaría.

—No tenemos la respuesta a eso en este momento, señora Victor. Nosotros...

—Es Annette. Llámeme Annette.

—Gracias. Solo hemos identificado a Greg a través de la empresa de alquiler de barcos hace una hora, y nos estamos moviendo tan rápido como podemos con la información. ¿Cuándo fue la última vez que vio a su hija?

—Ayer por la mañana.

—¿Por qué estaba con Greg ayer?

—Ha estado insistiendo todo el verano en hacer un viaje en barco con él después de oírlo hablar de ello en una barbacoa que tuvimos a principios del verano. Él la ha llevado a pescar al río aquí antes. Son muy cercanos, así que cuando sugirió un viaje de una noche, estuvimos de acuerdo. Él cuida de ella cuando nosotros tenemos algún viaje ocasional a Londres o lo que sea, así que no hubo problemas. —Un sollozo escapó de sus labios—. Le compró un chaleco salvavidas y todo. Pensé que estaría a salvo. N...no puedo creer que esté muerto. ¿Quién haría esto?

—Estamos haciendo todo lo posible para averiguarlo. ¿Alice tiene algún problema médico del que debamos estar al tanto? ¿Alguna alergia?

—No. Es una niña muy sana. —Annette alcanzó una

caja de pañuelos y se sonó la nariz suavemente—. No puedo creer que esto esté pasando.

—Tengo que preguntar, ¿ha recibido alguna demanda de rescate por el regreso de Alice?

La mujer palideció aún más. —Yo… No, no he recibido nada. Oh, Dios mío. ¿Cree usted…? Por qué alguien la secuestraría?

—Es lo que estamos tratando de determinar, Annette. Puede ser que ella haya dejado el barco por su propia voluntad. Fue localizado cerca de la esclusa de East Farleigh, en el Sendero Medway hacia Tovil. ¿Alice conoce a alguien por esa ruta?

—No. No, ella nunca ha estado por esa parte del río. Solo tiene cinco años, y yo solo la he llevado a caminar por el sendero cerca del parque aquí. A veces nos detenemos para alimentar a los patos.

—¿Su cuñado vivía aquí con ustedes?

Annette se secó los ojos. —Greg se estaba quedando aquí por un tiempo, para poder establecerse. Se mudó desde Nottingham hace unos meses después de que su matrimonio se rompiera; ha estado buscando trabajo. Tiene una hija de ocho años, Sadie, y sé que la echa terriblemente de menos, así que ha estado mimando a Alice sin medida desde que está con nosotros.

—¿Qué edad tiene él? —dijo Kay.

—Treinta y cuatro el mes pasado. Es un poco más joven que mi marido, Robert.

—¿Dónde está Robert en este momento?

—En Francia; tenía una reunión de negocios en

Orleans el martes y luego otra reunión cerca de Chartres el miércoles por la mañana, así que se fue el lunes. Planeaba quedarse allí esta noche también en su camino de regreso de algunas otras reuniones.

—¿Ha hablado con él?

—No desde que llegó la policía aquí, no. Y no pude obtener señal para llamarlo antes. Eso a veces pasa.

—¿A qué se dedica?

—Es comerciante de vinos, especializado en viñedos boutique del continente. Por eso no siempre puedo localizarlo por teléfono; a menudo anda deambulando en medio de algún campo.

—¿Cómo llegó allí? ¿Voló?

—Sí, desde Gatwick. Alquila un coche al llegar, en París.

—Y usted, Annette, ¿trabaja?

—Trabajaba antes de que naciera Alice. Estoy esperando a que se adapte a su nueva escuela antes de volver a trabajar.

—¿Era usted cercana a su cuñado Greg?

Annette se encogió de hombros. —Supongo que sí. Quiero decir, obviamente ha sido un poco tenso por aquí con él viviendo aquí y todo eso.

—¿En qué sentido?

—Bueno, cuando le ofrecí quedarse, imaginé que sería por un par de semanas. No cuatro meses.

—¿Qué tipo de trabajo hace él?

—Para ser honesta, no estoy segura. Estaba solicitando trabajo en almacenes, conducción de montacargas, ese tipo de cosas. Cualquier cosa, supongo, para establecerse aquí.

—¿Por qué dejó Nottingham? —dijo Barnes.

—No creo que la separación matrimonial fuera amistosa. Le oí decirle a Robert que su esposa le fue infiel y no podía soportar estar cerca de ella.

—¿Le dio alguna indicación de que pudiera tener otros problemas allí? Me refiero a través del trabajo o de otras personas que conociera.

—¿Por qué? ¿Creen que esa podría ser la razón por la que se han llevado a Alice? —Los ojos de Annette se abrieron de par en par—. Dios mío. No lo sé.

—¿A qué se dedicaba en Nottingham, laboralmente hablando? —dijo Kay.

—Creo que trabajaba en un matadero —dijo Annette—. A tiempo parcial, eso sí, y sé que odiaba el trabajo. No veía la hora de salir de allí.

—¿Ha habido algún contacto de amigos o ex compañeros de trabajo de esa época?

—No que yo sepa. Aunque no tenemos teléfono fijo, así que si lo hicieron, habrían llamado a su móvil.

—¿Puedo echar un vistazo a su habitación, señora Victor? —dijo Barnes.

—¿Por qué querría hacer eso?

—Nos ayuda a hacernos una idea de cómo era Greg, y podría haber dejado algo que nos ayude a localizar a su hija —dijo Kay.

—Oh. De acuerdo. —Annette esperó hasta que

Barnes salió de la habitación—. ¿Qué están haciendo para encontrar a Alice?

—Actualmente tenemos cuatro equipos de búsqueda trabajando entre East Farleigh, donde se encontró el bote de Greg, y Tovil. Hasta que pudimos identificar el cuerpo de su cuñado, no pudimos ampliar la búsqueda. ¿Tiene una fotografía de Alice que pueda darme? Vamos a tener una conferencia de prensa tan pronto como regrese a la comisaría, y emitiremos una alerta por ella.

—¿Eso es todo? ¿Solo una rueda de prensa?

—No, no es todo —dijo Kay—. Mientras eso ocurre, mi equipo y yo estaremos trabajando sin descanso hasta que la encontremos. Mientras hablamos, los miembros de esos equipos de búsqueda se están coordinando con mis colegas en la comisaría, y tenemos otro equipo de oficiales monitoreando las cámaras de videovigilancia en la zona para ver si podemos localizarla.

—Quiero ayudar con la búsqueda. Debería estar ahí fuera, buscándola.

—Es mejor que esté aquí, en caso de que encuentre el camino a casa —dijo Kay—. Tenemos especialistas entrenados haciendo las investigaciones casa por casa y búsquedas en el área, y están en constante contacto con mi equipo de investigación.

Hizo una pausa al oír el timbre de la puerta.

Momentos después, Nigel abrió la puerta de la sala y dejó pasar a una oficial morena y menuda.

Hazel Aldridge era una policía de la División Oeste

y se especializaba en tareas de enlace familiar cuando era necesario. En ese momento, vestía un elegante traje de pantalón, con el pelo recogido en una cola de caballo suelta.

Kay hizo las presentaciones e indicó a Hazel que se sentara en el sillón frente a ellas. —Annette, Hazel será su punto de contacto durante toda esta investigación, así que si tiene alguna pregunta sobre lo que estamos haciendo, ella estará disponible para ayudarla.

—De acuerdo. —Annette había palidecido aún más, comenzando a asimilar la realidad de su situación. Sus manos temblaban mientras se levantaba del sofá y examinaba el contenido de una estantería al fondo de la habitación, antes de regresar con una fotografía en un marco plateado—. Esta es la más reciente que tengo de Alice. Fue tomada en su fiesta de cumpleaños número cinco en junio.

Kay tragó saliva mientras miraba a la niña en la foto.

Unos ojos azules la miraban fijamente, un rostro de inocencia enmarcado por cabello rubio en coletas. Alice lucía una sonrisa adorable y una nariz respingona que se asentaba perfectamente en el centro de su cara. Kay tuvo que hacer todo lo posible para contener las emociones que la atravesaban.

—Confundió a nuestro equipo por un tiempo; encontraron coches de juguete y cosas así en el bote.

Annette sorbió por la nariz y cruzó los brazos sobre el pecho. Una leve sonrisa pasó por sus labios. —Quiere ser piloto de carreras cuando sea grande.

—¿Puedo llevarme esto?

—Sí.

Kay sacó la fotografía del marco y la guardó cuidadosamente en su bolso. —Hazel se quedará con usted esta noche, si le parece bien. ¿O preferiría que le busquemos un hotel cerca?

—Por favor, quédese aquí —dijo Annette, volviéndose hacia la oficial de enlace familiar—. Preferiría saber en el momento en que tengan noticias. Puede usar la habitación de invitados en la parte de atrás de la casa. Al menos así podrá ayudarme a explicarle a Robert lo que está pasando cuando regrese.

—Gracias —dijo Hazel—. Eso estará bien. Si pudiera darnos el número de móvil de Robert y su itinerario de viaje, trabajaremos para ponernos en contacto con él por usted.

—No tengo su itinerario, pero puedo darles su número de móvil.

Al oír pasos en las escaleras, Kay se levantó de su silla y le tendió la mano a Annette. —Volveremos a la comisaría ahora y pondremos en marcha la conferencia de prensa. Tan pronto como tengamos noticias, me pondré en contacto. Mientras tanto, si escucha de alguien, quien sea, sobre el paradero de Alice, por favor dígaselo a Hazel.

—Lo haré. Gracias.

Kay salió de la sala de estar y encontró a Barnes en el pasillo hablando con Ben. —¿Algo?

Negó con la cabeza y le abrió la puerta principal.

—Ben, pídele a Robert Victor que me llame en cuanto regrese de Francia mañana, por si acaso no lo vemos en el aeropuerto.

—Lo haré, jefa.

—Bien, vámonos.

—No había teléfono móvil, ni cartera, ni ordenador portátil en su habitación. El equipo de Harriet tampoco los encontró en el barco —dijo Barnes mientras caminaban de vuelta al coche. Se detuvo, lanzando las llaves de una mano a otra mientras miraba fijamente hacia la casa por encima del techo del coche—. No me gusta esto, Kay. No me gusta nada en absoluto.

CAPÍTULO 9

Kay se recogió el pelo en un moño y se miró la cara en el espejo retrovisor antes de fruncir los labios.

Se le habían formado ojeras desde la mañana, y buscó en su bolso sus provisiones de emergencia de maquillaje.

Una vez terminado, frunció el ceño a su reflejo y luego sacó la lengua.

No le importaba lo que pensaran las cámaras sobre su aspecto. Necesitaba que se centraran en el hecho de que tenían a una niña de cinco años desaparecida, y le quedaban exactamente diez minutos para llegar a la sala de conferencias de prensa antes de que el llamamiento saliera en directo.

Agarrando su bolso del asiento del copiloto, salió y apuntó con el mando a distancia por encima del hombro hacia el coche.

El aparcamiento ya estaba lleno de furgonetas y

coches con los logotipos familiares de las estaciones locales de televisión, radio y periódicos, mientras que un solitario cámara caminaba de un lado a otro junto a un vehículo todoterreno negro, con un cigarrillo en la mano mientras hablaba en voz alta por un teléfono móvil.

Kay se dirigió a grandes zancadas hacia las puertas principales del edificio de ladrillo rojo que albergaba la sede de la Policía de Kent, y subió los escalones corriendo.

Sharp la recibió en la entrada de la sala de conferencias mientras se sujetaba sus credenciales a la solapa, y la guio a través de la multitud de periodistas que abarrotaban el espacio.

—La comisario jefa no puede asistir a esta —gritó por encima del ruido—. Está en medio de una reunión de presupuestos con el comisionado, e intenta encontrarnos más gente para que nos ayude.

Kay asintió en respuesta, pero no dijo nada.

Al llegar a una larga mesa cubierta con un paño azul al final de la sala, Sharp apartó una silla frente a las cámaras y le hizo un gesto a una mujer que esperaba en una puerta a su derecha.

Joanne Fletcher, la asistente administrativa que trabajaba para relaciones con los medios, se volvió hacia la multitud de periodistas y operadores de cámara y alzó la voz.

—Señoras y señores, faltan cinco minutos para que salgamos en directo. Cinco minutos, por favor.

Kay tomó una carpeta informativa de Joanne y la abrió, examinando el texto del comunicado de prensa que contenía.

—Nos hemos centrado en Alice por el momento —dijo Joanne en voz baja—. Hasta que no tengamos más información sobre cómo murió Greg Victor y tengamos una identificación positiva, creímos que habría eclipsado el hecho de que su sobrina lleva casi veinticuatro horas desaparecida.

—Esto me parece bien —dijo Sharp. Arrojó la carpeta sobre la mesa frente a su asiento y observó la sala mientras los reporteros comenzaban a tomar sus asientos.

Kay lo observó, siguiendo el ejemplo de su oficial superior. Se abrochó la chaqueta, apoyó las manos sobre la mesa y se concentró en lo que estaba por venir.

—Dos minutos —anunció Joanne.

Mientras la oficial de prensa tomaba asiento en la primera fila, Sharp se sentó en la silla a la izquierda de Kay.

Extendió la mano y llenó dos vasos con agua de una jarra que había sido colocada sobre la mesa entre ellos y le pasó uno a ella.

—¿Todo listo? —dijo.

—Lista cuando tú lo estés. Parece que tenemos algunas caras conocidas.

Recorrió con la mirada a las personas de las tres primeras filas, reconociendo instantáneamente a Jonathan Aspley del *Kentish Times*. Apartó la mirada antes de que pudiera cruzarse con la suya, y en su lugar encontró a Suzi Chambers del canal de televisión local mirándola fijamente.

—El buitre también está aquí —dijo Sharp en voz baja—. Tendremos que vigilar a esa.

—De acuerdo —dijo Kay.

Una conferencia de prensa para un niño desaparecido requería un delicado equilibrio: tenían que difundir la noticia de que Alice estaba desaparecida para que los miembros del público estuvieran alerta y vigilantes en busca de la niña, pero también tenían que tener cuidado de que los reporteros no sensacionalizaran la historia de ninguna manera.

A solo unos kilómetros de distancia, una madre angustiada contaba con cada una de sus acciones, y Kay estaba decidida a no defraudar a Annette Victor.

—¿Alguna noticia sobre si Robert Victor está en casa? —dijo.

—No.

Kay tragó saliva, agradecida de que al menos Annette tuviera el apoyo de Hazel Aldridge mientras se emitía el llamamiento televisado.

—Allá vamos —dijo Sharp, y dio un sorbo de agua.

Las luces del techo se atenuaron en la parte trasera de la sala, dirigiendo la atención de todos hacia el logo de la Policía de Kent detrás de Kay y Sharp.

Un silencio llenó el espacio.

El comisario siguió la señal de Joanne, quien contó

los segundos para la transmisión en vivo, y luego comenzó a hablar.

—Soy el comisario Devon Sharp, y hoy me acompaña la inspectora Kay Hunter. —Hechas las presentaciones, se lanzó al comunicado de prensa preparado.

Mientras Kay escuchaba, mantuvo sus ojos en la multitud, mirando a través de los flashes de cámaras y móviles a la multitud silenciosa de profesionales de los medios.

A pesar de una sana animosidad hacia algunos de ellos, reconoció que harían todo lo posible por difundir la noticia sobre Alice, aunque su objetivo final fuera diferente al suyo.

Para algunos de los reporteros, la desaparición de la niña sería vista como un regalo del cielo al final de lo que había sido una semana tranquila en cuanto a noticias.

Para otros, especialmente aquellos con hijos propios en casa, serviría como un duro recordatorio de que el peligro podía acechar en cualquier comunidad, y que harían cualquier cosa para encontrar a la niña.

—¿Alguna pregunta?

La voz de Sharp interrumpió sus pensamientos, y Kay se clavó las uñas en las palmas.

—¿Por qué estaba Alice en el barco? —dijo una voz masculina desde el fondo de la sala.

—Era una salida familiar —dijo Sharp—. Alice iba acompañada por su tío, Greg Victor. En algún momento de ayer por la tarde, el señor Victor fue atacado, y creemos que Alice fue secuestrada o dejada en el barco antes de que se alejara por su cuenta.

Una cacofonía de voces rebotó en las baldosas del techo, y Sharp señaló a Jonathan Aspley para la siguiente pregunta.

—¿Qué puede decirnos sobre Greg Victor?

—Nada en este momento —dijo Sharp—. Esa es una investigación separada. Nuestro enfoque es encontrar a Alice. Tiene cinco años, está sola y asustada. Les pido a todos que mantengan sus preguntas en relación con ella, por favor.

—¿Se ha hecho alguna demanda de rescate? —dijo una voz femenina a la izquierda de Kay.

—La familia no nos ha informado de ninguna demanda de rescate —dijo Sharp—, pero el secuestro es una línea de investigación que estamos siguiendo hasta que tengamos información que indique lo contrario.

—¿Qué puede hacer la gente para ayudar?

Kay soltó un suspiro de alivio ante la pregunta de un reportero que reconoció del *Kent Messenger*.

—Gracias, Mark —dijo Sharp—. Instamos a todos los residentes que viven cerca del río Medway entre Tonbridge y Maidstone a que revisen sus propiedades en busca de señales de Alice. Puede estar deambulando, tratando de encontrar el camino a casa, o confundida y perdida. Revisen sus dependencias exteriores, cobertizos de jardín, garajes, en busca de cualquier señal de ella lo antes posible. Si tienen un barco en el río, vayan a revisarlo también. No hace frío en esta época del año, pero no sabemos qué ropa llevaba cuando desapareció, y ciertamente no ha comido en veinticuatro horas.

Kay observó cómo Sharp dirigía su mirada a la cámara más cercana antes de hablar de nuevo.

—Alice estará muy asustada, y necesitamos llevarla a casa con su madre y su padre lo más rápido posible.

CAPÍTULO 10

Kay bostezó mientras salía de la A20 y sonrió al ver pasar un coche patrulla en dirección contraria, reconociendo a sus dos ocupantes.

Sus ojos se fijaron en el reloj del salpicadero: las ocho y media.

Debía volver a la sala de incidentes a las siete de la mañana para relevar a Sharp, pero dudaba que pudiera dormir. Habiendo salido de la jefatura hacía solo quince minutos, ya había mirado dos veces su teléfono móvil en el asiento del copiloto mientras estaba detenida en los semáforos, deseando que llegara una llamada que le dijera que Alice había sido encontrada sana y salva.

Con los ojos cansados, serpenteó por una calle lateral y luego indicó a la izquierda, saboreando el calor que soplaba por la ventanilla abierta y agitaba su cabello.

Habían pasado casi doce horas desde que su móvil

había sonado estridentemente desde su posición en la mesita de noche, despertándola bruscamente y trayendo la noticia de que se había encontrado un cuerpo en el río.

Exhaló mientras el coche crujía sobre la grava del camino de entrada frente a la casa y frenó hasta detenerse detrás del nuevo todoterreno de Adam, cuya ventana trasera lucía el nombre y número de teléfono de su clínica veterinaria.

Saliendo con dificultad de detrás del volante, se tambaleó hacia la puerta principal.

Esta se abrió antes de que tuviera la oportunidad de insertar su llave en la cerradura y su pareja, Adam, la envolvió en un abrazo.

La sostuvo por un momento, sin que ninguno de los dos hablara.

Ella inhaló el aroma almizclado de su jabón, enterrando su rostro contra la suave camiseta blanca de algodón que llevaba sobre unos vaqueros desteñidos, y enroscó sus dedos en el grueso cabello negro ondulado en la nuca de él.

Adam se apartó con un suspiro, antes de guiarla hacia el pasillo y cerrar la puerta.

—Vi la conferencia de prensa —dijo él—. ¿No hay noticias?

—Aún no. —Extendió la mano y apretó la de él—. Tengo que encontrarla.

—Lo sé.

Hace tres años, Kay había sufrido un aborto después de que se hiciera una acusación injusta contra ella en el trabajo, y el estrés la había destrozado. Descubrir que nunca podría tener hijos había sido el golpe final y cruel, y si no hubiera sido por Adam a su lado, sabía que nunca se habría recuperado físicamente.

Las cicatrices emocionales permanecían para ambos.

—Ven a la cocina —dijo él—. Imaginé que no querrías comer mucho dadas las circunstancias, así que he hecho sopa. Puedes llevar las sobras al trabajo por la mañana.

Los hombros de Kay comenzaron a relajarse mientras lo seguía hacia la parte trasera de la casa, con los tonos azules y púrpuras de un atardecer de finales de verano brillando a través de la ventana de la cocina sobre el fregadero.

Frunció el ceño.

Se había colocado una gran jaula en medio del césped. Una estructura en forma de caja ocupaba un lado, y se había colocado un largo comedero bajo junto a un gran cuenco de cerámica.

—Gallinas rescatadas —dijo Adam, antes de que ella pudiera preguntar—. Tres de ellas. El granjero se quedó en bancarrota y las abandonó a todas. Un vecino dio la alarma ayer por la tarde. Solo las estoy vigilando antes de que sean reubicadas con una familia en Barming.

—¿Qué les pasa?

—Deshidratación, principalmente, por eso supongo que se están escondiendo en el refugio. Estarán bien ahora que están fuera del lugar donde las tenían. Las vigilaré durante la próxima semana más o menos para asegurarme de que no hayan contraído ninguna enfermedad aviar, y luego estarán listas para irse.

Kay notó que su labio superior se curvaba. —¿Cuántas fueron rescatadas en total?

—Cuarenta. Las otras no lo lograron.

Ella pasó su mano por la espalda de él. —Pero algunas sí.

—Sí. —Logró sonreír.

—¿Pondrán huevos?

—Lo dudo. No después de lo que han pasado. Todas están siendo mantenidas como mascotas, por lo que sé. Hubo muchos clientes habituales en la clínica que quisieron ayudar cuando se enteraron de que la granja avícola había cerrado.

Kay se movió hacia uno de los taburetes junto a la encimera central y empujó su bolso hacia el extremo más alejado mientras Adam colocaba una copa de vino frente a ella antes de volver a la cocina.

Un aroma de un rico caldo de verduras flotaba en el aire, y su estómago rugió a pesar de la ansiedad que la atenazaba.

—¿A qué hora sales por la mañana? —dijo él.

—Sharp me necesita allí a las siete como muy tarde —dijo ella—. Él y Carys están trabajando toda la noche.

Observó cómo él sacaba un cucharón de un cajón y llenaba dos grandes cuencos con sopa antes de poner uno frente a ella, y le pasó una cuchara.

—Gracias —dijo ella, partiendo una rebanada de

pan por la mitad y mojando la corteza en el líquido caliente—. Esto huele genial.

Aunque Adam había acertado sobre su estómago revolviéndose de nervios por la investigación, ella saboreó la oportunidad de pasar un momento tranquilo con él, de tomar un respiro del aluvión de información que estaba teniendo que procesar, y de recargarse antes de regresar a la sala de incidentes.

Raspó los últimos restos de sopa de su cuenco con la cuchara y se recostó en el taburete.

—Estaba fabuloso, gracias.

—¿Quieres más? —Adam arqueó una ceja.

—Mejor no. No dormiré si estoy muy llena.

Sonrió, no queriendo que él se preocupara, y sacó su móvil del bolso.

No había nuevos mensajes.

—No vas a dormir de todos modos, ¿verdad?

Ella negó con la cabeza. —No creo.

Adam apartó los cuencos vacíos y tomó su mano. —Al menos descansa.

—Lo intentaré. —Kay se pasó una mano por el pelo e intentó parpadear para alejar el cansancio que se apoderaba de ella.

En su mente, la imagen del rostro de Alice atormentaba sus pensamientos, y reprimió el miedo. Tenía trabajo que hacer, y haría todo lo posible por reunir a la niña con su madre.

Costara lo que costara.

CAPÍTULO 11

Gavin Piper sorbió el segundo capuchino grande que había pedido desde las seis de la mañana, y miró fijamente la pantalla de su ordenador.

Hacía media hora, le había entregado a Carys un vaso de chocolate caliente para llevar antes de enviarla a casa. Su colega parecía exhausta, su cansancio exacerbado por la falta de progreso en la localización de Alice durante la noche.

Después de salir de la sala de incidentes la noche anterior, se había dirigido directamente al gimnasio cerca de su piso, desahogando su frustración con una brutal sesión de boxeo que lo había dejado agotado.

Aún no había dormido, y su apetito había desaparecido.

Presionó el icono de actualizar en la parte superior de la URL del sitio web del proveedor de correo electrónico por decimoséptima vez en los últimos quince minutos, mientras su otra mano se cernía sobre el marcado rápido en el teléfono de su escritorio y su pie golpeaba el suelo.

Frunció el ceño cuando una suave pelota antiestrés golpeó la parte posterior de su cabeza y luego aterrizó junto al teclado.

—Si no dejas de golpear el suelo con el pie, el próximo objeto que golpeará tu cabeza será la pelota de críquet que Sharp guarda en su oficina —dijo Barnes.

—Lo siento. No puedo evitarlo. —Gavin se apartó de la pantalla para encontrar al detective mayor mirándolo fijamente—. Solo quiero encontrarla.

Los ojos de Barnes se suavizaron.

—Todos queremos, Piper. Todos queremos. ¿Supongo que no hay noticias de las empresas de alquiler de barcos?

—Aún no. Estoy esperando noticias de un negocio familiar en Yalding. Deberían estar abiertos ahora. Su sitio web dice que abren los domingos.

Barnes miró su reloj.

—Son las seis cuarenta y cinco. ¿A qué hora abren?

—A las ocho.

—Espera otra media hora y llámalos de nuevo. Y tal vez evita la cafeína por unas horas.

—De acuerdo.

—¿Qué hay del otro lado de Maidstone? ¿No había una empresa de alquiler de barcos allí?

—Hay un pequeño operador justo después de la esclusa de Allington. No entran hasta mañana, pero he dejado mensajes en el número móvil de su sitio. —Gavin levantó una carpeta—. Carys hizo una búsqueda y encontró sus detalles en el sitio web de *Companies House*, así que si no obtengo una respuesta de ellos para las nueve, iba a ir a la dirección listada para ver si puedo encontrar a alguien con quien hablar.

—Está bien. Parece que lo tienes bajo control —dijo Barnes—. Bien hecho.

Gavin giró en su silla cuando la puerta de la sala de incidentes se abrió y Kay entró a zancadas, con el teléfono móvil en la mano y el cabello recogido en un moño práctico.

—Buenos días. ¿Alguna novedad? —dijo al llegar al escritorio de Barnes.

—Nada aún —dijo el oficial—. Sharp está en su oficina. Intenté que se fuera hace una hora, pero no quiso escuchar.

Los labios de la inspectora se fruncieron, y en ese momento, Gavin vio la tensión bajo la que estaba.

—Jefa, estoy esperando una llamada de vuelta de las empresas de alquiler de barcos, pero ¿quieres que te traiga un croissant o algo para desayunar? —dijo.

—Gracias, pero no te preocupes. —Kay levantó un termo que había estado llevando—. Adam está decidido a que no me desmaye de hambre hoy, así que tengo suficiente sopa aquí para alimentar a todo un pueblo. Y no creerías el tamaño del desayuno que acabo de tomar.

Logró sonreír y puso sus bolsas en su escritorio antes de llamar a la puerta de la oficina de Sharp.

Gavin se dio la vuelta cuando su teléfono de escritorio comenzó a sonar, y se aclaró la garganta antes de contestar.

—Agente Piper.

—Gav, soy Harriet. Acabo de recibir noticias del equipo de búsqueda submarina.

Hizo señas a Barnes antes de poner a la jefa de investigación de la escena del crimen en el altavoz.

—¿Qué habéis encontrado?

—Bueno, supongo que es una buena noticia en parte: no hay señales de Alice en el río Medway. Han trabajado entre el puente de Teston y Tovil desde ayer por la mañana, incluyendo las presas y la esclusa. Tomaron un descanso entre las diez de la noche y las cuatro de la mañana, pero junto con lo que hemos podido determinar de nuestras búsquedas a lo largo del Sendero Medway, no hay nada que sugiera que ella se alejó por su cuenta. Tampoco se cayó ni la empujaron al río. No hay señales de ella.

—Así que alguien se la llevó —dijo Barnes, pasándose una mano por la barbilla.

—Eso es lo que estoy pensando —dijo Harriet—. Pero dejaré que vosotros investiguéis eso.

—¿Qué hay de la evidencia forense del barco? —dijo Gavin.

—Aún estamos trabajando en ello. Encontramos rastros de fibras en la cubierta; podría ser antiguo y no relacionado con nuestra víctima o su asesino, pero lo confirmaré una vez que lo hayamos examinado más de cerca. En cuanto a las huellas dactilares y otras evidencias de rastros, pasará uno o dos días antes de que podamos daros el panorama completo. Os actualizaremos poco a poco a medida que encontremos algo útil.

—¿Qué hay del arma? —dijo Barnes—. ¿La habéis encontrado?

—No, ni en el barco ni en el agua. Los buzos están empacando ahora. —Harriet cubrió su teléfono y habló con alguien en el fondo antes de volver a ellos—. ¿Habéis tenido noticias de Lucas esta mañana?

—Aún no —dijo Gavin—. Esperaba tener la oportunidad de hacer la autopsia esta tarde, así que os informaremos lo que resulte de eso.

—De acuerdo, gracias. Os llamaré tan pronto como tenga algo nuevo que informar una vez que hayamos evaluado nuestros hallazgos.

Su teléfono móvil comenzó a vibrar en el escritorio mientras colgaba el teléfono fijo, y lo agarró rápidamente.

—¿Hola? Soy Frank Hutchins del alquiler de barcos de Nettlestead cerca de Yalding. ¿Es el detective Piper?

—Sí, sí, soy yo. —Gavin empujó su teclado a un lado, abrió su libreta en una página nueva, y miró su reloj antes de anotar la hora y la fecha y subrayarla—. Espero que pueda ayudarme.

—¿Esto tiene algo que ver con la niña desaparecida?

—Podría tener relación con esa investigación, sí.

—En ese caso, ¿qué puedo hacer para ayudar?

La voz del hombre era alegre, y Gavin percibió un entusiasmo subyacente por responder a sus preguntas.

—Debo pedirle que lo que discutamos se trate como confidencial —dijo, en un intento de frenar la clara inclinación de Hutchins por el chisme.

—Por supuesto, por supuesto. —El dueño del astillero sonó debidamente amonestado—. Seré una tumba.

—Gracias. ¿Tiene alguna reserva de barcos a nombre de Greg Victor? Estoy interesado en particular en fechas entre principios de la semana pasada y finales de la próxima.

—Espere. Voy a revisar la agenda. Mi hija suele encargarse de esta parte del negocio; se hace todo electrónicamente a través de nuestro sitio web, así que me lleva un tiempo encontrar lo que busco.

Gavin silenció el teléfono cuando Kay salió de la oficina de Sharp y se dirigió hacia su escritorio.

—¿Qué está pasando? —dijo ella.

—Acabo de recibir una llamada de una de las empresas de alquiler de barcos —respondió—. Y Harriet llamó.

Empezó a golpear el suelo con el pie mientras los segundos se alargaban, y luego se detuvo cuando Barnes le lanzó una mirada fulminante.

El oficial comenzó a hablar con Kay en voz baja, poniéndola al día sobre la afirmación de Harriet de que la chica desaparecida no había caído al agua.

—¿Hola?

La atención de Gavin volvió rápidamente al interlocutor. —Estoy aquí.

—No tengo nada en la agenda a nombre de Greg Victor.

—De acuerdo. ¿Qué hay de los barcos que se alquilaron la semana pasada pero no fueron recogidos? ¿Tuvo alguna reserva en la que los clientes no se presentaron?

—Vamos a ver.

Barnes arqueó una ceja.

—Está buscando —dijo Gavin.

—A este ritmo, sería más rápido si yo mismo fuera en coche hasta allí y lo mirara —gruñó el oficial.

Gavin negó con la cabeza para hacerlo callar cuando Hutchins volvió a la línea.

—No, todos nuestros barcos fueron recogidos según lo previsto. Y todos volvieron también.

—¿Falta alguno en el astillero que no estuviera reservado?

—No, están todos. Tenemos puertas de seguridad en el camino que lleva al astillero y cámaras de vigilancia a lo largo del lado del río.

—¿Podríamos obtener una copia de esas grabaciones de videovigilancia para ayudarnos a descartar cualquier actividad en ese tramo del río?

—Por supuesto. Le pasaré su número de teléfono a mi hija y le pediré que se ponga en contacto con usted para enviarle las grabaciones.

—Muy bien. Gracias por su ayuda.

Los hombros de Gavin se hundieron mientras terminaba la llamada y se volvía hacia Kay.

Sharp estaba a su lado, con expresión sombría.

—¿Nada? —dijo.

—Nada allí, jefe. Estoy esperando que me devuelvan la llamada del lugar de alquiler de barcos en Allington. Había tres allí: dos resultaron no tener nada, pero necesito hablar con el último.

—¿Cómo vamos con las cámaras de videovigilancia del ayuntamiento, jefe? —dijo Barnes—. ¿Llegó algo durante la noche?

Sharp negó con la cabeza. —Nada todavía. Andy Grey está en la central y hablará con su contacto allí esta mañana. También está en espera para el análisis forense digital una vez que encontremos el portátil y el teléfono móvil de Greg Victor. Si los encontramos. Carys recibió una llamada de Hazel esta mañana temprano. Aún no hay noticias de Robert Victor. Tanto ella como Annette han intentado llamarlo repetidamente, pero su móvil no conecta.

—Jefe, deberías irte a descansar un poco —dijo Kay—. Te llamaré en cuanto tengamos una pista viable sobre el paradero de Alice.

El comisario miró su reloj. —¿Alguno de ustedes durmió anoche?

Barnes pareció avergonzado, y Gavin negó con la cabeza.

—No mucho —dijo Kay.

—Ya me lo imaginaba. Volveré a las seis —dijo

Sharp—. Hablaré con la comisario jefa sobre la posibilidad de conseguir más recursos a partir de mañana a través de los uniformados. Ahora que los festivales de verano han terminado, quizás podamos obtener ayuda extra de Tonbridge también.

—Gracias, jefe —dijo Kay.

Gavin observó cómo el comisario se marchaba y luego empujó su silla hacia atrás.

—¿Adónde vas? —dijo Barnes.

Se metió el teléfono móvil en el bolsillo. —No puedo quedarme sentado sin hacer nada, esperando a que llamen, Ian. Voy a ir a esa dirección en Allington.

CAPÍTULO 12

Una brisa fresca mordisqueaba el cuello de Gavin mientras cerraba el coche, la luz del sol de la mañana temprana proyectando sombras moteadas a través de los árboles a su lado.

Se subió el cuello y cruzó el aparcamiento de grava que colindaba con el motel y el pub de al lado, su estado de ánimo ensombrecido por la realidad de que Alice llevaba más de treinta y seis horas desaparecida, y aún no había señales de ella.

Era como si la niña se hubiera esfumado en el aire, y no podía imaginar lo traumatizados que debían estar sus padres.

Sacudió la cabeza para aclarar el pensamiento y centró su atención en un estrecho y sinuoso camino que conducía desde el aparcamiento hasta la orilla del agua.

A su derecha, la terraza del pub se extendía a lo largo del camino de sirga. Se habían colocado filas de mesas de picnic para los clientes, para que pudieran sentarse y admirar el paisaje y los barcos que pasaban.

Gavin notó que las sombrillas de colores vivos de la cervecería habían sido guardadas en el interior durante la noche y apoyadas contra las puertas corredizas de piso a techo. Sin duda, si el gerente no lo hubiera hecho, esas mismas sombrillas hubieran aparecido esa mañana a la venta en algunos de los mercadillos menos recomendables del condado, para ser compradas por los lugareños para sus propios jardines.

Dos patos se contoneaban entre las patas de las mesas, deteniéndose de vez en cuando para picotear los bocados atrapados entre las grietas de la terraza antes de seguir en busca de otros tesoros culinarios.

Gavin dirigió su atención al río.

Una variedad de barcos bordeaba ambos lados de las orillas del lado de Maidstone, y una sensación de tranquilidad envolvía la escena. El suave chapoteo del agua contra los cascos se extendía mientras dos ciclistas pasaban disparados en bicicletas de montaña, levantando las manos en señal de agradecimiento cuando Gavin se hizo a un lado para dejarlos pasar.

Los observó alejarse en la distancia, luego centró su atención en una rampa de concreto en el lado opuesto del río. Junto a ella, un gran pontón estaba apilado con equipos, y divisó una fila de barcos en el astillero más allá. Al ver el nombre de la compañía junto a él, se dio la vuelta.

Ya había hablado con los serviciales dueños y sabía

que Greg Victor no se había puesto en contacto con ellos.

Emprendió un paso rápido a lo largo del Sendero Medway hacia la estructura de acero y concreto de la esclusa, y observó las casas flotantes y cruceros amarrados a ambos lados. Hablando con los dueños del astillero del otro lado, había averiguado que la esclusa proporcionaba un punto de parada entre las aguas de marea del alto Medway y las corrientes más tranquilas que fluían hacia el sur a través de Maidstone y más allá, hacia el campo de Kent.

Una idea había comenzado a formarse mientras daba vueltas en la cama anoche, pero aún no podía determinarla con precisión. Le roía los bordes de sus pensamientos, inquietándolo y preocupándolo en la periferia.

Pateó una piedra al lado del camino en frustración y se sintió un poco mejor cuando voló al agua con un satisfactorio *plop*.

Un poco más allá de la esclusa, encontró el pequeño astillero propiedad de Markus Tiverton.

A diferencia de las dos compañías más grandes con las que ya había hablado, Tiverton's Hire parecía estar en apuros.

Dos cruceros de cabina descuidados se mecían con la corriente, sus defensas rozando contra el bordillo de concreto que se había construido para reforzar el camino junto al astillero. Letras descoloridas a lo largo de los costados proclamaban nombres para los barcos, ambos terminando con alegres signos de exclamación que contrastaban fuertemente con las cortinas andrajosas que colgaban en las ventanas y los toldos de lona rotos.

Una sensación de abandono rodeaba ambas embarcaciones, que servían como ejemplos deprimentes de los tiempos cambiantes dentro del negocio de alquiler en el Medway.

En comparación con los barcos de alquiler brillantemente pintados cerca del pub y el motel, las embarcaciones de Tiverton parecían como si fueran a hundirse con la primera ola de proa de una casa flotante que pasara, y Gavin se preguntó si alguna de ellas era segura.

Una cabaña portátil de perfil bajo servía como oficina de la compañía de alquiler, las paredes de color crema desgastadas en algunos lugares. Un tubo de desagüe colgaba del lado derecho, una mancha húmeda creando una hendidura en el suelo debajo, dando una indicación de cuánto tiempo había pasado desde que alguien había pensado en arreglarlo.

Sacó su teléfono móvil y marcó nuevamente el número de teléfono fijo de la compañía mientras se detenía en el escalón.

Podía oír el teléfono sonando al otro lado de la puerta, pero no había movimiento dentro. No había nadie.

Frustrado, intentó el número de teléfono móvil que había visto en el costado de uno de los barcos de alquiler y luego maldijo cuando también ese pasó a un perezoso mensaje de correo de voz.

—¿Puedo ayudarle?

Se giró al escuchar la voz para ver a un hombre rechoncho de unos sesenta años acercándose furioso, con el ceño fruncido.

Gavin sacó su placa mientras el hombre se acercaba, y notó que sus hombros se relajaban un poco.

—Pensé que parecía demasiado bien vestido para ser un ladrón —dijo—. ¿Qué quiere?

—Disculpe, ¿usted es?

—Alan Evershall. Soy dueño de la casa flotante de allá, la *Daisy Lee*.

—¿Sabes dónde está Markus Tiverton?

—En la costa, supongo. Él y Evelyn se fueron temprano ayer por la mañana. —Evershall se encogió de hombros—. No hay mucho movimiento este fin de semana, así que supongo que pensaron que tomarían un pequeño descanso.

—¿Se fueron en barco?

Evershall le lanzó una mirada despectiva.

—Bueno, no se fueron en coche. No, Markus tiene un crucero de cabina de cuatro literas. Lo usan con amigos para vacaciones y cosas así.

—¿Cuándo regresa?

—Bueno, mencionó cuando lo vi el viernes que solo iban alrededor de la costa a Hastings por el fin de semana, así que imagino que volverá tarde esta noche o temprano mañana por la mañana. Tiene que hacerlo, ¿sabe? En caso de que haya reservas.

Gavin recorrió con la mirada el edificio temporal de oficinas en ruinas y los barcos de alquiler, y arqueó una ceja.

Evershall se encogió de hombros.

—Lo sé, pero sigue siendo un negocio que hay que dirigir.

—Entonces uno pensaría que estaría contestando su teléfono móvil. —Gavin sacudió la cabeza—. ¿Cuánto tiempo hace que los conoce?

—Me mudé por aquí hace unos tres años, así que supongo que debe ser unos dos meses después de eso, después de que compré a *Daisy*. Veía a Markus casi todas las mañanas cuando andaba por aquí, y nos pusimos a hablar. Nosotros, la gente de los barcos, tendemos a cuidarnos entre nosotros.

—¿Es probable que lo vea cuando regrese?

—Depende de la hora —dijo Evershall—. Si regresa tarde esta noche, probablemente no lo veré hasta media mañana. Tengo familia de visita más tarde hoy.

Gavin rebuscó en su bolsillo y sacó una tarjeta de visita.

—He estado intentando llamar a su número de móvil durante las últimas veinticuatro horas. Cuando lo vea, ¿podría pedirle que me llame si para entonces no ha hablado conmigo?

Evershall giró la tarjeta entre sus dedos.

—¿Esto es sobre la niña que ha desaparecido?

—Sí. ¿Sabe algo que pueda tener relación con el caso?

—Ojalá supiera algo, pobre criatura. Tengo dos nietas más o menos de la misma edad. Un asunto terrible, sin duda.

—¿Le pasará el mensaje por mí?

—Por supuesto.

—Gracias.

Gavin se dirigió de vuelta al coche, sus zapatos arrastrándose por el camino mientras reflexionaba sobre su conversación con Evershall.

Frunció el ceño a un pescador que se quitó el sombrero al pasar por el aparcamiento y le deseó alegremente buenos días, y luego se lanzó al asiento del conductor y golpeó el volante con el puño.

Le irritaba pensar que había gente llevando vidas normales, disfrutando, mientras una familia esperaba noticias sobre su hija desaparecida.

Noticias que él no tenía.

CAPÍTULO 13

Barnes miró de reojo el letrero en la pared frente a la escalera y torció el labio.

A unos metros de distancia, Kay caminaba de un lado a otro por el pasillo embaldosado del segundo piso del Hospital Darent Valley, con una mano sobre la oreja para mitigar las voces que llegaban desde la farmacia.

Él miró su reloj.

Lucas había adelantado la hora de la autopsia de su víctima. Había llamado a la sala de incidentes hacía una hora mientras Barnes masticaba un sándwich de jamón que se había calentado en su envoltorio plástico mientras revisaba informes en la pantalla de su ordenador. Al escuchar la voz del patólogo forense, su apetito había disminuido y, al ser convocado a la morgue, había tirado el resto del sándwich.

Con Gavin fuera siguiendo pistas, le había tocado a él acompañar a la inspectora al hospital.

No le dijo nada a Kay, pero hubiera preferido pasar la tarde concentrando sus esfuerzos en dirigir la búsqueda de Alice.

De todos sus colegas, él era quien más podía relacionarse con lo que Annette Victor estaba pasando. Hace solo tres años, su hija había sido secuestrada por un asesino en serie empeñado en vengarse de Barnes y la policía. Había sido un milagro que sobreviviera.

Apretó los puños y se obligó a concentrarse en la tarea en cuestión mientras Kay terminaba su llamada y se apresuraba a volver donde él esperaba.

—Era Gavin. No tuvo suerte en el lugar de alquiler de botes. Habló con alguien amarrado cerca que le dijo que los dueños estarán fuera hasta tarde esta noche o mañana por la mañana. Mientras tanto, hay un grupo de lugareños que quieren ayudar al equipo de búsqueda. Les dije que pasaríamos a verlos cuando terminemos aquí para asegurarnos de que se coordinen con nuestra gente.

—Está tomando demasiado tiempo encontrarla —dijo él—. Ya deberíamos tener algo, pero no ha habido ningún avistamiento.

Cerró la boca al oír el temblor en su voz.

—Lo sé, Ian. Lo sé. —Kay señaló con la barbilla el letrero que indicaba el camino a la morgue—. ¿Terminamos con esto de una vez?

—No debería llevar mucho tiempo —dijo Barnes mientras la seguía—. Causa de muerte, herida de bala en la cabeza.

—No dejes que Lucas te oiga decir eso.

Quince minutos después, había cambiado su traje por un conjunto de overoles de plástico que se había puesto sobre la camisa y los pantalones, y se había colocado cubrezapatos desechables. Arrastró los pies por el suelo de baldosas pulidas hacia las puertas dobles de la morgue y sostuvo una abierta para Kay.

Inmediatamente, el hedor lo golpeó.

Podía burlarse de Gavin por su temor a asistir a las autopsias, pero en este momento Barnes preferiría estar en cualquier otro lugar menos aquí.

Los restos de su sándwich de jamón se revolvieron en su estómago, y reprimió un eructo enfermizo en su garganta mientras se acercaban a la camilla en el centro de la habitación.

Lucas hizo una pausa en su trabajo y asintió cuando se acercaron, luego dejó a un lado la sierra eléctrica que había estado manejando.

—¿Cómo va? —dijo Kay. Se mantuvo alejada de la cabeza de la víctima, o lo que quedaba de ella, y se colocó a los pies.

Barnes se unió a ella, se aclaró la garganta y se obligó a concentrarse en lo que decía el patólogo forense.

—Nuestra víctima no tuvo ninguna oportunidad —dijo Lucas.

—El equipo de Harriet recuperó la bala ayer —dijo Barnes—. Ella cree que provino de una de nueve milímetros.

—Me sorprende que quedara mucho de ella después de ese recorrido —dijo Lucas, señalando la cabeza de la víctima.

—¿A quemarropa?

—Yo diría que sí. He examinado la cavidad craneal, y quien le disparó apuntó el arma a centímetros de la base de su cráneo. La bala salió por el puente de la nariz, llevándose la mayor parte del cerebro y la cara.

—Así que cualquier ropa del tirador tendría residuos de pólvora —dijo Kay.

—Si es que no se ha deshecho ya de su ropa —dijo Barnes—. Y parece que el asesino podría haber sido más bajo que Greg si la bala viajó en ese ángulo.

—Vale la pena considerarlo —dijo Lucas.

Kay dio un paso atrás y evaluó la lastimosa forma tendida en la camilla. —¿Alguna otra lesión?

El patólogo se alejó de la cabeza de la víctima y levantó suavemente la mano del hombre. —Tiene una muñeca rota, probablemente causada cuando cayó por el costado del bote. He hablado con el tipo de Carys en la Agencia de Medio Ambiente y confirma que no había presas u otros obstáculos con los que pudiera haber chocado con suficiente fuerza para causar eso en su camino río abajo, no con la forma en que fluye la corriente allí. Hay una vieja lesión en la rodilla, probablemente de hace unos diez años. Parece el tipo de lesión que esperarías ver en alguien que practicó mucho deporte cuando era más joven. Aparte de eso, era un individuo saludable.

—Muy bien, gracias, Lucas —dijo Kay.

Barnes podía oír la decepción en su voz. —¿Nos enviarás los detalles de las huellas dactilares tan pronto como puedas? —le dijo a Lucas—. Haré que alguien las pase por el sistema de nuevo para corroborar la evidencia que tenemos hasta ahora.

—Lo haré —dijo Lucas—. También enviaremos las otras muestras a Harriet y su equipo para que puedan compararlas con las que tomaron del bote.

—Suena bien. Nos quitaremos de en medio. Gracias.

—¿Alguna noticia sobre la niña?

Kay frunció los labios. —Aún no.

Se dio la vuelta, y Barnes asintió a Lucas antes de apresurarse a alcanzarla, atrapando la puerta cuando se cerraba. Ella se detuvo afuera y se apoyó contra la pared, aplastando con la espalda de su traje protector el contenido de un tablón de anuncios del personal.

—Está ahí fuera, en algún lugar —dijo Barnes, con la voz tensa.

Sus ojos se encontraron con los de él, y ella se frotó los brazos para aliviar la piel de gallina que le erizaba la piel.

—Eso espero, Ian. No sé qué voy a hacer si llegamos demasiado tarde.

CAPÍTULO 14

Kay se arremangó mientras el sargento de policía Harry Davis cruzaba el área de recreo hacia ella, acompañado de un hombre y una mujer.

Una multitud se agolpaba junto a una carpa que había sido erigida cerca de la entrada a pocos metros, reuniéndose alrededor de un grupo de policías uniformados que trabajaban en parejas repartiendo folletos.

Al otro extremo del parque, un juego de columpios, un tiovivo y un tobogán permanecían abandonados. No se veía ni un solo niño en toda la extensión verde que se extendía desde la parte trasera del salón comunitario hasta el campo de juegos de la escuela primaria.

Kay apartó la mirada de aquella triste escena.

—Inspectora, esta es la reverenda Maureen McCaffery de la iglesia local de Todos los Santos y Peter Johnson, director de la escuela primaria de aquí —

dijo Harry, y esperó mientras Kay y Barnes se presentaban—. Maureen llamó a la sala de incidentes después de que saliera el llamamiento a los medios anoche y entre ellos han organizado este grupo de voluntarios para ayudar. Están proporcionando comida y bebida a los agentes que realizan la búsqueda.

—Eso es fantástico —dijo Kay mientras observaba a los grupos que atendían las barbacoas bajo la sombra de los gazebos—. Muchas gracias.

—Teníamos que hacer algo —dijo Peter, sacudiendo la cabeza—. Tengo una hija más o menos de la misma edad en casa. No puedo imaginar lo que deben estar pasando sus padres.

—¿Cuál es tu plan de acción, Harry? —preguntó Barnes cuando los dos miembros de la comunidad local se alejaron y se unieron a un gran grupo que se dirigía hacia un sendero que atravesaba un campo de cebada.

—Los equipos han terminado las investigaciones casa por casa en las propiedades colindantes con el ferrocarril y el Sendero Medway —dijo el sargento de policía—. Hemos concluido que no hay rastro de Alice en el camino de sirga entre East Farleigh y Tovil, así que después de hablar con Alistair Matthews he movido a mis agentes hacia el tramo más allá de Tovil y hacia Maidstone.

Levantó un mapa y señaló la página. —He organizado trabajar con el personal aquí para comenzar a buscar en el área más amplia al norte de la ribera del río y el ferrocarril, para eliminar la posibilidad de que

Alice pudiera haber vagado más lejos, o que quien se la llevó cortara por los senderos y el bosque que bordea el límite por aquí.

Kay frunció el ceño. —¿Y no ha habido absolutamente ningún avistamiento de ella por parte de los propietarios de las casas junto al río?

—Nada, me temo.

—Supongo que era una posibilidad remota, dada la hora de la noche en que creemos que Greg Victor fue asesinado —dijo Barnes—. Aunque todavía haya luz hasta casi las diez de la noche, la mayoría de la gente habría estado dentro viendo la televisión o algo así en lugar de estar sentados fuera.

—Estoy inclinado a estar de acuerdo —dijo Harry—. Pero al menos de esta manera podemos llamar a las puertas de algunos residentes más y pedirles que revisen cualquier dependencia exterior. No todo el mundo habrá visto el llamamiento anoche, o los periódicos esta mañana con la fotografía de Alice dentro.

—¿Te quedarás aquí hasta que terminen? —preguntó Kay.

—Sí. Prefiero estar a mano en caso de que se encuentre algo.

—¿Cuántos agentes tienes trabajando contigo?

El sargento de policía resopló. —No los suficientes. Como siempre.

Kay se giró para observar a un segundo grupo de agentes cruzar el carril y dirigirse hacia el este en dirección a Maidstone, y dio un paso atrás sorprendida cuando un grupo de adolescentes les entregaba botellas de agua al pasar. —Hay adolescentes ayudando también.

Harry sonrió. —No todos están encerrados jugando a videojuegos. Parece que cuando Peter llamó para pedir ayuda a algunos de los padres, los hermanos mayores decidieron venir también. Se han encargado de crear un grupo en las redes sociales y repartir folletos por las urbanizaciones en esa dirección.

—Aún hay esperanza —dijo Barnes—. ¿Hay algo que podamos hacer?

Negando con la cabeza, Harry se ajustó la gorra y dobló el mapa. —No, pero gracias. Todo está bajo control. Os llamaré si tengo algo que informar. Me imagino que estaremos aquí unas cuantas horas más para cuando hayamos terminado de recorrer este patrón en cuadrícula.

—Te llamaré si averiguamos algo que pueda ayudarte —dijo Kay.

Él levantó la mano en señal de despedida, luego trotó hacia donde dos de sus agentes estaban hablando con Maureen y Peter.

Kay se volvió hacia Barnes, quien lucía una expresión atormentada mientras observaba al último de los grupos de búsqueda abandonar el área de recreo.

No tenía palabras de consuelo que darle; la niña llevaba demasiado tiempo desaparecida sin noticias de su paradero o un avistamiento. Se preguntó cuántos padres se habrían ofrecido como voluntarios por un sentido del deber, y cuántos se habían apuntado por miedo porque alguien entre ellos había matado brutalmente a un hombre antes de llevarse a una niña y desaparecer sin dejar rastro.

Kay frunció el ceño. —¿Ian? Hemos estado suponiendo que quien disparó a Greg Victor entró en pánico. ¿Y si todo esto fue premeditado?

—Annette dijo que no había recibido ninguna demanda de rescate.

—¿Y si no se trata de un secuestro? ¿Y si quien se llevó a Alice no tiene intención de devolverla?

Los ojos de Barnes se oscurecieron. —¿Quieres decir…?

Kay hizo un gesto hacia el coche. —Llama a la sala de incidentes mientras nos llevo de vuelta allí. Pídeles que revisen de nuevo el registro de delincuentes sexuales para ver quién está más cerca de esta ubicación o de la casa de los Victor en Tonbridge para empezar. Después de eso, ponte en contacto con Hazel. Averigua qué cuentas de redes sociales tienen Annette y su marido, y si alguna vez han publicado fotografías de Alice fuera de su grupo de amigos.

Su oficial ya tenía el teléfono en la oreja cuando ella había puesto el coche en marcha y lo estaba sacando por la superficie irregular del aparcamiento detrás de la escuela.

Mientras lo escuchaba hablar, recordó otra conversación y metió una marcha más baja.

El coche aceleró hacia delante mientras adelantaba a una autocaravana que iba lenta con el pie a fondo.

La conversación a su lado terminó, y ella apretó la mandíbula.

—¿Kay? ¿Qué pasa? —dijo Barnes.

—¿Y si Gavin tiene razón, Ian? ¿Y si quien se llevó a Alice escapó con ella en barco?

Barnes se pasó una mano por los ojos antes de responder.

—Podría estar en cualquier parte, jefa. Podrían haberla sacado del país a estas alturas.

CAPÍTULO 15

Cuatro horas más tarde, Kay reunió las notas que había esparcido sobre su escritorio mientras Sharp entraba por la puerta de la sala de incidentes, y empujó su silla hacia atrás.

—Al frente de la sala, todos. Vamos a comenzar la reunión informativa —dijo—. Sé que algunos de vosotros habéis estado aquí un buen rato hoy, así que cuanto antes terminemos, podréis iros a casa y descansar un poco.

—¿Cómo estás? —murmuró Sharp al unirse a ella al frente de la sala.

Kay se pasó una mano por los ojos cansados y reprimió un bostezo. —Bien, dadas las circunstancias. Estamos recibiendo mucha información después de la rueda de prensa de ayer. Debbie y su equipo han comenzado a ingresar declaraciones y otros detalles de las búsquedas y pesquisas casa por casa en HOLMES2.

Dirigió su atención al equipo de policías que se había agrupado en el extremo de la sala más cercano a la pizarra. Nunca dejaba de asombrarla cuánta gente podía estar involucrada en una investigación importante, y vio que muchos de sus colegas tenían que permanecer de pie: todas las sillas y el espacio disponible en los escritorios estaban ocupados.

—Vamos a necesitar una sala más grande —le dijo a Sharp.

—Hablé con la comisario jefa de camino aquí —dijo él—. Vamos a trasladar la investigación a la sala de al lado en la jefatura para que podáis usar ese espacio también. Hubiera preferido trasladarlos a todos vosotros a la jefatura, pero ella opina que estáis más centralizados aquí, así que si algún miembro del público quiere pasar a dejar información para ayudar, puede hacerlo. Estáis un poco más accesibles al centro de la ciudad para quienes no conducen.

—De acuerdo, gracias, jefe. —Se aclaró la garganta y luego se dirigió a Barnes—. Ian, ¿podrías empezar y darnos una actualización sobre tus conversaciones con Hazel esta tarde?

El oficial se aflojó la corbata y hojeó las páginas de su libreta. —Annette Victor confirma que nunca ha publicado fotografías de Alice en redes sociales. Annette solo tiene un par de cuentas y no las ha usado mucho. Dijo que no tiene tiempo y que no es lo suyo. No cree que su marido, Robert, haya tenido nunca una cuenta en redes sociales.

Kay frunció el ceño. —¿Qué hay de Greg Victor?

—Ahí tuvimos un poco más de suerte —dijo Barnes—. Tiene una cuenta en redes sociales, pero no ha publicado nada en su perfil desde que dejó Nottingham. No es que lo que haya allí sea de mucha utilidad de todos modos: son sobre todo chistes compartidos, vídeos, cosas así. No hay fotos de Alice, ni mención de que se haya mudado a esta zona. Sus datos personales aún muestran su ubicación en Nottingham.

—¿Robert Victor se ha puesto en contacto ya? —dijo Sharp.

—Nadie ha sabido de él, jefe.

—¿No se suponía que volvería anoche? —dijo Kay.

Barnes se encogió de hombros. —Annette le dijo a Hazel que a veces se retrasa, o se añade otra reunión al final de su viaje en el último momento. Tampoco tiene un número de teléfono alternativo para él.

—¿Qué hay del coche de alquiler que conducía? ¿Puedes conseguir esos detalles de su oficina también? Deben haberlo reservado para él antes de que volara, así que tal vez podamos rastrearlo de esa manera.

—Tengo una nota para hacer eso.

—Gracias, Ian. Bien, ¿quién está investigando el registro de delincuentes sexuales y condenas previas por agresión en relación con nombres locales? —dijo Kay.

—Yo, jefa. —Debbie West levantó la mano y luego se movió al frente de la sala para que todos pudieran verla. Una policía con considerable experiencia y una habilidad insólita con la base de datos HOLMES2, siempre era alguien en quien Kay podía confiar.

—Bien —dijo—. Había quince nombres en el registro de delincuentes sexuales, y nos coordinamos con los uniformados para entrevistarlos esta tarde. También hemos hablado con cualquiera que tenga condenas previas por agresión, así como con aquellos con órdenes de arresto pendientes y en espera de sentencia. En pocas palabras, ninguno de ellos ha estado en contacto con la familia Victor, ni han estado cerca de ese tramo del río Medway. Dos de los hombres con órdenes de arresto están fuera de casa en este momento: uno está visitando a su madre en Cardiff, y el otro está en la casa de su hermano en Penzance. Las fuerzas locales hablaron con ellos y confirmaron que no han estado en el área de Kent durante las últimas dos semanas.

—Callejón sin salida, entonces —dijo Barnes, con voz apesadumbrada.

Kay no estaba segura de si sentirse aliviada o frustrada. —Gracias, Debbie. Buen trabajo. ¿Quién estaba revisando el lado de Tonbridge?

—Aquí. —El policía Phillip Parker levantó la mano —. He hablado con la directora del jardín de infantes al que Alice ha seguido asistiendo dos veces por semana hasta que comience la escuela el próximo mes. Es un lugar bastante exclusivo, con un número limitado de niños durante las vacaciones de verano. No recuerda que su personal haya informado de nadie merodeando fuera de las puertas o actuando de manera sospechosa en las últimas semanas. No ha habido incidentes ni altercados entre los padres o los niños, y no tiene conocimiento de amenazas hacia Alice o cualquiera de los otros niños. Hemos estado trabajando en la lista de amigos y conocidos que Hazel obtuvo de Annette, y no hemos encontrado nada sospechoso desde ese ángulo. He comenzado a añadir declaraciones de sus vecinos en HOLMES2, y terminaré eso antes de irme esta noche.

—Gracias, Phillip —dijo Sharp. Levantó la barbilla cuando se abrió la puerta y Alistair se abrió paso entre los oficiales reunidos—. ¿Alguna novedad?

El asesor de Búsqueda Policial negó con la cabeza, con el ceño fruncido.

—El último grupo de los equipos de búsqueda regresó hace veinte minutos y Harry los está informando en el área de recreo —dijo—, pero no tenemos nada. No ha habido avistamientos de Alice. Los residentes de esa zona han sido fantásticos, revisando sus cobertizos de nuevo y colocando carteles, pero…

Se interrumpió con un encogimiento de hombros impotente.

Kay se volvió hacia Gavin. —Piper, ponte en contacto con esa empresa de alquiler de barcos en Allington a primera hora de la mañana. Tenemos que reorientar nuestra búsqueda hacia la posibilidad de que Alice fuera secuestrada y llevada a algún lugar en barco ahora que las búsquedas terrestres no han arrojado nada concluyente.

—Lo haré, jefa.

—¿Alguien tiene una actualización de Harriet? —dijo Kay—. ¿Cuáles son las últimas noticias del equipo en East Farleigh?

—Los buzos han completado su búsqueda en el río y la esclusa —dijo Debbie—. No hay señales de un arma desechada. Han estado trabajando en el coche de Greg Victor esta tarde. El asistente de Harriet, Patrick, habló con la empresa de alquiler de barcos en Tonbridge y han confirmado que nadie ha vuelto a intentar recoger el coche desde que lo dejó con ellos el viernes por la mañana. El informe de Patrick será enviado por correo electrónico a primera hora de mañana, pero confirma que encontraron cabello rubio en la tela que cubre un asiento infantil, y había juguetes en el espacio para los pies.

—¿Los buzos o el equipo de Harriet encontraron algo que sugiera qué pudo haberle pasado a Alice? —dijo Kay.

—Nada —dijo Debbie—. Absolutamente nada.

CAPÍTULO 16

Carys se estiró sobre el escritorio para alcanzar la taza de porcelana con el logotipo de una franquicia de películas animadas, luego arrugó la nariz con disgusto después de dar un sorbo.

El té estaba helado.

Dando vuelta a la página de la declaración del testigo que había impreso junto con otras cuatro, pasó el dedo por el texto y parpadeó con los ojos cansados.

A su lado, los dedos de la policía Laura Hanway picoteaban un teclado de ordenador mientras trabajaba en otra colección de imágenes de videovigilancia recibidas de la unidad de forense digital en la Jefatura, con la boca tensa en una fina línea.

Las tres de la mañana, más de cuarenta y ocho horas desde que Alice había desaparecido, y aún no había respuestas.

Carys levantó los brazos por encima de la cabeza y se estiró, luego miró su reloj con fastidio.

—Dios, necesito un descanso —dijo Laura—. ¿Quieres otro té?

—Por favor. —Carys le entregó la taza medio vacía—. Gracias, y no te preocupes por las formalidades aquí dentro. Puedes llamarme Carys.

—Sin problema, gracias.

—¿Cómo es que te tocó el turno de noche?

—Yo, eh, me ofrecí voluntaria. —Laura se quedó de pie junto a su silla, con la mirada baja por un momento—. Quería ayudar.

—Has solicitado convertirte en detective, ¿verdad? ¿Quieres trabajar en crímenes mayores cuando hayas completado tus exámenes?

—Me encantaría. —La voz de Laura flaqueó—. Pero sé lo duro que tengo que trabajar. Y no estoy haciendo esto solo para causar una buena impresión a la inspectora. Quiero encontrar a Alice.

Carys sonrió y señaló las dos tazas de porcelana.

—Trae el té, entonces. Vamos a necesitar más cafeína.

—De acuerdo.

Exhalando, Carys volvió al papeleo que había extendido sobre su escritorio y resistió el impulso de suspirar. Se había comprometido a revisar las declaraciones de las investigaciones puerta a puerta del día anterior a lo largo del camino de sirga y otros senderos y caminos que conducían desde el río.

Los agentes uniformados habían trabajado con Alistair Matthews para asegurarse de que se hubiera revisado cada propiedad, pero ahora era su responsabilidad volver a verificar cada una y descubrir si había anomalías o pistas que pudieran llevar a un avance.

Hizo girar un lápiz entre sus dedos mientras estudiaba la información, tomando notas sobre cualquier cosa que quisiera verificar mientras avanzaba, y decidida a encontrar algo para darle a Kay y Barnes cuando entraran por la puerta a las siete en punto.

Había visto la tensión que sus dos colegas habían estado soportando desde que asistieron a la escena del crimen el día anterior, a pesar de sus mejores esfuerzos por mantener sus emociones para sí mismos.

Ambos habían experimentado dolor y trauma en sus vidas, y sabía que Barnes especialmente estaría atormentado por el secuestro de Alice y el de su propia hija hacía solo unos años.

—Aquí tienes. Té.

La voz de Laura la sacó de sus pensamientos.

—Gracias. ¿Cómo vas con las imágenes de videovigilancia?

La policía se hundió en su silla.

—Lento, pero he logrado descartar cualquier cosa de las calles alrededor de Tovil y ese lado del río. Ahora solo me quedan los restos de imágenes de residentes privados y propietarios de negocios para revisar. No hay señal de ella, Carys. Nada en absoluto.

Carys se mordió el labio, la desesperación de la otra mujer calándole hondo.

—Sigue adelante. Incluso si no encontramos nada en cámara, tenemos que descartarlo. Sigue siendo un trabajo importante, ¿de acuerdo?

Laura asintió y volvió a la pantalla del ordenador con renovada determinación en sus ojos.

Examinando las últimas declaraciones de los testigos, Carys las apiló y luego alcanzó el siguiente lote en su bandeja. Notó que estas habían sido tomadas de los empleados del negocio de vino para el que trabajaba Robert Victor.

Todos se habían sorprendido al enterarse de que su hija estaba desaparecida, y se hizo evidente mientras Carys leía las notas que Alice había sido una visitante habitual de las oficinas en Sevenoaks.

La mayoría de las entrevistas se habían realizado por llamada telefónica, con dos que requirieron visitas domiciliarias de oficiales uniformados ese mismo día cuando los empleados no contestaron sus teléfonos. La entrevista final se había realizado a las cinco de la tarde del sábado, solo unas horas antes de que Carys comenzara su turno actual.

Una nueva oleada de agotamiento amenazó, pero cuadró los hombros y se obligó a concentrarse.

Llegó a la tercera declaración del montón, anotó el nombre del oficial en la parte superior del cuestionario personalizado que se había creado para los fines de la investigación basado en el conocimiento obtenido hasta la fecha, y recorrió con la vista el patrón ya familiar.

Frunciendo el ceño, volvió a leer la respuesta a la penúltima pregunta, y luego agarró la segunda y la cuarta declaración.

—Esto es extraño.

—¿Hmm? —La silla de Laura chirrió mientras cambiaba de peso.

Carys no respondió, y en su lugar se levantó de su escritorio y se apresuró a cruzar la sala de incidentes hacia la oficina de Sharp.

Hizo una pausa al oírlo hablar en voz baja, y golpeó dos veces en la puerta entreabierta.

—¿Jefe?

Sharp levantó la vista de la pantalla de su móvil y le hizo un gesto para que entrara.

—¿Cómo estás, Carys? ¿Aguantando bien?

—He estado mejor. —Se detuvo en el umbral—. ¿Tienes un minuto?

—Por supuesto. Adelante. ¿Qué tienes?

En respuesta, Carys levantó la declaración de testigo de Melissa Lampton.

—La asistente personal de Robert Victor le dijo al uniformado que él aterrizó en París en el aeropuerto Charles de Gaulle el lunes por la mañana. Dijo que habló con él el jueves para confirmar algunos detalles de última hora.

Sharp frunció el ceño.

—¿Y?

—Annette Victor le dijo a Kay y Barnes que no había tenido noticias de su marido desde que dejó el país —dijo Carys—. ¿Qué clase de hombre habla con su asistente personal, pero no con su esposa? Quiero decir, incluso si estuviera ocupado con reuniones y cosas, ¿no querría hablar con su hija? Barnes dijo que había fotos de Alice por todas partes en el estudio de Robert en la casa. Obviamente la adora, entonces ¿por qué no se ha puesto en contacto?

Sharp golpeó su bolígrafo en el escritorio y se reclinó en su silla, los viejos resortes protestando mientras cambiaba de peso. Finalmente, habló.

—Estoy de acuerdo, merece una investigación más profunda —dijo—. ¿Alguna de las otras declaraciones de los empleados te causa preocupación?

—No, pero no me importaría hablar con Melissa Lampton —dijo Carys—. Puede que no sea nada…

—Pero vale la pena asegurarse. —Sharp arrojó el bolígrafo sobre el escritorio y entrelazó las manos—. Estoy de acuerdo, vale la pena investigarlo.

—Llevaré a Laura conmigo e iremos allí antes de terminar el turno esta mañana —dijo Carys—. Con suerte abrirán temprano y conseguiremos algo de información para que el turno de día la investigue.

—Si alguien puede encontrar una pista, esa eres tú, Miles. —Sharp logró esbozar una sonrisa—. No se me ocurre una mejor mentora para nuestra nueva recluta.

Carys tragó saliva, sintiendo un cosquilleo de calor en las mejillas. —Gracias, jefe.

CAPÍTULO 17

Kay metió las llaves del coche en el bolsillo lateral de su bolso y luego cogió un montón de mensajes de su escritorio.

Mientras sus ojos recorrían las notas, las reordenó según su prioridad y lo que podía esperar.

Frunció el ceño cuando su mirada se posó en el fino abrigo de su colega colgado en el respaldo de la silla de enfrente.

—¿Carys todavía está aquí? —dijo Kay.

—Se llevó a Laura y se dirigió a Wilkinson's Wine Merchants justo antes de que llegaras —dijo Sharp, saliendo de su oficina—. Anoche estaba leyendo las declaraciones de los empleados y descubrió que la asistente personal de Robert Victor habló con él el jueves. Annette Victor te dijo que no había tenido noticias de su marido desde que se fue de viaje, ¿verdad?

—Sí —Kay frunció el ceño—. Es extraño, ¿no?

—Carys también lo pensó. Dijo que quería investigarlo a primera hora de hoy antes de terminar su turno, así que le di el visto bueno. —Logró esbozar una sonrisa irónica—. Ya sabes cómo es ella cuando se le mete una idea en la cabeza. Es mejor dejarla hacer que interponerse en su camino.

—Cierto. Será interesante escuchar lo que descubra.

Sharp esperó mientras Barnes se apresuraba hacia su escritorio y saludaba con un gesto a los dos oficiales superiores. —¿Alguno de vosotros tuvo la impresión de que el matrimonio tenía problemas cuando estuvisteis allí el sábado?

—Yo no noté nada —dijo Barnes—. Eché un vistazo rápido arriba después de terminar en la habitación de invitados, pero todo parecía normal. Al menos comparten dormitorio.

—Y había fotografías familiares por todas partes —dijo Kay—. El comportamiento de Annette era ciertamente el de una esposa y madre preocupada cuando la interrogamos. Sin embargo, no tuve la impresión de que se involucrara en el lado comercial de las cosas.

—Había algunos folletos y panfletos del gimnasio local y de un grupo de bádminton para mujeres sobre la mesa de la cocina —dijo Barnes—. Además de una carta abierta de una escuela privada local. Imagino que Alice habría empezado allí en un par de semanas.

La habitación quedó en silencio ante sus palabras, y él bajó la mirada.

Sharp se aclaró la garganta. —Como dices, Ian, todo apunta a una vida familiar normal por el momento. Veremos con qué regresa Carys más tarde esta mañana y si eso tiene alguna relación con la situación, me lo hacéis saber.

—Lo haremos, jefe —dijo Kay. Tomó el fajo de papeles que él le tendía y recorrió con la vista las líneas de texto.

El turno de la noche había transcurrido sin incidentes ni avances en el caso, y apretó la mandíbula ante la idea de que Alice pasara una tercera noche sin su madre.

—Me voy a ir, pero llamadme si me necesitáis —dijo Sharp. Le dio una palmadita en el brazo—. Alguien ahí fuera sabe dónde está. No pierdas la esperanza.

Levantó la mano para despedirse de Gavin, que sostenía un teléfono en la oreja, absorto en la conversación.

Kay observó cómo el comisario se marchaba y luego centró su atención en su equipo.

—Muy bien —dijo, mientras Gavin terminaba su llamada y se acercaba—, con Carys y Laura siguiendo su investigación con Melissa Lampton, mantendremos nuestro enfoque en el río. Barnes, ¿podrías llamar a las comisarías locales de Gillingham y Sheerness para averiguar si ha habido algún avistamiento de Alice cerca del estuario? La alerta a todos los puertos ha estado activa desde el sábado por la mañana, pero esas cosas nunca son fáciles de controlar con tanta costa que vigilar.

—Lo haré.

—Gavin, ¿cuáles son las últimas novedades de tu lado?

El agente comprobó su reloj. —El astillero de Allington abre a las ocho y media, así que les llamaré. Deberían haber vuelto de su escapada de fin de semana anoche, pero no supe nada de ellos.

—Mantenme informada sobre eso —dijo Kay—. Solo puedo suponer que no se llevan los teléfonos móviles del trabajo cuando se van.

Gavin arqueó una ceja. —Eso explicaría por qué su negocio parece estar en las últimas.

Kay repasó el resto de las tareas que necesitaba delegar, luego despidió al equipo y se volvió para encender su ordenador.

Como subinspectora jefe adjunta de Sharp, equilibraba una cantidad precaria de tareas de gestión además de liderar la investigación con él. Contempló la lista de correos electrónicos que se habían multiplicado desde que dejó la sala de incidentes la noche anterior, e intentó centrarse en lo que necesitaba hacer desde un ángulo político y de investigación.

No le serviría de nada si accidentalmente causaba fricciones entre otros detectives superiores al buscar recursos adicionales de un departamento o equipo ya sobrecargado.

Un teléfono sonó en el fondo, y su subconsciente reconoció la voz de Gavin hablando en voz baja mientras contestaba. A su alrededor, el sonido de dedos sobre teclados, conversaciones urgentes y llamadas siendo atendidas llenaba el aire con un zumbido constante de actividad.

—¡Jefa!

Se giró cuando el agente se abrió paso entre dos sillas vacías y se apresuró hacia ella.

—¿Qué pasa?

—Era el astillero de Allington. No tienen ningún registro de un barco alquilado a nombre de Greg Victor...

—Maldita sea...

—Pero sí tenían uno alquilado a nombre de *Robert* Victor.

—¿Qué?

—Hizo la reserva hace una semana, pero no se presentó a recogerlo el viernes por la noche.

Kay frunció el ceño y se pasó la mano por el pelo.

—¿Por qué demonios Greg Victor alquilaría un barco a su nombre y otro a nombre de su hermano?

—La esclusa de Allington tiene que ser operada por un esclusero —dijo Gavin—. Si Greg no sabía a qué hora llegaría allí el sábado, es posible que no pudiera llamar con antelación para que abrieran la esclusa. Robert podría haber alquilado el segundo barco, dado que se suponía que volvería el sábado. Tal vez iba a sorprender a su hija. Podemos preguntarle cuando hablemos con él.

—¿La empresa de alquiler de barcos de Allington confirmó el número de teléfono que se utilizó para hacer la reserva o los datos de la tarjeta bancaria? —dijo Barnes, rascándose la fina barba incipiente de la mandíbula.

—Sí. Exactamente los mismos que se utilizaron para alquilar el primer barco. En ambos casos, era el de Greg.

—Si estaba usando su propio número de teléfono y los datos de su tarjeta, ¿por qué demonios lo reservó a nombre de su hermano?

Kay se pasó una mano por el pelo. —Estamos dando vueltas en círculos.

CAPÍTULO 18

Carys entrecerró los ojos mirando la fachada georgiana del edificio de piedra y cerró de golpe la puerta del coche.

Una placa azul en la pared indicaba que el edificio había albergado a un escritor semifamoso durante solo siete días, y automáticamente miró por encima del hombro. No había turistas (todavía) y se relajó un poco al saber que su visita al lugar de trabajo de Robert Victor pasaría desapercibida.

Laura se recogió el pelo en una coleta baja. Fuera de uniforme, la policía llevaba un elegante traje de pantalón negro similar al que vestía Carys, y exudaba un nuevo nivel de confianza junto a la detective.

—¿Qué necesitas que haga? —dijo.

—Entraremos y nos presentaremos —dijo Carys, y miró su reloj—. Ya son más de las nueve, así que todos deberían estar aquí ahora. Quiero concentrarme en

Melissa Lampton esta mañana, aunque ninguna de las otras declaraciones levantó sospechas. Si tú tomas notas, yo dirigiré las preguntas, pero si al final de la entrevista crees que he dejado algo fuera, intervén. No soy el tipo de persona que se preocupa por su ego, y todavía necesitamos encontrar a una niña desaparecida de cinco años. ¿Lista?

Laura asintió y cerró el coche.

Carys subió apresuradamente tres escalones de piedra y empujó una de las dos puertas dobles de madera pintadas de colores brillantes. Entró en una amplia zona de recepción, con el suelo cubierto por una alfombra de color burdeos que amortiguaba el sonido de sus pasos.

A su izquierda, un alargado mostrador de recepción se curvaba bajo una barandilla de roble. Grandes fotografías colgaban de las paredes, cada una mostrando una vista panorámica de un viñedo al atardecer o al amanecer, con la niebla aferrándose a las estructuras fantasmales de madera y alambre.

—¿Puedo ayudarlas?

Carys cruzó la alfombra hacia la recepcionista, que se había levantado de su silla y estaba lista con un bolígrafo en la mano, con el ceño fruncido.

—Son la policía, ¿verdad?

—Así es. —Mostró su placa y presentó a Laura—. Disculpe, ¿usted es?

—Sharon Eastman.

Carys recordó el nombre de las declaraciones

tomadas durante el fin de semana. —Nos gustaría hablar con Melissa Lampton, por favor.

—¿Tienen cita?

—No, pero dada la naturaleza de la situación, estoy segura de que no será necesario.

—Por supuesto. —Sharon bajó la mirada y cogió un teléfono—. Tomen asiento, seguro que no tardará un minuto.

Laura se dirigió a un par de sofás al otro lado de la zona de recepción que habían sido colocados a ambos lados de una chimenea ornamentada.

Un jarrón con flores secas había sido colocado en el hogar, y Carys se preguntó cómo habría sido el edificio cuando era una casa familiar.

Cogió una de las revistas comerciales que habían dejado en una mesa junto a uno de los sofás y la hojeó, tratando de templar su impaciencia.

Quince minutos después, estaba paseando por la alfombra mientras Laura miraba por la ventana hacia la calle, mordisqueándose una uña mientras observaba el tráfico que pasaba.

—Siento mucho haberlas hecho esperar.

Carys se giró al oír la voz y vio a una mujer con una blusa azul y falda azul marino bajando apresuradamente las escaleras hacia ellas, su cabello castaño cortado en un bob severo que le rozaba las mejillas.

La mujer extendió su mano mientras se acercaba.

—Melissa Lampton.

Mayor de lo que esperaba, Melissa transmitía un aire

de eficiencia que pronto llevó a ambas agentes escaleras arriba y las condujo a una sala de reuniones en la parte trasera del edificio.

Cualquier ruido de la calle quedó bloqueado cuando la asistente personal de Robert Victor cerró la puerta e hizo un gesto hacia la mesa ovalada en el centro de la habitación.

—Tomen asiento. ¿Les gustaría té, café, quizás agua?

—No, gracias.

—Bien. —Melissa giró el anillo en su mano derecha—. ¿De qué querían hablar conmigo?

—Por favor, tome asiento.

Carys esperó hasta que la mujer se hubiera sentado en una silla a su izquierda, y se aseguró de que Laura estuviera lista para tomar notas.

—¿Ha tenido noticias de Robert Victor desde que habló con él el jueves?

Melissa negó con la cabeza. —Ni una palabra. Aunque, la recepción no es muy buena en esa región. —Sonrió—. Puede que hagan un vino fabuloso, pero su señal de móvil deja mucho que desear.

—Creo que estamos esperando una copia de su itinerario.

La asistente personal levantó las manos. —Lo sé, y lo siento mucho. Cuando llegamos esta mañana, resultó que nuestro intranet estaba caído. No podemos acceder a ninguno de nuestros documentos en este momento. Los teléfonos se reconectaron hace apenas media hora.

—¿Tiene una copia impresa disponible?

—No, lo siento. Tenemos una política aquí de que nada se imprime a menos que sea absolutamente esencial. —La boca de Melissa se torció—. Sé que nos dicen que es todo por el planeta, pero a veces no puedo evitar sentir que es solo una medida de ahorro de costes.

—De acuerdo, ¿puede recordar cuáles eran los arreglos de alquiler de coche para su viaje?

—Em... Sé que quería algo especial para poder viajar con comodidad. Esta vez iba a conducir él mismo. Ocasionalmente, reservamos un conductor para él, especialmente si planea visitar varios viñedos en un área extensa y hacer catas. Pero esta vez iba solo.

—¿A dónde voló?

—A París. Habría recogido el coche allí también.

—¿Tiene el nombre de la empresa de alquiler y quizás algunos detalles de contacto?

—Tengo una de sus tarjetas de visita pegada en la pantalla de mi ordenador. Esperen, iré a buscarla para ustedes.

Carys exhaló cuando Melissa cerró la puerta tras de sí y puso los ojos en blanco. —Dios mío. Esto es un trabajo duro.

Laura se mordía el labio, con los ojos divertidos. —Algunas personas no tienen sentido de la urgencia, ¿verdad?

—Tienes razón.

La puerta se abrió y Melissa entró apresuradamente

en la habitación. Le tendió una tarjeta de visita desgastada a Carys.

—Son ellos. Los hemos usado durante los últimos dos años.

—¿Algún problema?

—No. Son una de las mejores.

Carys le pasó la tarjeta a Laura y volvió su atención a Melissa. —¿A qué hora habló con Robert el jueves?

La mujer frunció el ceño. —Alrededor de las cuatro y media, me parece recordar.

—¿De qué hablaron?

—Quería que le enviara por correo electrónico información especializada para compartirla con un cliente potencial esa tarde. —Melissa se encogió de hombros—. Tenemos nuestros folletos de ventas estándar y Robert siempre los lleva consigo cuando viaja, pero si se entera de una oportunidad que no está cubierta por ellos, podemos enviarle la información. La mayoría de nuestra gente que viaja lleva tabletas para poder mostrar a los clientes de lo que somos capaces sin tener que cargar con mucha documentación.

—¿Más ahorro de costes? —dijo Carys.

Aparecieron manchas rojas en las mejillas de Melissa. —Supongo que sí.

—¿Ha hablado con él desde el jueves?

Melissa negó con la cabeza. —No, no había necesidad. Se suponía que iba a estar de vuelta aquí esta mañana. Tenemos una reunión con un proveedor a las dos.

—¿Qué quiere decir? ¿No lo ha visto?

—No. Nadie lo ha visto. Hemos estado intentando llamarle desde que se restablecieron las líneas —dijo, con una expresión de confusión en su rostro—. No responde a su número móvil, salta directamente al buzón de voz.

CAPÍTULO 19

Kay revisó sus notas y luego garabateó una actualización en la pizarra con letras mayúsculas grandes que se podían leer a distancia, y subrayó palabras para enfatizar donde era necesario.

Tapó el rotulador y dio un paso atrás, observando los puntos y los ángulos de investigación que empezaban a parecerse a una telaraña de información.

En el centro de la pizarra, una fotografía de Alice servía como recordatorio para todos los presentes sobre lo que estaba en juego.

Y todos querían estar de turno cuando encontraran a la niña sana y salva.

Kay tragó saliva. No contemplaría la alternativa, no hasta que lo supiera con certeza.

Hizo una pausa cuando el estruendo de un helicóptero sobre sus cabezas sacudió las ventanas, un recordatorio de que sus colegas aéreos estaban haciendo todo lo posible por localizar a Alice.

Revisó los papeles que tenía en la mano, leyendo los últimos informes de los equipos de búsqueda con perros, de Harry Davis en su papel de Gerente de Búsqueda de Personas Perdidas, y de otros agentes uniformados que estaban coordinando áreas de búsqueda más amplias y colaborando con ansiosos miembros del público que requerían una cuidadosa supervisión.

Se mordió el labio. Si se abrumaba, no podría dirigir a su equipo.

Sus hombros se hundieron al ver a las dos mujeres que se acercaban a ella.

Un turno de catorce horas y el estrés de la desaparición de Alice habían pasado factura a Carys y Laura, que parecían agotadas.

Carys se frotó los ojos cansados mientras se acercaba, pero logró esbozar una pequeña sonrisa. —Buenos días, jefa.

—Buenos días. ¿Qué tal os fue?

—Melissa Lampton confirmó que no ha hablado con Robert Victor desde el jueves por la tarde, igual que en su declaración original. Pero conseguimos esto. —Levantó la tarjeta de visita de la empresa de alquiler de coches—. Los llamaré esta mañana. Melissa dijo que Robert alquiló un modelo de lujo, así que debe tener un localizador GPS instalado por motivos de seguridad. Con suerte, podremos localizarlo y ponernos en contacto con él.

—Sabes qué —dijo Kay—. Dámela a mí y haré que otro haga la llamada. Vosotras dos parecéis agotadas y necesitáis descansar.

—Pero, jefa… —dijo Laura.

—Es mi última palabra. —Kay sonrió para suavizar la orden—. No me servís de nada si estáis cansadas, y aún tenéis que llegar a casa sanas y salvas. ¿Cuánto hace, dieciséis horas desde que dormisteis por última vez?

Carys murmuró una respuesta y luego se encogió de hombros.

—¿Conseguisteis algo más de la asistente de Robert? —dijo Kay.

—Solo que su internet y las líneas telefónicas han estado caídas todo el fin de semana, por lo que parece —dijo la agente —. Lo que explica por qué no hemos recibido una copia de su itinerario.

—¿Qué pensáis? ¿Creéis que se ha retrasado en algún sitio?

—Quizás está teniendo una aventura —dijo Laura. Se encogió de hombros y luego se sonrojó bajo el escrutinio de Kay—. Quiero decir, no estaría muy dispuesto a ponerse en contacto con nosotros si eso significara romper su matrimonio.

—Buen punto —dijo Carys—. Pero seguramente habrá visto las noticias, ¿no? La foto de Alice ha estado en la tele por todo el país desde ayer por la mañana, y las emisoras de radio han estado transmitiendo la noticia de su desaparición desde el sábado por la noche.

El temor aceleró el ritmo cardíaco de Kay mientras una idea comenzaba a formarse.

Se acercó a la pizarra, interrumpiendo a sus colegas a media frase con un leve movimiento de cabeza, y se paró frente a los remolinos de escritura a mano (la suya, la de Sharp, la de Barnes) que se habían añadido a medida que sus investigaciones crecían y se ramificaban en diferentes direcciones.

Un hombre muerto.

Una niña de cinco años secuestrada.

Y, por debajo de todo, estaba el pensamiento de que no tenía sospechoso, ni motivo.

—¡Jefa!

La voz de Barnes cortó el ruido blanco y el murmullo de conversaciones a su alrededor.

—¿Quién es?

—Harriet. Los resultados de las huellas dactilares están listos.

—Pídele que los envíe y haremos que alguien los pase por el sistema para corroborar que es Greg Victor.

—No es eso, jefa… ya han hecho que alguien lo haga.

—¿Cuál es el problema, entonces?

—Nuestra víctima no es Greg Victor —dijo Barnes—. Es su hermano. Es Robert Victor.

CAPÍTULO 20

Kay le arrebató el teléfono a Barnes.

—¿Harriet? ¿Qué tan segura estás?

—Hemos hablado con Lucas, y estoy segura en un noventa por ciento —dijo la jefa de Investigación de la Escena del Crimen—. Obtuvimos una huella completa en el marco de la puerta que conduce a la cabina del barco, y una parcial debajo de la ventana junto a la puerta. Acabamos de hacer que alguien pasara nuestros resultados por el sistema y el nombre de Robert apareció como coincidencia.

—Gracias, Harriet.

Kay le devolvió el teléfono a Barnes, quien murmuró una respuesta a la jefa de Investigación de la Escena del Crimen antes de colgar.

—¿Por qué está Robert Victor en nuestra base de datos?

—Tenía una condena previa por conducir ebrio hace

diez años —dijo Barnes, con los ojos escaneando la pantalla—. Recibió una multa y se le prohibió conducir por un tiempo, pero sin sentencia de prisión.

—A la oficina de Sharp. Ahora. Carys, trae a Gavin y reuniros con nosotros allí. Laura, redacta tu informe y notas de la conversación de esta mañana con Melissa Lampton, por favor, y pídele a Debbie que llame a la empresa de alquiler de coches. Después de eso, ve a casa y nos vemos de vuelta aquí a las siete de la noche.

—Sí, señora.

Kay agarró su teléfono móvil de su escritorio al pasar y luego sostuvo la puerta de la oficina de Sharp abierta para Barnes.

—¿Cuáles son tus pensamientos iniciales, Ian?

—Tal vez los dos hermanos tuvieron una pelea —dijo, posándose en el alféizar de la ventana, con los brazos cruzados sobre el pecho.

—Menuda pelea —dijo Gavin mientras se unía a ellos y se hundía en una de las sillas para visitantes frente al escritorio de Sharp. Hizo un gesto hacia la menos desgastada de las dos sillas y esperó hasta que Carys se hubiera acomodado a su lado—. Y aún no explica por qué Robert regresó al Reino Unido sin decírselo a sus colegas de trabajo, ni a su esposa.

Kay recorría la alfombra, consciente de que el bullicio de ruido de la sala de incidentes se había calmado mientras el resto del equipo asimilaba las noticias de Harriet.

—¿Hemos localizado dónde solía trabajar Greg Victor? —dijo.

—Sí, en Harris and Sons. Es un matadero justo a las afueras de Kegworth —dijo Barnes—. Hablé con el tipo que solía supervisarlo esta mañana. Dijo que no había problemas con el trabajo de Greg.

—Entonces, ¿por qué se fue?

—Su jefe dijo que Greg mencionó algo sobre tener algunos problemas familiares que resolver, y que tenía que mudarse al sur por un tiempo.

—¿Algo de nuestros colegas en Nottingham que lo contradiga?

—Nada en absoluto. Está limpio.

—Maldita sea. —Kay dejó de caminar y miró fijamente la alfombra raída. Comprobó su reloj—. Bien, esto es lo que vamos a hacer. Barnes, quiero que vayas a casa de Annette Victor para darle la noticia. Mira qué puedes averiguar sobre Greg de ella. Cuando hablamos con ella por última vez, insinuó que no todo iba bien con Greg quedándose bajo su techo, algo sobre esperar que su estadía durara solo un par de semanas. Averigua de ella con quién podría haberse reunido estas últimas semanas, y si alguien se presentó en la casa preguntando por él. Si era cercano a Alice, averigua dónde más podría haberla llevado.

Se interrumpió cuando el helicóptero pasó una vez más sobre la ciudad y levantó la mirada hacia el techo.

—Está escondido en algún lugar con Alice, probablemente asustado. No parece que la muerte de

Robert fuera planeada, así que debe haberse dado a la fuga sin suministros ni forma de acampar.

—Le preguntaré a Annette si ha notado que falte algo de la casa o de los edificios anexos también —dijo Barnes—. Podría haber regresado para recoger algunas cosas antes de marcharse de nuevo.

—Suena bien. Gavin, necesito que te coordines con Alistair y Harry y estés listo para ampliar el área de búsqueda basándote en lo que Barnes traiga después de hablar con Annette.

—Jefa.

—Llamaré a Sharp y le haré saber que necesitamos convocar una rueda de prensa urgente para actualizar a los medios sobre los últimos descubrimientos —dijo Kay—. Con suerte, lo tendremos listo para que las noticias de radio lo transmitan durante el regreso a casa de la gente, y luego las noticias de televisión de las seis.

Se volvió hacia Carys, quien parpadeó y se sentó erguida bajo el escrutinio de Kay.

—¿Miles?

—¿Jefa?

—Es hora de que te vayas a casa.

—Pero…

—Sin discusiones. Has hecho un gran trabajo esta mañana, pero te necesito descansada y lista para volver esta noche.

—De acuerdo. —Carys bostezó y se levantó de su asiento.

Kay apoyó las manos en sus caderas mientras

observaba a sus colegas. —Mierda. Esto lo cambia todo, ¿no?

Gavin frunció el ceño. —¿A qué te refieres, jefa?

—Lo que quiere decir —dijo Barnes— es que ahora mismo, Greg Victor es nuestro principal sospechoso en el asesinato de su hermano, Robert, y el secuestro de su sobrina. Y pase lo que pase, la prensa se va a dar un festín con Annette Victor.

Carys resopló mientras se volvía hacia Kay. —Vaya. Mejor tú que yo al frente de esa rueda de prensa, jefa.

Kay puso los ojos en blanco. —Muchas gracias.

CAPÍTULO 21

—Esto es indignante.

Annette Victor estaba de pie en el pasillo de su casa, con la barbilla levantada, mientras un policía uniformado pasaba apresuradamente con un ordenador portátil bajo el brazo y una gruesa agenda de cuero.

—No pueden hacer esto.

Barnes apoyó su mano en el brazo de ella y señaló hacia la sala de estar. —Señora Victor, ¿nos sentamos? Lo siento, me doy cuenta de que esto es un terrible shock para usted, pero necesitamos revisar cualquier cosa que pueda tener relación con la muerte de su esposo y dónde podríamos encontrar a su hermano.

La mujer se secó la nariz con un pañuelo de papel arrugado, sus hombros cayendo. —Oh, esto es terrible. No sé qué hacer. Robert siempre era al que se le daba bien organizar las cosas. Él era el que…

Se interrumpió cuando nuevas lágrimas rodaron por

sus mejillas y dejó que Barnes la guiara por la puerta hasta un sillón alejado de la ventana.

Ya había una docena de periodistas rondando la pequeña pared de ladrillos que separaba la casa de la avenida, los flashes de las cámaras reflejándose en las paredes de la habitación mientras los hombres y mujeres se empujaban para conseguir el espacio perfecto para fotografiar a la esposa y madre afligida.

—Bastardos —murmuró Barnes entre dientes, y corrió las cortinas de la ventana delantera—. Hazel, ¿puedes hablar con uno de los nuestros y hacer que alejen a esos periodistas? Establece un cordón o algo así.

—Jefe. —La oficial de enlace familiar salió apresuradamente al pasillo, cerrando la puerta tras ella.

Una luz moteada brillaba a través de las puertas francesas al fondo de la sala de estar, aliviando la penumbra creada por las cortinas cerradas al frente, y por un momento Barnes dejó que su mirada vagara por el patio y el jardín más allá.

Un columpio infantil había sido colocado en el centro de un césped inmaculado bordeado por macizos de flores cuidadosamente arreglados, un frondoso arce proporcionando sombra hacia la parte trasera de la propiedad.

—A ella le encanta jugar allí fuera. —La voz de Annette tembló—. Solía suplicarle a Greg que la empujara en los columpios cuando regresaba por las tardes.

Barnes tomó asiento en el extremo del sofá de cuero más cercano a ella. —¿Regresar de dónde?

—¿Perdón?

—Usted dijo "cuando Greg regresaba por las tardes".

—Oh. —Agitó la mano frente a su cara—. Solo es una forma de decir.

—¿Su cuñado salía mucho?

Annette arrugó la nariz. —No, en realidad no. Es decir, salía de vez en cuando durante el día, supongo que a entrevistas de trabajo. Pero incluso esas secaron en las últimas semanas.

—¿Se había registrado como desempleado?

—No creo. Tenía algunos ahorros; el trabajo podría haber sido atroz, pero el matadero pagaba bien. Creo que esperaba encontrar algo sin tener que pedir ayuda. —Una sonrisa tensa pasó por sus labios—. Robert era igual. Siempre quería hacer las cosas a su manera. Aunque una vez que llegó Alice, decidió que aceptaría cualquier oferta de trabajo que surgiera.

—¿Y usted, señora Victor? ¿Trabaja?

—No en este momento. Estaba trabajando como asistente administrativa antes de que naciera Alice, pero decidimos que esperaría hasta que ella se adaptara a la escuela de tiempo completo antes de volver. Ahorra en cuidado infantil.

—El dueño del negocio de vinos, Kenneth Archerton. ¿Cómo se llevaba su esposo con él?

Annette se encogió de hombros. —Bien, supongo.

Creo que tenían desacuerdos de vez en cuando, pero todo el mundo los tiene, ¿no? Robert estaba bien cuidado allí, detective. Todo el personal lo está.

Barnes bajó la mirada a sus manos. —Lo siento, señora Victor, pero tengo que hacer esta siguiente pregunta. ¿Cómo han estado las cosas aquí en casa en las últimas semanas?

Ella se hundió en el sillón, retorciendo el pañuelo de papel entre sus dedos. —Como le dije el sábado, ha sido tenso con Greg aquí. Realmente pensé que solo estaría por un par de semanas. Robert y yo... —sorbió—. Bueno, supongo que habíamos estado discutiendo últimamente.

—¿Sobre qué?

—Cosas estúpidas. Dinero. Su trabajo. Le habían ofrecido un ascenso, no surgen a menudo. Después de la fiesta de verano en junio, le pidieron a Robert que asumiera un nuevo papel. Habría significado más dinero, para empezar. —Se limpió nuevas lágrimas—. Nosotros... yo quería empezar a ahorrar para el futuro de Alice. Las cuotas de las escuelas privadas por aquí se están disparando, y luego, por supuesto, teníamos que pensar en la universidad más adelante.

—¿Su esposo no aceptó el ascenso?

—No, y se negó a cambiar de opinión. No quería ni oír hablar de ello.

—¿Estaba preocupado por el efecto que trabajar más horas podría tener en Alice? —dijo Barnes.

—No lo sé. —Annette se levantó del sillón y caminó

hacia la ventana, mirando a través de una rendija en las cortinas—. Dios, mírelos. Uno oye sobre este tipo de cosas en las noticias, ¿no? Simplemente no esperas ser tú quien esté *en* las noticias.

—¿Ha tenido noticias de Greg desde el viernes?

Annette dejó que la cortina volviera a su lugar. —Nada.

—¿Tiene alguna idea de dónde podría estar? —dijo Barnes—. ¿Sabe si tenía algún lugar al que podría ir si quisiera algo de paz y tranquilidad?

—¿De todas las discusiones, quiere decir? —Los labios de Annette se torcieron—. No. Le encantaba el río. Le gustaba pescar. Creo que podría haber sido algo así como un observador de aves en sus años más jóvenes. Vi algunos libros arriba, guías, ese tipo de cosas.

Como si fuera una señal, el sonido de pasos en las escaleras llegó a Barnes.

—¿Se están llevando todo? —dijo Annette.

—Solo si está relacionado con nuestra investigación —dijo él. Revisó sus notas y luego se puso de pie—. Señora Victor, mi colega la inspectora Hunter y nuestro comisario están organizando otra conferencia de prensa para esta tarde para proporcionar actualizaciones en relación con la desaparición de Alice. Debo advertirle que darán la noticia de que su esposo ha sido asesinado y que ahora se busca a su cuñado en relación con su muerte y el secuestro de su hija.

—Oh, Dios.

—¿Puede pensar en algo que podría ayudarnos a encontrarlos? ¿Había lugares favoritos a los que Greg solía llevar a Alice cuando la cuidaba por ustedes?

—Ya le di toda esa información a Hazel —dijo Annette—. No puedo pensar en ningún otro lugar.

—¿Greg recibió alguna llamada telefónica o alguien se presentó buscándolo mientras se quedaba con ustedes? ¿Alguien que le diera motivos de preocupación?

—No, que yo sepa, al menos. Ciertamente no recibió visitas aquí, y si hizo alguna llamada, fue desde su móvil. O subía a su habitación o salía de la casa. —Se volvió hacia las puertas francesas—. A veces lo veía caminando de un lado a otro con el teléfono en la oreja durante el día. Cuando Robert llegaba a casa y se lo contaba, me decía que no me preocupara. Decía que probablemente era solo frustración por la falta de trabajo, cosas así.

Barnes se inclinó hacia adelante. —Señora Victor, una última pregunta. Durante todo el tiempo que Greg estuvo aquí, ¿tuvo alguna sensación de que pudiera hacer algo como esto? ¿Hubo alguna indicación de que guardara rencor contra usted o su marido?

—No. En absoluto. Eso es lo que lo hace tan difícil. No percibí nada parecido —dijo Annette, su menudo cuerpo temblando—. Lo estábamos ayudando a recuperarse, y esto es lo que hace para pagarnos. Nunca debí confiar en él. Nunca debí dejarlo entrar en mi casa.

CAPÍTULO 22

Kay se cubrió los ojos con una mano cuando un flash de cámara se disparó demasiado cerca de su rostro, y frunció el ceño cuando cuatro reporteros le pusieron móviles bajo la nariz.

—Detective Hunter, ¿por qué no han encontrado a Alice todavía?

—¿El cuñado es conocido por la policía?

—¿Cómo se siente la señora Victor en este momento?

Fulminó con la mirada a la mujer que hizo la última pregunta, luego se abrió paso empujándola y subió las escaleras hacia donde Sharp estaba de pie frente a un atril de madera.

Un paño con el emblema de la Policía de Kent había sido colocado sobre el atril, y el comisario ajustó el micrófono cuando ella se acercó.

En lugar de establecer la conferencia de prensa en la

misma sala que habían utilizado el sábado, Sharp había seguido el consejo de su asesora de comunicaciones y optó por hablar con la prensa fuera de la estación de policía.

—Dará la impresión de que estáis demasiado ocupados tratando de encontrar a Alice para hablar con ellos, pero que necesitáis su ayuda —había dicho Joanne Fletcher mientras repasaba las notas que había preparado para ellos.

Lo estamos, y la necesitamos, pensó Kay.

Sharp llevaba un traje gris carbón cortado perfectamente a su figura, y su mirada severa era clara mientras observaba a la multitud al pie de las escaleras.

Se volvieron hacia la multitud de periodistas cuando un bosque de cámaras, micrófonos en pértigas y manos extendidas sosteniendo móviles se alzaron en anticipación.

—Gracias por venir con tan poca antelación —comenzó Sharp—. Nos gustaría aprovechar esta oportunidad para ponerles al día sobre una serie de descubrimientos en la búsqueda de Alice Victor.

Un silencio cayó sobre la multitud en la acera, y Kay escuchó mientras él exponía las acciones que se habían tomado hasta la fecha en un esfuerzo por encontrar a la niña desaparecida. Se obligó a no apretar los puños, enterrando el miedo y la frustración que amenazaban, y en su lugar mantuvo un ojo vigilante sobre los reporteros mientras Sharp se acercaba al avance más reciente en la investigación.

—Podemos confirmar que el cuerpo del padre de Alice, Robert Victor, fue encontrado cerca de la escena de su secuestro —dijo Sharp—, y estamos buscando activamente a su hermano, Greg Victor, en relación con su muerte y el secuestro de Alice.

Una cacofonía de ruido golpeó los sentidos de Kay.

Como uno solo, la multitud se abalanzó hacia adelante, una andanada de preguntas hacía difícil saber quién estaba hablando.

Sharp levantó una mano, negándose a hablar hasta que el ruido se hubiera calmado.

—Como estaba diciendo… —Fulminó con la mirada a un reportero que abrió la boca para hablar y luego bajó la cabeza, amonestado— Tenemos fotografías disponibles de ambos hombres, y les pedimos que compartan la imagen de Greg Victor urgentemente. Dada la naturaleza de la muerte de Robert, estamos advirtiendo al público en general que no se acerque a él, sino que llame a nuestra línea de consulta dedicada, o a *Crimestoppers* si desea permanecer en el anonimato. Bien, ¿preguntas?

—¿Por qué no se nos informó sobre el asesinato el sábado?

Kay dio un paso adelante.

—Debido a la naturaleza de las lesiones que sufrió la víctima, nos ha llevado hasta ahora obtener una identificación definitiva. Como pueden imaginar, hasta que no tuvimos toda la información disponible, no estábamos en condiciones de hacerla pública.

—¿Creen que los dos hermanos discutieron antes de que Greg fuera asesinado?

—No vamos a especular sobre las circunstancias durante una investigación en curso —dijo Kay—. Siguiente.

—¿Cómo murió Robert Victor?

—Esa información no se hará pública hasta que nuestras investigaciones hayan concluido —dijo Sharp.

—¿Greg Victor tiene antecedentes de violencia?

—No que sepamos —dijo Kay—. De nuevo, nuestra investigación está en curso en ese aspecto.

Mientras las preguntas salpicaban el aire y Kay respondía cada una junto con Sharp, comenzó a notar una disminución en el número de manos levantadas que aparecían.

Sharp elevó la voz.

—Eso es todo lo que tenemos para ustedes en este momento. Reitero que Greg Victor no debe ser abordado por civiles y que, si lo ven, deben llamar a nuestra línea de consulta dedicada o a *Crimestoppers*. Estamos trabajando sobre la base de que Alice está con él y puede estar en grave peligro. Estamos haciendo todo lo que está en nuestro poder para traer a esa niña de vuelta con su madre. Cuando tengamos otra actualización para ustedes, se lo haremos saber. Gracias.

Se dio la vuelta y guio el camino a través de las puertas de la estación de policía, estableciendo un ritmo rápido más allá del mostrador de recepción.

Pasando su tarjeta de seguridad por el teclado,

mantuvo abierta la puerta interior para Kay y luego se detuvo al pie de la escalera.

—¿Qué piensas?

Kay se cruzó de brazos y se apoyó contra la pared.

—Creo que ahora que el rostro de Greg Victor está ahí fuera, pronto sabremos algo. Solo ha estado en la zona durante cuatro meses, ha estado desempleado durante ese tiempo y no tiene amigos cercanos que Annette conozca. Eso significa que no puede razonablemente albergar a una niña desaparecida, no ahora. Incluso si ha logrado esconderse en algún lugar con Alice, ahora está expuesto.

—¿Has oído algo de Hazel? ¿Annette ha hecho algún comentario sobre qué podría haber motivado a Greg a matar a Robert?

—Nada en absoluto. Barnes dijo que parecía aturdida por la noticia cuando fue a verla hoy temprano, y ciertamente no pudo ofrecer ninguna respuesta sobre por qué ha sucedido.

Sharp comenzó a subir las escaleras.

—Necesitamos un avance, Kay. Y pronto.

—¿Jefe? —Kay se apartó de la pared cuando él hizo una pausa.

—¿Qué?

—¿Y si Greg entra en pánico? ¿Y si descubre que hemos difundido su fotografía, que sabemos lo que ha hecho?

—Entonces cometerá un error —dijo Sharp—. Y si

lo hace, entonces saldrá de su escondite, y con suerte alguien lo verá.

—No es eso lo que quería decir —dijo Kay—. ¿Y si decide que Alice es un riesgo demasiado alto? ¿Y si la abandona, o...?

—La encontraremos, Kay. —Sharp comenzó a caminar de nuevo, con los hombros rígidos—. La encontraremos.

CAPÍTULO 23

Kay se quitó los zapatos junto al taburete de la barra de la cocina y luego revisó los correos electrónicos en su móvil.

—¿Algo nuevo? —Adam entró desde el jardín con unas tijeras en la mano, que lavó bajo el grifo y guardó en un cajón. Se limpió las manos en la parte trasera de sus vaqueros y se colocó detrás de ella para masajearle los hombros—. Vas a necesitar que te atiendan la espalda después de todo esto. Tienes los músculos demasiado tensos.

—Lo sé. —Kay cerró los ojos e intentó relajarse bajo su tacto—. Y no, no hay novedades.

Se había quedado en la comisaría para ver las noticias de las seis con el resto del equipo, y luego había acordado con Sharp irse a casa para descansar unas horas. Él había seguido su propio consejo, instruyendo a

Barnes para que vigilara el equipo durante cuatro horas adicionales para poder dormir un poco antes de volver a gestionar el turno de noche con Carys.

Los pulgares de Adam se movieron hacia la base de su columna vertebral y ella gimió.

—Te lo dije —comentó él—. Necesitas fisioterapia lo antes posible.

Le dio unas palmaditas en los brazos y luego le besó el cabello antes de dirigirse a la puerta trasera.

—¿Cómo se están adaptando las gallinas? —preguntó ella, girándose en su asiento.

—Mejor —sonrió él—. Con suerte, en una semana o así estarán más animadas. Necesitan que les crezcan más plumas antes de que llegue el tiempo más fresco.

Cogiendo el saco de maíz que había abierto, desapareció de la vista. Momentos después, Kay pudo oírlo hablar con las gallinas mientras les arrojaba un par de puñados de comida en el corral cercado y luego las encerraba para pasar la noche, a salvo de cualquier peligro.

Sonrió cuando él regresó. —¿Les has puesto nombres?

—Puede que lo haya hecho —dijo él, con una expresión avergonzada cruzando su rostro antes de que también esbozara una sonrisa—. Sí, está bien, lo hice. Me dio un poco de pena que no tuvieran nombres. Hace que parezcan mascotas a partir de ahora.

—A este paso no las darás en adopción.

Adam le guiñó un ojo y llenó una jarra de cristal con agua antes de volver a salir.

Kay cogió su móvil, se aseguró de que no hubiera nuevos mensajes y luego lo apartó y se levantó de su asiento. Se ocupó de clasificar el correo que había llegado esa mañana, tiró todos los folletos publicitarios en la caja de reciclaje debajo del fregadero, y luego acercó una libreta y anotó un recordatorio para comprar provisiones en el supermercado más tarde esa semana.

Para cuando Adam había terminado afuera, ella sentía que al menos había organizado un aspecto de su vida, incluso si su lugar de trabajo era como una zona de desastre.

Adam cerró la puerta trasera con llave y luego se volvió hacia ella con el ceño fruncido. —Se me olvidó decírtelo, lo siento, tus padres llamaron.

—¿Todo bien? —Kay oyó el miedo en su propia voz y se mordió el labio.

—Nada de qué preocuparse. Solo llamaban para hacerme saber a qué hora planeaban llegar mañana por la tarde.

—Mierda, lo había olvidado.

Kay volvió a su taburete y giró su copa de vino en un charco de condensación. Meses atrás, su padre había sido llevado de urgencia al hospital, donde le colocaron un marcapasos.

Había pasado por una serie de citas con especialistas durante la primavera y principios del verano antes de recibir la aprobación de su médico para no volver a más revisiones durante otros seis meses. Había estado eufórico, reservando de inmediato unas vacaciones de dos semanas en Francia, aunque tuvo que aceptar que la madre de Kay asumiera parte de las responsabilidades de conducir.

Kay había estado aterrorizada cuando su condición fue diagnosticada por primera vez, pero su recuperación constante le había hecho darse cuenta de que iba a disfrutar de la nueva oportunidad de vida que se le había dado.

Su condición también había servido para acercar a Kay y a su madre.

Su madre nunca había estado contenta con su elección de carrera, y después de enterarse de que una investigación injusta de Estándares Profesionales había llevado a Kay a tener un aborto involuntario que significaba que ya no podía tener hijos, había quedado inconsolable. Habían estado distanciadas durante casi dos años antes de que el padre de Kay casi muriera.

—¿Kay? ¿Estás bien?

Ella sacudió la cabeza para aclarar sus pensamientos. —Lo siento. Sí. Solo estaba pensando.

Adam sonrió y luego dirigió su atención a la puerta abierta del refrigerador. —¿Crees que podrías comer algo más sustancial esta noche? Tengo unos filetes de atún aquí que hay que consumir. Podría prepararlos con una ensalada y unas patatas.

—Suena perfecto, gracias. —Reprimió un bostezo.

—Te he oído.

—Si crees que yo estoy mal, deberías haber oído a Gavin esta tarde. Creo que Barnes le ha prohibido tomar café. No le está yendo bien.

—No puedo imaginar cómo debe ser en esa sala de incidentes en este momento —dijo Adam, sazonando los filetes y calentando aceite de oliva en una sartén.

—Tienes razón, no es bueno. Especialmente con la realización de que el padre de Alice fue la víctima. —Kay se estremeció—. ¿Qué clase de persona mata a su hermano?

—¿Crees que lo hizo?

—No lo sé. Ciertamente es nuestro principal sospechoso hasta que podamos empezar a juntar toda la información que tenemos sobre ambos.

—¿Entras temprano mañana?

—Sí. Pensé que podría poner la alarma e ir una hora antes de lo previsto, solo para poder leer algunos de los nuevos informes antes de que tengamos la reunión de la mañana y recibamos el relevo de Sharp.

—No olvides que íbamos a llevar a tu madre y a tu padre a la tumba de Elizabeth mañana por la tarde. Querían dejar unas flores.

Ella cruzó los brazos sobre la encimera y frunció el ceño. —Debería llamar a mamá. Cancelar. De todos modos, llegarán a casa más rápido si no se desvían primero aquí, y les ahorrará el gasto de quedarse en el motel. La habitación de invitados es un desastre en este momento; he estado clasificando todas esas cajas de libros y cosas que iba a donar.

—Solo la harás preocuparse. Quiere pasar tiempo contigo. Estará aún más decidida a venir aquí si intentas disuadirla.

Kay exhaló. —Odio cuando tienes razón.

CAPÍTULO 24

Carys gimió cuando una luz roja de advertencia parpadeó en la impresora y la máquina se detuvo bruscamente.

Golpeó los documentos que había estado sosteniendo en la bandeja de salida y luego caminó hacia el escritorio de Debbie y localizó las llaves del armario de papelería. En el pasillo, agarró dos resmas de papel antes de devolver las llaves y garabatear una nota para informarle lo que había tomado.

Debbie West tenía la reputación de guardar los suministros de papelería mejor que la Reserva Federal en Fort Knox, y Carys no quería caer en su lista negra.

Metió algo de papel en la bandeja de la impresora y luego se apartó mientras la máquina volvía a la vida y continuó leyendo el informe mientras salían las páginas restantes.

Antes de irse por la noche, Kay le había pedido a

Carys que echara un vistazo más de cerca a los empleadores de Robert Victor. Poco impresionada por la actitud relajada de la empresa con respecto a proporcionar información, la inspectora había decidido que se agregara una auditoría de los registros financieros públicos y las actividades diarias de la empresa a las líneas de investigación que el equipo estaba siguiendo.

Agradecida de tener algo de experiencia trabajando con un investigador forense en un caso anterior, Carys descubrió que en realidad estaba disfrutando leer la información.

Deambulando de vuelta a su escritorio, con los ojos pegados a la página, sacó su silla y se hundió en ella mientras terminaba el informe.

La empresa había celebrado su primera década de actividad el año anterior, y Carys encontró una serie de comunicados de prensa en su sitio web exaltando sus éxitos.

Originalmente establecida en la cocina de la casa de su propietario, la distribuidora de vinos había ganado contratos favorables con algunas de las mejores bodegas boutique del continente en poco tiempo.

Una fotografía del propietario mostraba a Kenneth Archerton como un hombre de unos sesenta años con rasgos bronceados, la piel alrededor de sus ojos arrugándose mientras posaba para la cámara con una copa de vino tinto en la mano.

Vestido con una camisa de chambray abierta en el

cuello y vaqueros azul oscuro, se apoyaba despreocupadamente contra un barril de roble vertical junto a exuberantes vides verdes.

Una brisa ligera había atrapado su cabello cuando se tomó la fotografía contra el sol poniente, dándole un aspecto audaz.

—¿Ese es el dueño? —dijo Laura mientras caminaba detrás de la silla de Carys.

—Sí. Kenneth Archerton.

—Parece orgulloso de sí mismo.

—Probablemente esté ganando una pequeña fortuna.

—Es bueno ver a alguien que le va bien. No es fácil dirigir un negocio en estos días, ¿verdad?

—Cierto.

Carys bajó la mirada a su trabajo una vez más. Escribiendo el nombre de la empresa en el sitio web del Registro Mercantil, localizó el balance reciente presentado por el negocio y tomó nota de los activos y pasivos actuales.

El comentario de pasada de Laura no estaba lejos de la verdad: a Kenneth Archerton le iba extremadamente bien.

Pasó por los informes disponibles en el sitio web y tomó nota del progreso del negocio. Archerton había tenido un comienzo difícil, estableciendo el comercio de vinos unos meses después de la crisis financiera que había golpeado a las empresas a nivel mundial. Sin embargo, había sido frugal, siempre asegurándose de que sus pasivos estuvieran gestionados. Luego, hace cinco años, su negocio había avanzado rápidamente.

Carys cerró los detalles del Registro Mercantil y volvió a la página web del comerciante de vinos.

Continuó desplazándose por la breve historia de la empresa establecida junto a la fotografía de Kenneth, notando que había convertido su amor por el vino en un negocio después de ser despedido de su puesto en una firma de corretaje de seguros financieros.

—Fue idea de mi esposa —dijo—. Me dijo que si quería seguir bebiendo los vinos que disfrutaba, mejor encontrara un nuevo trabajo.

Carys sonrió ante el ingenioso comentario. Incluir a su esposa y un poco de humor en la biografía oficial le daba un enfoque más suave a una propuesta de negocio que de otro modo sería árida para proveedores y clientes por igual.

Ninguno de los miembros de su personal se mencionaba en el sitio web; una simple página de contacto proporcionaba un formulario que podía completarse en lugar de una dirección de correo electrónico, así como un número de teléfono principal. La dirección física de la oficina había sido reemplazada por un número de apartado postal, y Carys supuso que no era el tipo de negocio que alentaba a sus clientes a presentarse.

Sin embargo, Kenneth Archerton la intrigaba y, después de dejar los informes a un lado, escribió su nombre en un motor de búsqueda.

Se mostró una lista de resultados en segundos, y se desplazó hacia abajo hasta que encontró artículos de sitios de periódicos locales.

Los primeros dos enlaces en los que hizo clic eran historias basadas en comunicados de prensa sobre nuevos acuerdos que Archerton había asegurado para el negocio. El lenguaje utilizado era seco, lleno de jerga corporativa, y acompañado por la misma fotografía confiadamente posada que se utilizaba en su sitio web.

Carys cerró las pestañas y se desplazó más a través de los resultados de búsqueda.

Ignoró los listados relacionados con las páginas de redes sociales de la empresa, pero se detuvo cuando vio un artículo publicado por el *Kentish Times* la Navidad anterior.

Los comerciantes de vinos celebran otro año exitoso con estilo.

Carys revisó rápidamente el informe, un artículo promocional sobre el éxito continuo de Kenneth, el apoyo a organizaciones benéficas locales y una lista creciente de clientes y acuerdos lucrativos.

Bostezó, movió el ratón para cerrar la página y luego se detuvo cuando sus ojos cayeron sobre la fotografía de Archerton con algunos de sus empleados, todos levantando sus copas hacia la cámara. Cada uno de sus nombres había sido impreso debajo de la imagen.

Un rostro familiar la miraba fijamente desde la pantalla.

—¿Qué demonios?

Laura levantó la vista de su trabajo. —¿Qué pasa?

Carys señaló con el dedo la pantalla de su ordenador, con el corazón acelerado. —El jefe de Robert Victor, Kenneth Archerton, es su suegro. ¿Por qué no nos lo dijo Annette?

CAPÍTULO 25

Carys golpeó la puerta con los nudillos y luego presionó el timbre para asegurarse.

Se escucharon pasos al otro lado antes de que Hazel abriera la puerta de un tirón, con expresión preocupada.

—¿Está todo bien?

—¿Dónde está Annette? —dijo Carys, y cruzó el umbral pisando fuerte—. Necesito hablar con ella.

—Espera. —Hazel cerró la puerta—. No puedes hablar con ella en el estado en que estás. ¿Qué pasa?

Carys respiró hondo, exhalando lentamente. Hurgando en su bolso, sacó una copia del artículo del periódico y se lo entregó a la oficial de Enlace Familiar.

—Esto.

—Maldita sea. —Los ojos de Hazel se abrieron de par en par.

—Eso mismo dije yo. ¿Te ha dicho algo sobre su padre?

—Nada, no. Habló con él hoy temprano después de que se fue la inspectora Hunter, pero no mencionó nada sobre que Robert trabajara para él.

—¿Alguna idea de por qué?

—No, para nada. ¿Tal vez asumió que lo sabíamos?

Carys arrugó la nariz.

—Es poco probable.

—¿Y qué hay de su madre? ¿Ha mencionado algo sobre ella?

—Dijo que murió hace unos años. ¿Estás mejor ahora? ¿Te has calmado un poco?

—Sí. Lo siento.

Hazel sonrió.

—Yo también me habría enfadado, no te preocupes. Está en el jardín, en el patio. Acabo de hacerme una taza de té. ¿Quieres una?

—Estoy bien, gracias. —Carys caminó hacia la cocina y luego abrió la puerta trasera.

Se encontró en un amplio patio embaldosado que rodeaba la parte trasera de la casa, protegido por todos lados por arbustos que proporcionaban privacidad de las propiedades vecinas.

Un crepúsculo púrpura-azulado abrazaba el cielo vespertino, el sol desgarraba las nubes en tonos rosa y amarillo en el horizonte, y Carys levantó la barbilla para observar un solitario avión de pasajeros que trazaba una estela de vapor sobre la casa. En otro jardín más allá de la casa de los Victor, un padre llamaba a su familia, con desesperación palpable en su voz.

Se preguntó cuántos otros padres estarían vigilando de cerca a sus hijos esta noche, tal vez comprobando dos veces los cerrojos de las puertas antes de irse a dormir.

La desaparición de Alice había abierto un enorme agujero en la comunidad, y se preguntó si se recuperarían o permanecerían paranoicos para siempre.

Annette estaba sentada de espaldas a ella, y Carys detectó un olor a nicotina antes de notar la reveladora voluta de humo sobre la cabeza de la mujer.

—Disculpe, señora Victor.

Annette giró en su asiento, con la boca abierta.

—¡Dios mío! Me ha asustado.

—Lo siento. —Carys mostró su placa y se presentó—. ¿Puedo acompañarla? Me gustaría hacerle algunas preguntas como parte de nuestra investigación en curso sobre la desaparición de Alice.

—Siéntese. —Annette señaló una silla de mimbre a juego a su lado antes de coger una copa de vino tinto y dar un sorbo. Hizo una mueca, luego dio otra calada al cigarrillo antes de toser—. Normalmente no fumo. Estos son… eran… de Robert. Él pensaba que yo no sabía que fumaba. Los encontré escondidos en el fondo del cajón de su escritorio hoy. Pensé que podría calmar mis nervios. Siempre me decía que solo fumaba porque le ayudaba a relajarse.

Carys colocó su bolso en el suelo embaldosado mientras se acomodaba en su asiento, tomándose un momento para observarla.

La mujer parecía encogida dentro de su ropa, un

cuerpo diminuto envuelto en los pliegues de un fino jersey de cachemir y unos vaqueros. Esmalte de uñas desconchado manchaba los dedos de los pies que asomaban por unas sandalias de cuero marrón, y se había recogido el pelo en una coleta suelta que dejaba mechones sueltos alrededor de su cara y orejas.

Annette se volvió hacia ella con los ojos enrojecidos y ligeramente desenfocados.

—¿Qué quería preguntarme?

—Me gustaría saber más sobre el trabajo de Robert. ¿Cuánto tiempo llevaba en la distribuidora de vinos?

—Seis años.

Carys frunció el ceño, pero antes de que pudiera hacer los cálculos mentalmente, Annette volvió a hablar.

—Lo conocí allí. Me tropecé con él, literalmente.

—¿Ah, sí?

Annette se removió en su asiento, se llevó el cigarrillo a los labios e inhaló.

—Estaba ayudando allí durante unas semanas, haciendo trabajo administrativo y cosas así mientras una de las asistentes personales estaba de vacaciones. Robert chocó conmigo mientras llevaba un montón de folletos nuevos que acababan de llegar. Se esparcieron por todas partes. Se ofreció a invitarme a una copa después del trabajo para disculparse.

—¿No aceptó un trabajo permanente allí?

La mujer soltó una risa amarga, expulsando el humo entre sus labios.

—Dios, no. No era lo mío. —Contempló sus uñas de

los pies, con la boca torcida—. No, quería hacer algo diferente. Y luego me quedé embarazada de Alice unos meses después. Robert fue todo un encanto, como siempre, y me pidió matrimonio de inmediato.

Carys sacó de su bolso el recorte de periódico fotocopiado.

—¿Por qué no nos dijo que su padre era el jefe de Robert?

Annette recorrió con la mirada la fotografía, pero no hizo ademán de cogerla.

Una lágrima solitaria rodó por su mejilla mientras se secaba la nariz con el pañuelo de papel.

—Lo siento, no estaba pensando. Estaba tan alterada por Alice, y luego por Robert, que no se me ocurrió.

Carys reprimió la respuesta que le vino a la mente y esperó a que la mujer recuperara la compostura antes de continuar con su interrogatorio.

—¿Se llevaban bien su padre y Robert?

—Sí, creo que sí. Nunca los oí discutir. Papá adora a Alice. —Se enderezó—. Dice que quiere que ella se haga cargo del negocio algún día; ya está ahorrando dinero para que vaya a la universidad.

Annette parpadeó y luego apartó la mirada de la fotografía.

Carys la guardó.

—¿Qué nivel de participación tiene su padre en el negocio? —dijo mientras cerraba la cremallera de su bolso.

—No mucha estos días. Probablemente va un par de

mañanas a la semana. Suele trabajar desde casa. —Sacudió la ceniza del cigarrillo antes de dar otra calada—. No está muy bien de salud.

—Lamento oír eso.

Annette se encogió de hombros, luego apagó el cigarrillo en la suela de su zapato y colocó la colilla junto a su copa de vino.

—Empeoró a principios de este año. Tardaron semanas en diagnosticarlo porque se negaba a ir al médico. Típico de los hombres, ¿verdad?

Carys no respondió.

—En fin, volvió de una cita con su médico a finales de marzo y nos dijo que tenía esclerosis múltiple. Está viendo a un especialista en Manchester, algún tipo de tratamiento novedoso ofrecido por una clínica que encontró. No creo que tenga mucha fe en lo que le dicen los médicos de por aquí. Algunos días son peores que otros, así que creo que por eso prefiere trabajar desde casa. —Negó con la cabeza, con tristeza en sus ojos—. Papá lo ve como una debilidad. Piensa que si su personal lo ve así, se preocuparán por el futuro del negocio y se irán. No quiere perderlos, tiene buena gente trabajando para él.

—¿Algún competidor está haciendo averiguaciones?

—Ninguno que yo sepa. Para ser honesta, no me involucro mucho en el lado empresarial. —Tiró de las mangas de su cárdigan sobre sus muñecas y se estremeció—. Creo que por eso papá está depositando sus esperanzas en Alice. Quizás tenga mejor suerte con la siguiente generación.

—¿Tiene alguna idea de por qué Kenneth no mencionó su relación con Robert cuando fue entrevistado el fin de semana?

—No lo sé, lo siento. Solo puedo imaginar que, como yo, está tan absorto en el secuestro de Alice que no se le ocurrió mencionarlo. Está absolutamente desconsolado.

La mano de Annette temblaba mientras sacaba otro cigarrillo del paquete y lo encendía.

—Muy bien —dijo Carys, y se puso de pie—. Gracias por su tiempo, señora Victor. Me iré.

CAPÍTULO 26

Después de otra noche sin dormir, Gavin bostezó antes de frotarse las manos y pasear la mirada por la variedad de objetos esparcidos sobre la mesa frente a él.

Le había tocado a él clasificar todo lo que se había recogido y embolsado de la casa de Robert Victor, incluidos los objetos personales de su hermano, Greg.

Gavin apartó el portátil de Robert y se dirigió a Andy Grey, el experto en informática forense.

—No estoy seguro de cuánta suerte vas a tener con eso —dijo—. Suponemos que se llevó su ordenador principal de trabajo, y el equipo de Harriet no lo encontró ni en el barco ni en el río.

—No te preocupes —dijo Grey—. Podríamos tener suerte, quizás haya guardado todo su trabajo en la nube o haya usado este como una especie de respaldo. Me pondré en contacto contigo en cuanto sepa algo.

Señaló el teléfono móvil que había sido colocado en una bolsa de plástico para evidencias. —¿Es el de la esposa?

—Sí. Ya lo hemos clonado para poder examinar la información —dijo Gavin—. Pensaba devolvérselo esta tarde.

—Si te quedas sin tiempo o no puedes conseguir que alguien revise los registros telefónicos, llámame.

—Gracias.

Cuando Grey salió de la habitación, Gavin centró su atención en la miríada de documentos que había dispuesto a la derecha de la mesa.

La mayoría de la documentación se había recuperado de la oficina de Robert Victor y había pasado la mañana organizándola en diferentes pilas.

La conmoción por el descubrimiento de Carys de que Robert Victor había sido empleado por el padre de Annette dio un nuevo impulso a la investigación, y Kay había terminado la reunión informativa de la mañana con instrucciones claras de que quería más información sobre sus acuerdos comerciales para el final del día.

Los extractos bancarios y los detalles de las cuentas de ahorro se habían separado de las facturas de servicios públicos y otros artículos domésticos cotidianos, mientras que una tercera pila de documentos contenía tarjetas de membresía de gimnasios o clubes sociales a los que pertenecían los Victor. Las cartas y otra correspondencia, tanto personal como relacionada con el trabajo de Robert, estaban en el grupo final.

Gavin se rascó el lóbulo de la oreja y se preguntó por dónde empezar.

—Extractos bancarios —dijo una voz detrás de él.

Miró por encima del hombro y vio a Debbie avanzando hacia la mesa.

Ella recogió la primera pila y comenzó a examinar su contenido.

—¿Por qué dices eso? —preguntó Gavin.

—Experiencia —dijo ella, y le guiñó un ojo—. En serio, esta parte llevará más tiempo, pero al menos podremos ver si hubo alguna transacción inusual hacia o desde sus cuentas personales.

—De acuerdo, pues empecemos, ¿vale?

Gavin tomó la mitad de los extractos de ella, sacó una silla al final de la mesa y la giró hasta que pudo poner los pies sobre el radiador bajo la ventana, y luego se acomodó para leer.

Tachando los elementos que eran fáciles de identificar (pagos de hipoteca, cargos de teléfono móvil, facturas de servicios públicos, visitas regulares al supermercado), gradualmente fue formando una imagen de los gastos normales del día a día. Además de eso, añadió una nota de los pagos regulares de salario que Robert recibía.

Finalmente, había tachado la mayoría de las entradas en los extractos que representaban los ingresos y gastos del hogar.

Miró su reloj y notó con sorpresa que habían pasado dos horas.

—¿Cómo vas? —preguntó, echando hacia atrás su silla y estirando los brazos por encima de la cabeza.

Debbie levantó la cabeza de su trabajo y señaló los documentos frente a ella. —He revisado todas las tarjetas de crédito de tiendas. No veo ningún problema que señalar: cada una se paga en su totalidad al principio del mes para evitar cargos por intereses. Creo que solo las tienen para obtener los descuentos y recompensas. ¿Y tú?

—Acabo de terminar de revisar todas las cosas del día a día. No queda mucho por hacer.

—¿Nos damos otra hora y luego salimos a por un sándwich o algo? —dijo Debbie—. Probablemente necesite algo de aire fresco para entonces; me estoy mareando de tanto mirar estos papeles.

—Suena bien.

Gavin acercó su silla a la mesa, encontrando un espacio para extender los extractos bancarios restantes.

—¿Sabemos cuándo es el cumpleaños de Alice? —preguntó.

—El veintitrés de junio —dijo Debbie.

—Vale, gracias; al menos eso explica este grupo de pagos salientes. —Silbó por lo bajo—. Mis padres seguro que no gastaron tanto en mí cuando era niño.

—Tengo la impresión por Hazel de que era su padre quien tendía a mimarla. Creo que Annette mencionó de pasada que pensaba que Alice tenía demasiados juguetes, pero como Robert siempre estaba fuera por trabajo, supongo que se sentía culpable; quizás mimarla era su forma de compensarlo.

Gavin gruñó por lo bajo y volvió su atención a la documentación, decidido a terminar la tarea antes de tomar un descanso para almorzar. Prefería mucho más estar fuera hablando con la gente o siguiendo pistas. Estar sentado en una sala de reuniones revisando los antecedentes financieros de otra persona no era algo que le hiciera sentir que estaba contribuyendo a localizar a Alice o al asesino de su padre.

Tomó su lápiz y comenzó a trabajar en las entradas restantes.

Al dar vuelta a la página, pasó los ojos por las líneas tachadas y se concentró en encontrar los huecos en la información que tenían a mano.

Frunció el ceño al notar un pago de cuatro cifras que había llegado a la cuenta conjunta a principios de ese año. Los detalles de referencia del banco para la transacción estaban en una taquigrafía confusa que no tenía sentido para él.

Gavin buscó el extracto del mes anterior, pero no encontró ninguna transacción correspondiente. Frustrado, probó con el mes siguiente y encontró una cantidad idéntica que había llegado a mediados de abril.

Cada mes después de eso, se había pagado una cantidad similar en la cuenta conjunta de los Victor.

—Debbie, ¿qué opinas de esto? —Gavin le mostró tres de los extractos y señaló las transacciones—.

¿Tienes alguna idea de lo que significan esos números de referencia?

El ceño de la policía se frunció mientras recorría los extractos con la mirada.

—No estoy segura. Obviamente es un pago electrónico hecho a la cuenta, pero cada una de las referencias es diferente. ¿Podría ser un pago hecho desde el extranjero tal vez?

—¿Y si...? —Gavin se interrumpió cuando su teléfono comenzó a sonar—. ¿Hola? Agente Piper.

—Detective, soy Alan Evershall.

Gavin frunció el ceño mientras intentaba ubicar el nombre, antes de que el interlocutor hablara de nuevo.

—Nos conocimos el domingo por la mañana en Allington, soy el dueño del *Daisy Lee*.

—Ah, señor Evershall. Sí, lo recuerdo. ¿En qué puedo ayudarle?

—En realidad, puede que tenga algo para usted.

Gavin se inclinó hacia adelante y apartó los extractos bancarios, acercando su libreta. —¿Oh? ¿Qué ha ocurrido?

—No estoy seguro de si es algo importante, pero pensé que debería decírselo.

—Continúe.

—Bueno, esta mañana estaba regresando en bicicleta por el camino de sirga desde Allington. Suelo hacer mis compras en un pequeño supermercado en la A20 y vuelvo a casa por el castillo para variar la ruta. Me mantiene saludable, ¿sabe?

—Sí. —Gavin contuvo un suspiro y deseó que Evershall continuara en lugar de darle un relato detallado de su expedición de compras—. ¿Vio algo?

—Creo que sí. Volví al camino de sirga justo después de los terrenos del castillo. No hay muchos barcos amarrados allí en este momento. Creo que hay un equipo de filmación esta semana y los propietarios tienen que mantener los amarres privados despejados. Escuché a alguien aquí en el astillero mencionarlo la semana pasada porque todos los propietarios de barcos han tenido que amarrar por aquí durante un tiempo. No estaría bien estorbar el paisaje, ¿verdad?

Gavin se rio y puso los ojos en blanco mirando a Debbie. —En absoluto, señor Evershall.

—Bien, bien. Entonces, a unos doscientos metros por el camino de sirga, en dirección a la esclusa, hay una canoa abandonada de estilo canadiense.

—¿Una canoa?

—Sí. Se ven algunas por aquí. Son realmente baratas de alquilar y muchos de los chicos de la zona las usan durante el verano.

—¿Qué le hizo pensar que esta era sospechosa?

—Había sido hundida y empujada hacia los juncos. Crecen bastante altos en esta época del año hasta que el ayuntamiento viene y arregla el camino de sirga. El caso es que había un peluche flotando en el agua dentro de ella, atascado bajo el banco, ya sabe, la viga que cruza el medio de la canoa para reforzar los lados. —Evershall hizo una pausa, como si estuviera ordenando sus pensamientos—. Por supuesto, podría no ser nada, pero…

Gavin comenzó a caminar por la alfombra. —¿Dónde está usted ahora?

—De vuelta en el *Daisy Lee*.

—¿Y la canoa sigue en el agua cerca del castillo?

—Bueno, sí, supongo que sí. Solo llevo de vuelta veinte minutos. Le habría llamado antes, pero tuve que meter los hígados de pollo en el refrigerador, de lo contrario se echarían a perder con este calor. Yo…

—¿Tocó algo en la canoa o sacó el peluche?

—No, no se preocupe. He visto suficientes de esos programas de crímenes en la televisión.

—Muy bien, excelente. Señor Evershall, ¿le importaría volver a donde vio la canoa y asegurarse de que nadie más se acerque? Nos reuniremos con usted allí lo antes posible.

—Por supuesto, no hay problema.

—Gracias. —Terminó la llamada y se volvió hacia Debbie—. ¿Has encontrado alguna inversión extranjera entre estos papeles?

—Todavía no. Estaré atenta.

—¿Qué hay de las sociedades de crédito hipotecario? ¿Robert tenía otras cuentas, quiero decir, que no estuvieran a nombre conjunto? ¿Algún lugar de donde pudiera haber venido el dinero?

—No encontraron ninguna en su oficina, pero sabes tan bien como yo que eso no significa que no tuviera una en algún lugar.

—Eso es lo que estoy pensando. Mira, ¿puedes seguir con esto y nos ponemos al día más tarde? Necesito contarle a Kay y Barnes sobre esta pista —dijo Gavin, y salió apresuradamente de la habitación.

CAPÍTULO 27

Barnes entrecerró los ojos contra el sol de la tarde y miró con furia la fila de vehículos de la empresa de catering, grandes camiones articulados y coches varios que se alineaban en la estrecha carretera que pasaba junto al castillo.

Negó con la cabeza. —No me extraña que siempre estén hablando de lo mucho que cuesta hacer películas hoy en día —dijo—. Mira todo esto.

Gavin sonrió. —Y esto es solo para un anuncio de televisión.

—¿En serio? Maldita sea.

El móvil del joven agente emitió una ráfaga de música, y Barnes esperó mientras atendía la llamada.

A su derecha, un par de actores posaban junto a un nuevo coche deportivo, cuya carrocería estaba encerada y reluciente bajo las luces del escenario que lo rodeaban.

—Gracias, Hazel. —Gavin se acercó a donde él estaba, guardando su móvil—. El equipo de Harriet encontró un conejo de peluche atrapado en el casco de la canoa mientras veníamos hacia aquí, y tomaron una fotografía. Annette Victor ha confirmado que es similar a uno que Alice llevó consigo la mañana del paseo en bote. Al parecer, habían pasado la noche en casa de Kenneth para cenar y desayunaron allí el viernes antes de que Greg recogiera a Alice para llevarla a Tonbridge. Annette dijo que Alice se enamoró del conejo en cuanto lo vio esa mañana e insistió en que Greg lo metiera en su bolsa para llevárselo.

—Mierda.

—¿Detectives?

Barnes miró a través de una amplia extensión de hierba exuberante hacia donde un agente uniformado les hacía señas desde el camino de sirga acordonado, y dio un codazo a Gavin.

—Vamos. Parece que Harriet está de acuerdo en que echemos un vistazo ahora. Por cierto, ¿dónde está ese tal Evershall que te llamó? Creí que le habías dicho que nos encontrara aquí abajo.

—Los uniformados acordonaron el camino en el otro extremo, pasada la canoa, así que nos está esperando allí. Pensé que podríamos echar un vistazo a la canoa primero y luego hablar con él una vez que nos hayamos orientado.

Barnes tomó el portapapeles que el agente le tendía,

firmó su nombre como registro de acceso a la potencial escena del crimen, y luego pasó por debajo de la cinta.

A pesar de que varias personas habían utilizado el camino de sirga durante el fin de semana, era imperativo que el equipo asegurara cualquier evidencia que pudiera quedar hasta que pudiera ser recuperada y registrada.

Sus zapatos levantaron polvo y piedras sueltas mientras él y Gavin se apresuraban por el sendero hacia un grupo de especialistas forenses vestidos con trajes blancos.

—Cuando llamé a Harriet de camino aquí, me dijo que habían hecho una revisión inicial de este tramo del camino, pero no encontraron nada más —dijo Gavin.

Barnes maldijo en voz baja cuando casi se torció el tobillo en el terreno irregular. —No recuerdo haber recibido informes sobre una canoa robada, ¿y tú? Pensé que cualquier cosa así debía ser notificada al grupo de trabajo.

—No. Tal vez el dueño esté fuera en este momento.

—Toma nota para que alguien revise las declaraciones que tomaron los uniformados a los propietarios entre East Farleigh y Tovil, por si acaso.

—Lo haré.

Barnes se detuvo a unos metros de donde Harriet y su equipo se habían congregado, luego giró y miró hacia el castillo, con sus pensamientos dando vueltas.

—¿Qué pasa? —dijo Gavin.

—Me preguntaba… quizás Greg no robó la canoa. Tal vez su plan desde el principio era usarla.

—Eso tendría sentido. Después de todo, el segundo bote fue alquilado a nombre de Robert. —Gavin empezó a caminar de nuevo—. Así que tendríamos que averiguar dónde la había escondido, o a quién se la había pedido prestada.

—Ian, Gavin.

Harriet Baker se apartó de su colega cuando se acercaron, y luego les hizo señas para que se acercaran. —Hemos procesado la orilla del río aquí, así que podéis echar un vistazo más de cerca.

—Gracias —dijo Barnes.

—He dejado la canoa y todo in situ mientras los esperábamos. Supuse que querríais ver la escena tal como la encontró el señor Evershall.

—Brillante —dijo Gavin—. ¿Lo has conocido?

—Brevemente, está allí junto al otro cordón.

—Muy bien, nos orientaremos aquí y luego hablaremos con él.

Barnes siguió a Harriet hasta la orilla del agua, donde dos técnicos de la Policía Científica estaban empezando a guardar sus maletines de equipo.

Patrick, el fotógrafo, se hizo a un lado para dejarlo pasar.

—Subiré algunas de estas imágenes en cuanto vuelva al laboratorio para que tengáis algo que mostrar al resto de su equipo —dijo—. Probablemente sea más fácil que intentar tomar fotos y que se os caiga el teléfono al río.

—Te lo agradezco, gracias. —Barnes miró hacia la

orilla opuesta. Media docena de agentes uniformados se paseaban por el camino de sirga, manteniendo a raya a los curiosos—. ¿Los medios ya se han enterado de esto?

—No, hemos tenido suerte —dijo Harriet—. Planeamos mover la canoa una vez que le hayáis echado un vistazo y la cubriremos con una lona de plástico antes de llevarla al remolque que tenemos en espera.

—Veamos, entonces.

Harriet señaló los juncos en la orilla del agua. —Deberíais tener cuidado, la orilla está bastante resbaladiza en algunos lugares.

Barnes hizo caso de su advertencia. No le apetecía volver a la sala de incidentes con el traje mojado.

Para empezar, no dejaría de oír las burlas de Gavin.

Extendió la mano y apartó un grupo de juncos, y divisó la canoa hundida cerca de donde estaba.

El casco rojo brillante sobresalía del agua poco profunda unos centímetros, y parecía que quien había intentado hundirla no había tenido en cuenta la pendiente del lecho del río.

Se inclinó más hacia fuera mientras el agua en la canoa formaba remolinos, y un conejo de peluche azul claro giraba con el suave movimiento.

Barnes tragó saliva, retrocedió y señaló con el pulgar por encima del hombro.

—¿Quieres echar un vistazo antes de que la muevan, Piper?

—Claro.

Barnes esperó en el camino de sirga y miró fijamente el contorno de la canoa.

Desde este ángulo, podía ver cómo había llamado la atención de Evershall.

—Lo hizo con prisa, ¿verdad? —dijo Gavin—. Uno pensaría que la habría empujado hacia aguas más profundas.

—Probablemente pensó que no tenía tiempo —dijo Barnes—. Gracias, Harriet. Iremos a hablar con Evershall y volveremos aquí cuando hayamos terminado, pero creo que podéis empezar a sacarla del agua. Nuestra suerte con los medios no va a durar mucho más.

Señaló a dos ciclistas que estaban de pie en el camino de sirga opuesto, a pocos metros del segundo cordón, ambos con teléfonos móviles en alto.

—Maldita sea —dijo Harriet.

Barnes hizo un gesto a Gavin para que lo siguiera mientras la jefa de Investigación de la Escena del Crimen comenzaba a dar instrucciones a su equipo, y se dirigió hacia Alan Evershall.

—Te dejaré liderar esta —dijo mientras se acercaban, y sacó su libreta.

—Señor Evershall, gracias por esperar —dijo Gavin—. ¿Quiere registrarse para que podamos hablar por aquí?

Miró con severidad a un grupo de curiosos que rondaban el cordón, sus expresiones ansiosas tornándose en decepción mientras él y Barnes llevaban a Evershall a un punto a pocos metros a lo largo del camino de sirga.

—¿Tenía razón? —dijo Evershall—. ¿Tiene que ver con la niña desaparecida?

—Todavía estamos en medio de las investigaciones preliminares, pero hizo bien en llamarme. ¿Puede contarnos qué pasó esta mañana? Dijo que estaba de compras, ¿no?

—Sí, así es. Podría haber usado el supermercado más pequeño en Chatham Road. Está más cerca, pero prefiero el de Allington. Hay más variedad, y es un cambio de escenario en bicicleta.

Gavin asintió y no dijo nada. Evershall miraba fijamente un punto por encima de su hombro mientras recordaba los detalles de haber encontrado la canoa, y no quería interrumpir su línea de pensamiento. Era mejor dejar que el hombre recordara lo que había sucedido a su propio ritmo en lugar de arriesgarse a perder alguna información vital.

—En fin —continuó—, volví en bicicleta pasando por el castillo, pensando que echaría un vistazo a lo que estaban filmando; oí a alguien en la tienda hablando de ello. El camino de sirga no estaba muy concurrido, no se ve mucha gente por aquí hasta la hora del almuerzo, cuando abre el pub cerca de la esclusa. —Frunció el ceño—. Supongo que estaba soñando despierto, solo pensando en lo que tenía que hacer en el barco cuando regresara. Vi un destello rojo entre los juncos cuando me acercaba a donde vieron la canoa. Parecía tan fuera de lugar que me detuve para mirar más de cerca. De todos modos, lo habría informado al guardia de la esclusa (no se puede permitir que un barco golpee algo así, causaría todo tipo de daños), pero cuando vi el conejo de peluche, pensé que sería mejor llamarlos.

—¿Reconoció la canoa como perteneciente a alguien de por aquí?

—No, nunca la había visto antes.

—¿Ha oído hablar de algún robo en este tramo en la última semana?

—No, y ese tipo de cosas nos habría puesto a todos en alerta. Las noticias viajan rápido por aquí, especialmente después de lo que ha pasado. Todos los que son residentes a largo plazo en el río están atentos a esa niña. Es de lo único que se habla.

—Muy bien, gracias, señor Evershall —dijo Gavin—. Ya sabe dónde encontrarme si ve o escucha algo más.

—De acuerdo, volvamos a la comisaría. —Barnes cerró su libreta mientras Evershall caminaba de vuelta hacia el cordón—. Gran parte de esto va a depender de la suerte, ¿no es así, Piper?

—Lo sé. Lo odio. Si no hubiera salido de compras, si no hubiera tomado esa ruta particular para volver a casa...

Barnes aminoró el paso mientras se acercaban al equipo del Investigación de la Escena del Crimen, que estaba levantando cuidadosamente la canoa del río, cada paso del proceso siendo fotografiado por Patrick mientras trabajaban.

El agua se derramaba por un gran agujero en el casco, y Barnes observó cómo se recogían y embolsaban los últimos restos de evidencia.

—Harriet, tan pronto como termines de procesar el juguete, ¿puedes encargarte de que me lo envíen?

—Sin problema.

—Gracias.

—¿Por qué quieres el conejo, Ian? —dijo Gavin mientras se dirigían de vuelta al coche.

—Si Alice lo perdió cuando Greg Victor la estaba trasladando de aquí a donde sea que la haya llevado, probablemente lo esté echando de menos —dijo—. Quiero asegurarme de que lo recupere cuando la encontremos.

CAPÍTULO 28

Kay se inclinó sobre el volante mientras reducía la velocidad del coche y entrecerró los ojos para ver los números de latón fijados en un pilar de ladrillo al lado derecho de la carretera.

Satisfecha de haber encontrado la dirección correcta, giró hacia el camino de grava, bajó la ventanilla del coche y estiró el brazo para pulsar el botón de llamada en el interfono debajo de los números. Mientras esperaba una respuesta, observó las puertas de hierro forjado y la casa independiente de estilo Tudor que se veía más allá.

Vigas de madera oscura se entrecruzaban en la fachada del edificio, contrastando con el estuco blanco en el piso superior y el ladrillo rojo en la planta baja que hacía juego con los pilares de la entrada junto a ella. Dos chimeneas se elevaban hacia el cielo sobre un tejado de tejas, y podía ver abetos a los lados del edificio que proporcionaban privacidad desde el camino de entrada y de cualquier mirada indiscreta desde la carretera.

—¿Hola?

La voz de una mujer se escuchó a través del interfono, y Kay se giró para que se le oyera claramente.

—Inspectora Kay Hunter. Me gustaría hablar con el señor Archerton, por favor.

—¿Tiene cita?

—Es sobre su nieta desaparecida. Esperaba no necesitar una dadas las circunstancias.

Un crujido llegó a sus oídos, y volvió la mirada hacia la casa. No tenía duda de que la estaban observando, y como para confirmar sus sospechas, una cortina en una de las ventanas delanteras volvió a caer en su lugar.

—Pase —dijo la mujer finalmente—. Aparque a la izquierda. Hay una puerta en ese lado de la casa que puede usar.

La línea se cortó antes de que Kay pudiera acusar recibo de las instrucciones, y entonces las puertas se abrieron hacia dentro.

Aceleró en cuanto hubo suficiente espacio para pasar, aparcó donde le habían indicado y cruzó la grava hacia la casa.

Deteniéndose un momento para orientarse, calculó que la propiedad tenía al menos cinco dormitorios y dos salas de estar. El jardín delantero había sido paisajísticamente diseñado hasta el último detalle y se preguntó cuánto costaría su mantenimiento.

Kay se giró al oír que se abría la puerta y vio a una mujer con el pelo a la altura de los hombros y con canas haciéndole señas.

—Por aquí.

Kay se limpió los pies en el felpudo y luego entró. —Gracias. Disculpe, ¿usted es?

—Patricia Wells. Soy la cuidadora y ama de llaves del señor Archerton. —La mujer cerró la puerta con llave y le indicó a Kay que la siguiera a través de un arco de vigas oscuras similares a las del exterior de la casa—. Cuidado con la cabeza. El señor Archerton está en su despacho esta mañana.

Kay la siguió hasta un amplio pasillo y a través de una gruesa alfombra hasta una puerta con paneles que permanecía resueltamente cerrada. Miró a su derecha para ver la puerta principal cerrada con cerrojo y un trozo de tela clavado en la estrecha ventana a la izquierda de esta.

—Periodistas —dijo Patricia, torciendo el labio—. Es por eso que le pedí que usara la puerta lateral.

—¿Han estado causando problemas?

—Aún no. Aunque oí lo que pasó en casa de Annette. —Levantó la mano hacia la puerta, luego se volvió hacia Kay y bajó la voz—. El señor Archerton tiene días buenos y malos. Hoy es un buen día, pero le pediría que no lo agote. Ya está bajo suficiente estrés en este momento, y no hará falta mucho para provocar un retroceso.

—Lo tendré en cuenta.

Patricia llamó, y una voz de barítono respondió.

—Adelante.

La primera impresión de Kay sobre la habitación fue que si tuviera el dinero, tendría un despacho en casa exactamente igual.

Estanterías del suelo al techo cubrían la pared a su derecha, mientras que frente a ella un par de puertas francesas se abrían a un amplio césped, con las cortinas ondeando en una suave brisa. A su izquierda, un gran escritorio de roble había sido colocado frente a una chimenea, cuyo hogar vacío estaba lleno de piñas.

—Señor Archerton, esta es la inspectora Kay Hunter —dijo Patricia.

Kay se acercó al escritorio mientras Kenneth Archerton se levantaba con dificultad de un sillón de cuero color borgoña con la ayuda de bastones y la evaluaba con penetrantes ojos azules.

Aparte de su evidente dificultad para caminar, su barbilla sobresalía desafiante mientras reunía los bastones en una mano y se apoyaba contra el escritorio, su fino cabello gris peinado hacia atrás desde una frente alta.

—¿Han encontrado a mi nieta?

—Estamos siguiendo varias líneas de investigación, señor Archerton. ¿Puedo preguntarle por qué no le dijo a mis colegas el fin de semana que usted era el suegro de Robert Victor?

El ceño del hombre se frunció por un momento, luego sus hombros se hundieron. —¿No lo hice? Obviamente no estaba pensando con claridad. Respondí a sus preguntas lo más rápido que pude para que pudieran ponerse a buscar a Alice.

Señaló un asiento frente a su escritorio y esperó hasta que Kay se sentó antes de dirigirse a la cuidadora. —Patricia, ¿te importaría traernos un poco de café?

—Por supuesto.

Unos pasos suaves precedieron al cierre de la puerta detrás de la mujer, y Archerton se acomodó de nuevo en su silla. —Patricia es una bendición. Trabaja a tiempo parcial como mi ama de llaves, pero también es cuidadora registrada. Supongo que mi hija le dijo que tengo esclerosis múltiple de inicio temprano, ¿verdad?

—Se lo mencionó a uno de mis colegas, sí. Tengo entendido que usted trabaja desde casa la mayoría de los días, ¿no?

—Voy un día a la semana para las reuniones de personal y para firmar nuevos contratos. Trabajaba a tiempo completo hasta hace seis meses, cuando mi salud empeoró —dijo Archerton. Sonrió—. No quisiera que mi personal pensara que estoy eludiendo mis responsabilidades.

Kay sacó su libreta y un bolígrafo de su bolso. —¿Cuándo vio por última vez a Alice?

Archerton se reclinó en su asiento como si le hubieran golpeado, su sonrisa desvaneciéndose.

—El jueves por la noche. Greg pasó a recogerla aquí al día siguiente para llevarla al barco. Llegó temprano, y yo no me había levantado, así que no pude despedirme de ella.

—¿Se queda a menudo aquí?

Hizo un gesto hacia las puertas del patio abiertas. —Le encanta correr por el césped. Aquí está segura. Le gustan las mariposas; mi esposa plantó todo tipo de arbustos y flores para ellas cuando estaba viva, y he intentado mantener esa tradición. Por supuesto, ahora tengo a alguien que viene una vez a la semana y se encarga de todo.

—¿Cuándo habló con Robert por última vez?

—El lunes por la mañana, antes de que tomara su vuelo. Quería darle algunos consejos respecto a un posible nuevo cliente.

—¿Parecía preocupado por algo?

—Para nada. Nada fuera de lo común. —Archerton tamborileó con los dedos en el brazo de su silla—. Planeábamos hacer una barbacoa el fin de semana. El domingo, de hecho. Quería tener a mi familia a mi alrededor —se interrumpió—. Lo siento. Es solo que…

—Entiendo, señor Archerton —dijo Kay—, y lamento si mis preguntas parecen intrusivas. Simplemente estoy tratando de comprender por qué ha sucedido esto.

Asintiendo, le hizo un gesto para que continuara.

Ella esperó mientras la puerta se abría y Patricia aparecía con una bandeja.

El ama de llaves colocó una cafetera, tazas, leche y azúcar antes de retirarse nuevamente, y Kay sirvió café para ambos.

—Gracias, detective —dijo Archerton mientras ella le pasaba la leche—. Ahora, ¿qué más quería preguntarme?

—¿Cómo es su relación con Greg Victor?

Su boca se torció.

—No tenemos una relación —dijo—. Obviamente, pasa por aquí de vez en cuando si está con los demás, pero no socializo con él. No es realmente mi tipo de persona.

—¿Alguna vez se acercó a usted en busca de trabajo?

—No, y Robert nunca mencionó que estuviera buscando empleo.

—Annette dijo que llevaba viviendo con ellos cuatro meses, y que solo esperaba que se quedara un par de semanas.

—Sí, y no estaba nada contenta con eso. A Annette le gusta su privacidad, igual que a mí. Puedo imaginar que las cosas estaban un poco tensas.

—¿Robert parecía preocupado por algo antes de irse?

Archerton bebió un sorbo de café y luego negó con la cabeza.

—No creo. Si lo estaba, no me dijo nada. ¿Cree que él y Greg tuvieron algún desacuerdo o algo así?

—No me corresponde decirlo, señor Archerton. ¿Ha recibido alguna demanda de rescate?

Él parpadeó.

—No. No, no he recibido ninguna.

—¿Y tiene alguna idea de por qué Greg podría haberse llevado a Alice?

—No. —Archerton colocó su taza en el platillo con un ruido—. Pero si descubro que le ha hecho daño a Alice de alguna manera, detective Hunter, haré que lo pague.

CAPÍTULO 29

—¿Cómo demonios nadie lo vio?

Barnes miró con furia su pantalla de ordenador. En su mano izquierda sostenía una hoja impresa con una lista de puntos de amarre a lo largo del río Medway que agitaba en el aire.

Kay levantó la barbilla para poder ver por encima de su pantalla hacia donde él estaba sentado. —Supongo que no has tenido suerte.

—Nada. Cero. Nada de nada. —Arrojó el papel a un lado, con el labio curvado en señal de disgusto—. No hay manera de que Greg hubiera podido remar en esa canoa por todo Maidstone sin que lo vieran. ¿Un viernes por la noche? Sabes cómo está la zona del río en esta época del año.

—Abarrotada —dijo Parker mientras repartía copias de la última agenda informativa—. Lo sé, estaba de patrulla.

—¿Cerca del río?

—Sí. Pero no vi pasar a un hombre y una niña en una canoa. Estaban los cruceros de cabina y las barcazas de siempre disputándose el espacio antes de que se pusiera el sol, pero no recuerdo haber visto a nadie que pudieran haber sido Greg Victor y Alice.

—¿Qué tal más cerca de la medianoche? Podría haber logrado pasar remando sin que lo notaran.

Parker negó con la cabeza. —Todavía había mucho tráfico peatonal por allí. Extendimos nuestra patrulla más allá del Bishop's Palace y luego cruzamos el puente hacia el centro de ocio varias veces debido a algunos grupos ruidosos que estaban haciendo travesuras. Estoy bastante seguro de que una canoa pasando se habría quedado en la memoria de la gente, simplemente porque habría sido peligroso a esa hora de la noche. Es por eso que insisten en que las embarcaciones estén amarradas al anochecer, ¿no?

Kay acercó su teclado y escribió en un buscador. —¿Había algún evento especial?

—No —dijo Parker—. Era solo la multitud habitual de fin de semana. Gente aprovechando lo último de las largas tardes, supongo. Tuvimos un poco de problema en uno de los pubs cerca de Fairmeadow, pero eso fue todo. Teniendo todo en cuenta, fue un turno tranquilo.

—Ahí va esa idea, entonces —dijo Kay, y volvió a empujar su teclado cuando Sharp apareció en la puerta —. Id todos al final de la sala y comenzaremos la reunión. Quiero actualizaciones de todos vosotros, así que asegúrense de estar preparados.

Recopiló sus notas y caminó hacia la pizarra.

Sharp se unió a ella mientras revisaba las tareas principales que se habían enumerado, y se aflojó la corbata. —No estamos tachando mucho de esa lista, ¿verdad? ¿Cómo está la moral?

—Todos se están frustrando —dijo ella, y se volvió para enfrentar a la sala mientras el equipo comenzaba a congregarse a su alrededor—. Sin embargo, siguen cien por ciento enfocados y completamente comprometidos en encontrar a Alice.

—Sabía que lo estarían. Bien, tomaré asiento y te dejaré dirigir esto. Pasa por mi oficina antes de irte a casa, te daré una actualización sobre los niveles de personal para la próxima semana.

—Gracias.

Kay esperó un momento mientras los últimos del grupo se acomodaban en sus asientos o se apoyaban contra una pared cercana, se aseguró de que el equipo del turno de noche hubiera llegado y recibido una copia de la agenda, y luego comenzó. Después de repasar la conversación con Barnes y Parker, señaló con el dedo el mapa del río, indicando el centro de la ciudad.

—Antes de pasar a otros asuntos, ¿alguien tiene alguna idea sobre esto?

Gavin levantó la mano. —Jefa, desde que regresamos he estado revisando las declaraciones que obtuvimos de los residentes a lo largo del río entre East

Farleigh y Tovil, así como revisando los registros de llamadas del viernes por la noche. No hemos tenido informes de que se haya robado una canoa entre esas personas. Estaba pensando, sin embargo, dado lo concurrida que sabemos que está esa parte del camino de sirga un viernes por la noche, Greg podría haber llevado a Alice por allí, y nadie habría pestañeado. No es como si fuera un completo extraño que la secuestró, ella lo conocía.

—Nada apareció en las cámaras de seguridad —dijo Debbie—, así que tal vez dejó el camino de sirga antes de llegar al Bishop's Palace y cortó por las calles traseras hasta que pudo llegar al río de nuevo.

—Exactamente —dijo Gavin—. Y entonces podría haber visto la canoa amarrada en algún lugar y la robó. Para entonces, tanto él como Alice estarían cansándose. Si ella hubiera tenido una rabieta o algo debido al agotamiento, habría llamado la atención de la gente.

Kay asintió cuando Gavin terminó de hablar. —Creo que tienes un punto ahí. Quiero que te coordines con los uniformados para extender sus investigaciones a las propiedades entre Maidstone y Allington, y si descubrís que alguien está de vacaciones, haced todo lo posible por localizarlos y preguntarles si tienen una canoa canadiense como la que se encontró.

—Lo haré, jefa.

—Mientras tanto —dijo Kay—, ¿dónde demonios está ese itinerario de Robert que estamos esperando?

Pensé que Melissa Lampton iba a enviarlo por correo electrónico anoche.

—Le dejé un mensaje antes de irme esta mañana y le pedí que llamara a la sala de incidentes cuando llegara —dijo Carys—. ¿Aún no lo ha enviado?

—No hemos tenido noticias de ella —dijo Debbie, levantando la vista de su ordenador—. Nadie ha registrado una conversación con ella en HOLMES2 hoy.

—Joder —dijo Barnes. Cruzó la habitación hasta su escritorio y agarró su teléfono móvil y las llaves del coche—. Iré allí y lo conseguiré yo mismo.

CAPÍTULO 30

Kay se alisó el cabello mientras pasaba apresuradamente junto al hatchback estacionado de cualquier manera en su entrada.

A pesar de la insistencia de su padre de que su médico le había dicho que estaba bien para conducir, la madre de Kay había tomado la iniciativa de llevarlo de un lugar a otro.

Una sonrisa se dibujó en los labios de Kay mientras imaginaba las conversaciones entre ellos mientras su padre era transportado de un lado a otro.

El todoterreno de Adam estaba estacionado frente al garaje, y el familiar aroma a humo de barbacoa flotaba desde el jardín trasero mientras ella giraba la llave en la cerradura.

—¡Ya estoy en casa!

—Estamos aquí. —La voz de su madre llegó desde la cocina.

—Está bien, déjame cambiarme primero.

Subió las escaleras de dos en dos, arrojó su ropa de trabajo al cesto de la ropa sucia y se puso sus vaqueros favoritos y una fina camiseta negra de manga larga antes de recogerse el pelo en una coleta.

Al entrar en el pequeño baño, comprobó su aspecto en el espejo.

Afortunadamente, no se veía demasiado cansada.

Ella y su madre habían comenzado tentativamente a reparar su relación a principios de año, con su madre dándose cuenta de que ninguna cantidad de comentarios mordaces o despectivos iba a hacer que Kay dejara su puesto en la Policía de Kent, y admitiendo que su enojo había sido una forma de lidiar con el miedo de perder a Kay para siempre.

Kay aún no estaba segura de si su madre la había perdonado por mantener en secreto su aborto durante tanto tiempo, pero estaban progresando lentamente, y hoy era la tercera vez que se reunían todos para una comida familiar en el transcurso del verano.

Abby, la hermana menor de Kay, todavía estaba desconcertada por el giro de los acontecimientos, pero expresaba abiertamente su alivio de que la brecha entre su madre y Kay se estuviera sanando. Habían compartido muchas llamadas telefónicas durante el verano para seguir el progreso.

Kay se aplicó un poco de corrector bajo los ojos para disimular las sombras oscuras que se habían formado desde que salió de casa esa mañana, y luego bajó las escaleras.

Dejó su teléfono móvil sobre la encimera y abrazó a su madre. —¿Cuándo llegasteis?

—Hace un par de horas. Adam acababa de llegar del trabajo, así que fuimos rápidamente al supermercado para comprar las cosas que quería para la barbacoa. — La sostuvo a un brazo de distancia, sus ojos recorriéndola—. ¿Cómo lo estás llevando? Nos enteramos de las noticias mientras estábamos fuera.

Kay se mordió el labio. —Estoy bien. Solo quiero encontrarla.

Su madre asintió, pero no dijo nada. En ese momento, su padre entró por la puerta que conectaba la cocina con el garaje, su rostro radiante mientras se dirigía hacia ella.

—Aquí está mi niña —dijo.

Kay sintió que el aire se le escapaba de los pulmones cuando él la envolvió en un abrazo de oso. — Tranquilo, papá.

Él sonrió y aflojó su agarre.

—Te ves genial —dijo Kay—. ¿Buenas vacaciones?

—Perfectas —dijo—. Justo lo que necesitábamos después del año que hemos tenido.

Se giraron al oír un fuerte cacareo desde la puerta trasera, para ver a una gallina de color arena asomándose por el marco.

—¿Qué quieres, Mabel? —dijo el padre de Kay.

—¿Mabel? —Kay miró de él a su madre—. Le dije

a Adam que se arrepentiría de ponerles nombres, de lo contrario nunca las adoptarán... ya sabes cómo es. Acabaremos quedándonoslas.

Su madre se encogió de hombros. —Tu padre decidió que parecía una Mabel... Adam ya había nombrado a las otras dos. La marrón de ahí fuera es Gretchen, y la blanca... bueno, será blanca cuando le crezcan más plumas... es Snowball.

—Necesito una copa.

Riendo, su madre cogió un bol de ensalada y se dirigió al jardín.

Kay se giró cuando su teléfono móvil vibró en la encimera, y lo cogió rápidamente al ver el nombre que aparecía.

—¿Ian?

—Siento molestarte, jefa. Por fin tengo una copia del itinerario de Robert Victor.

—Buen trabajo. ¿Dónde estás ahora?

—Volviendo de sus oficinas.

—¿Hay algo en el itinerario que pueda ayudarnos?

Levantó la vista cuando su madre regresó y se dirigió al refrigerador antes de sacar una botella de Sauvignon Blanc y arquear una ceja.

Kay levantó el pulgar.

—Va a llevar algo de trabajo —dijo Barnes, su voz llegando por encima del ruido del motor de su coche—. El principio de la semana debería ser fácil, ya que hay hoteles y clientes potenciales listados. Parece que conducía por las mañanas y luego se reunía con diferentes viñedos o individuos durante las tardes. Hay menos información sobre la segunda mitad de la semana, y no hay hoteles listados. Solo menciona dos ubicaciones: Le Mans y Laval. Eché un vistazo a un mapa de la zona en mi móvil antes de salir de sus oficinas.

—¿Puedes hacerme un favor antes de irte a casa? Deja un mensaje para Carys para que llame a cualquier viñedo entre Le Mans y Laval para averiguar si Robert había concertado citas para visitarlos y, de ser así, que organice entrevistas lo antes posible, ya sea por teléfono o por videoconferencia.

—Lo haré, jefa.

—Muy bien, Ian, gracias. Vete a casa una vez que hayas dejado el itinerario y nos vemos por la mañana.

Terminó la llamada y volvió a guardar el móvil en su bolso. Cuando se dio la vuelta, su madre estaba en la puerta con una copa de vino en cada mano y una expresión inquisitiva en su rostro.

—Lo siento, mamá. Tenía que atender esa llamada.

—¿Era sobre la niña desaparecida?

—Sí. Gracias. —Tomó la copa que su madre le ofrecía.

—¿Crees que la han llevado a Francia, entonces?

—¿Qué? Oh, no. Barnes consiguió el itinerario de la víctima. Estaba viajando por trabajo la semana pasada. Estamos tratando de averiguar sus movimientos.

—Era comerciante de vinos, ¿no? —Su madre se sonrojó—. Lo escuché en las noticias.

Kay sonrió, reconociendo el interés tentativo de su madre en su trabajo. —Así es, sí.

—¡Está listo! —La voz de Adam llegó desde el jardín.

—Vamos. Vayamos a comer.

Su madre se dirigió de vuelta al jardín, apartándose a un lado cuando una gallina cruzó tranquilamente el umbral, cacareando por lo bajo antes de meter su pico en una maceta de orégano junto a una tubería de desagüe.

—Bueno, parece que estas se están adaptando bien, ¿no?

Kay sonrió ampliamente.

—Se están sintiendo como en casa, como puedes ver. Menos mal que las mantiene encerradas en el corral por la noche, de lo contrario, creo que se apoderarían de la casa.

—Me las puedo imaginar sentadas en el sofá viendo una película con él.

Su padre le entregó a Kay un plato cargado de salchichas y filete mientras ella se sentaba en una silla junto a él, luego se volvió hacia la barbacoa y ayudó a Adam a servir el resto.

Kay añadió una porción de ensalada y una cucharada de salsa al lado de su plato, luego cerró los ojos cuando el primer bocado tocó sus papilas gustativas.

—Dios mío, esto está buenísimo. —Abrió los ojos para encontrar a su familia sonriéndole, con sus propios platos repletos—. ¿Qué? Me muero de hambre, ¿vale?

Adam se rio.

—Menos mal que he cocinado de más.

Ella comía mientras la conversación giraba en torno a las vacaciones de sus padres, con Adam añadiendo una nota en su móvil sobre un alojamiento que el padre de Kay recomendaba para futuras referencias.

—¿Kay?

—¿Sí? —Se volvió hacia su madre.

—No pude evitar escuchar tu conversación. Por teléfono.

Kay se tragó lo último de su comida y dejó el cuchillo y el tenedor antes de recostarse en su silla con un suspiro.

—Barnes estaba investigando los últimos movimientos de nuestra víctima, eso es todo.

Los labios de su madre se fruncieron.

—Mira, no quiero entrometerme, y sé que no es asunto mío, pero te oí mencionar a un comerciante de vinos y un lugar llamado Laval.

—Nuestra víctima estuvo allí buscando nuevos clientes que quisieran exportar su vino aquí.

—Ese es el asunto.

—¿Qué?

—Esa zona que mencionaste. No hay viñedos allí.

—¿Dónde es eso? —El padre de Kay interrumpió su conversación con Adam.

—Laval —dijo la madre de Kay—. Le estaba

diciendo a Kay que no hay viñedos comerciales, ¿verdad?

—No. Ninguno que yo recuerde, al menos. No llegamos a esa zona esta vez, pero estuvimos allí hace dos años. Pasamos directamente por Le Mans y luego salimos hacia Rennes. No recuerdo haber visto ningún cartel de viñedos. —Guiñó un ojo—. Tu madre habría insistido en parar de lo contrario.

Adam y sus padres se rieron mientras la madre de Kay le daba un golpecito juguetón en el brazo a su marido, pero Kay frunció el ceño.

¿Por qué Robert Victor visitaría una zona sin viñedos?

Kay apartó su silla.

—Lo siento, tengo que hacer una llamada telefónica.

CAPÍTULO 31

Carys se apartó el flequillo de los ojos, sopló un mechón suelto y trató de concentrarse en el itinerario que Barnes había obtenido de Melissa Lampton.

Le parecía que los colegas de Victor estaban desorganizados en el mejor de los casos, y solo podía imaginar lo que Barnes habría dicho al enterarse de que la información había estado disponible veinticuatro horas antes.

Esto contrastaba con la imagen profesional que se transmitía en el sitio web que había estado mirando la noche anterior, y se preguntó si los estándares habían bajado desde que Kenneth Archerton había enfermado.

En la pantalla frente a ella había un mapa que había encontrado de la zona por donde Robert Victor había estado viajando en Francia. Después de recibir una llamada de Kay, quien le había dicho que no había viñedos en el área que Robert visitó al final de la semana, imprimió una copia y usó un marcador fluorescente para señalar las principales ciudades a lo largo de la ruta. Comenzó a reunir información sobre cada una de ellas, siguiendo la petición de la inspectora de investigar qué actividades extracurriculares podría haber estado realizando Robert, especialmente dada la sugerencia de Laura de que podría haber estado teniendo una aventura.

Movió el ratón por la pantalla y seleccionó la opción para ver el mapa como una imagen satelital, y se acercó más.

La mayoría de los edificios que bordeaban la carretera principal en la ruta parecían ser de naturaleza industrial más que residencial. De vez en cuando, cafeterías al borde de la carretera se disputaban el espacio junto a talleres destartalados y proveedores de repuestos de automóviles.

Arrugó la nariz.

Definitivamente tampoco había viñedos.

Entonces, ¿por qué ir allí?

Miró por encima del hombro al oír pasos y vio que Sharp se acercaba.

—No tengo ni idea de qué estaba haciendo, jefe. Pero Kay tiene razón: no hay viñedos por aquí.

El comisario se apoyó en el escritorio y señaló hacia su pantalla.

—¿Visitó algún viñedo en absoluto?

—Al principio de su viaje, sí. —Carys tomó el itinerario y pasó la página—. Hay uno aquí en Orléans, que visitó el lunes después de recoger el coche. Se alojó en un motel cercano, y luego condujo a otro diferente el martes por la mañana. Es después de eso cuando las cosas parecen un poco extrañas.

—¿En qué sentido?

—Bueno, al principio de este viaje está marcando un ritmo bastante rápido. Laura logró obtener la información del GPS de la compañía de alquiler de coches y cree que la única manera en que pudo haber recorrido esa distancia es si iba a exceso de velocidad. Es casi como si estuviera tratando de cumplir con sus compromisos laborales antes de estas actividades extracurriculares.

—¿Puedes determinar alguna dirección a partir de los datos del GPS?

—Solo las calles, no el edificio exacto que podría haber visitado. Tampoco había nada programado en el navegador. Dondequiera que fuera, con quien fuera que se estuviera reuniendo, sabía cómo llegar allí. Solo tenemos esto porque la compañía de alquiler de coches instala un rastreador GPS en todos sus coches de alta gama en caso de que sean robados.

—¿Qué dice el itinerario de Robert para el resto de la semana?

Carys pasó la página.

—No mucho. Parece que Melissa reservó alojamiento para las dos primeras noches pero, aparte de eso, no tengo nada.

—Bien, entonces sugiero que mañana hagas que

algún uniformado vaya a la oficina y tome una declaración formal de Melissa Lampton.

Carys giró su silla para enfrentar a Sharp.

—¿Crees que tenía razón, entonces? ¿Crees que alguien más podría haber estado involucrado en la muerte de Robert?

—Tal vez. En cualquier caso, necesitamos averiguar si hay alguna correlación entre lo que tienes en tu mano y dónde estuvo realmente Robert mientras estaba en Francia. Si es necesario, ponte en contacto con nuestros colegas en Coquelles y ve qué pueden decirte sobre estas áreas.

—De acuerdo. —Carys contuvo su decepción. El único problema de trabajar en el turno de noche era perderse los avances que el resto del equipo estaba haciendo durante el día.

Sabía que lo que estaba haciendo contribuía a la investigación, pero envidiaba a Gavin por su posición dentro del turno de día, y el progreso que había estado haciendo los últimos dos días en su ausencia.

Sus ojos se dirigieron a la ventana cuando uno de los agentes de policía de civil abrió las persianas, y vio con sorpresa que el sol ya había salido. Miró su reloj.

—El tiempo pasa más rápido de lo que crees —dijo Sharp—. Ese es el problema, ¿no?

Se enderezó y luego señaló la pantalla del ordenador mientras el teléfono de su escritorio comenzaba a sonar.

—Estás haciendo un buen trabajo, Carys. Sigue así.

—Gracias, jefe.

Su teléfono comenzó a sonar mientras él se alejaba, y ella lo cogió, sin poder ocultar el cansancio en su voz.

—Agente Miles.

—Señorita, soy el sargento Tasker de Snodland. Tenemos un informe de un posible avistamiento de Alice Victor.

CAPÍTULO 32

Kay extendió ciegamente la mano hacia su teléfono móvil cuando los acordes iniciales de una canción de Aerosmith la despertaron bruscamente.

A su lado, Adam gimió y se dio la vuelta antes de apartar las sábanas y tambalearse somnoliento hacia el baño en suite.

—Carys. ¿La habéis encontrado?

—Buenos días, jefa. No estamos seguros, acabamos de recibir una llamada sobre un posible avistamiento cerca de Wouldham Common. Pensé que tal vez querrías unirte a nosotros.

—Estaré lista en diez minutos.

—De acuerdo, haré que alguien pase a recogerte de camino.

—Gracias.

Terminó la llamada cuando Adam tiró de la cadena y volvió a entrar en el dormitorio.

—¿Buenas noticias?

—Ha habido un posible avistamiento de Alice —dijo ella, sacando ropa interior limpia de un cajón y lanzándola sobre la cama. Se quitó la camiseta por la cabeza, la arrojó al cesto de la ropa sucia y se apresuró hacia el baño—. Carys va a hacer que alguien me recoja en diez minutos.

—Te prepararé café para llevar. ¿Tienes hambre?

—No, no te preocupes, comeré algo más tarde. Gracias.

Se metió bajo los chorros de agua caliente, se duchó rápidamente y luego se vistió.

Ocho minutos después, estaba de pie en el camino frente a la casa, con un vaso de café para llevar en la mano, cuando un vehículo rojo de cuatro puertas dobló la esquina a toda velocidad hacia ella y se detuvo bruscamente.

—Buenos días, jefa —dijo Laura.

—Buenos días. ¿Quién llamó para informar? —Kay metió su bolso en el espacio para los pies y se abrochó el cinturón de seguridad mientras la policía giraba a la izquierda en la rotonda y aceleraba el coche a través de la urbanización hacia la carretera principal.

—Un hombre llamado David Sykes. Al parecer, es un ávido observador de aves. Subió al Common con la esperanza de ver algo al amanecer y cree haber visto a un hombre con una niña pequeña. Por supuesto, desde allí arriba tiene una vista de todo el pueblo y de los pantanos hasta el río Medway. Se puede ver a kilómetros de distancia.

—¿Conoces bien el lugar?

—Tenía familia en Meopham, jefa. Solía pasar mis vacaciones escolares dando vueltas por allí.

—Bien. Quédate conmigo esta mañana. Sé que acabas de terminar un turno completo, pero me vendría bien alguien que conozca bien la zona para esto.

—Gracias, jefa.

Kay notó que Laura se enderezaba en el asiento del conductor mientras bajaba una marcha y dirigía el coche más allá del campo de golf a su izquierda, y recordó los comentarios de Sharp sobre incorporar a la policía al equipo de investigación.

—¿Cuánto tiempo falta para que sepas algo sobre tu solicitud para convertirte en detective?

—Seis semanas, jefa.

—¿Has pensado en alguna especialización que quisieras hacer cuando hayas aprobado tus exámenes?

Laura le dirigió una sonrisa. —Esto, jefa. Crímenes mayores.

Kay bebió un sorbo de café y observó el paisaje pasar rápidamente por la ventana.

Laura redujo la velocidad del coche al acercarse al desvío hacia Rochester Road y luego lo condujo hábilmente por un camino sinuoso a través del pueblo de Burham. Tomó un giro a la derecha unos kilómetros más adelante, y el coche comenzó a subir.

—Ya hay un equipo instalándose por aquí —explicó

—. Sykes, el tipo que llamó, dice que los vio caminando por el perímetro de un campo cerca de los campos de juego. El comisario Sharp tiene otros dos equipos de civil en el pueblo.

Kay frunció el ceño. —Me pregunto si a Greg se le habrá acabado la comida o el agua. Está corriendo un riesgo al acercarse tanto al pueblo. ¿Ha habido alguna llamada telefónica a Annette Victor?

—Hazel no le ha informado nada —dijo Laura—. Sharp le dijo que no le dijera nada a Annette todavía, no hasta que estuviéramos seguros, de todos modos.

Kay se clavó las uñas en las palmas de las manos. Un posible avistamiento que involucrara tanto a Greg Victor como a Alice era una buena noticia, especialmente si la niña parecía estar bien, pero no podían permitir que el hombre entrara en pánico al ser abordado. A pesar de todo el trabajo que el equipo había realizado desde que se descubrió el cuerpo de Robert, aún no habían descifrado el motivo de las acciones de su hermano, ni habían determinado si su hermano era responsable del tiroteo.

Esperaba tener pronto las respuestas que buscaba, e insistiría en estar presente cuando Greg Victor fuera interrogado.

Exhaló y obligó su atención a centrarse en la tarea que tenía entre manos.

Primero tenían que encontrarlo.

Laura giró el coche junto a una ambulancia

estacionada al lado de una mesa de picnic, y Kay se bajó.

Al ver a Carys hablando con un grupo de oficiales uniformados, se acercó para unirse a ella y le hizo un gesto para que continuara con su briefing.

La agente sostuvo un mapa frente al grupo, luchando contra la brisa para mantenerlo plano mientras señalaba el área de búsqueda.

—David Sykes dice que vio a un hombre y una niña que coinciden con la descripción de Greg y Alice aquí —dijo, señalando un grupo de árboles al borde de los pantanos—. Está bastante lejos del río, pero evita el nuevo paseo fluvial y los bordes más urbanizados del pueblo. Sykes dice que hay algunas casas por aquí, y es posible que a Greg se le haya acabado la comida o el agua. Podría estar tratando de encontrar algún lugar donde entrar y robar algunos suministros.

—Si está allá abajo, jefa, ¿por qué estamos aquí arriba? —dijo un policía joven.

—Tenemos dos equipos en el pueblo, pero Greg estará alerta ante cualquiera que intente acercarse a él —dijo Carys—. Si intenta huir, nuestra posición aquí nos da dos ventajas. Una, podemos observar hacia dónde huye, y segunda, si se dirige hacia aquí, podemos detenerlo.

—Una cosa que todos debéis tener en cuenta es que Alice va a estar muy cansada y asustada —dijo Kay—, así que acorralar a Greg en un espacio donde se sienta amenazado es algo que debemos evitar. Si corre, dejadlo, estará exhausto de estar escondido durante los últimos cinco días y no durará mucho aquí fuera. Podemos rastrearlo una vez que esté al descubierto. —Se giró cuando una furgoneta se detuvo junto a ellos, con fuertes ladridos provenientes del interior—. Y no quiero que se usen los perros hasta que sea absolutamente necesario. No quiero que esa pobre niña se asuste, ¿entendido?

—Sí, jefa.

El coro de voces se apagó, y Kay hizo un gesto a Carys.

—¿Estás bien para continuar? ¿No estás demasiado cansada?

La agente negó con la cabeza. —No querría estar en ningún otro lugar en este momento, jefa.

CAPÍTULO 33

Gavin miró con rabia la pantalla de su teléfono móvil y maldijo entre dientes.

—¿Alguna novedad? —preguntó Barnes.

—Nada.

—Venga, vamos. Cuanto antes hagamos esto, antes podrás volver a revisar tu móvil.

Al llegar a la sala de incidentes esa mañana, Sharp había proporcionado a ambos hombres una actualización sobre el posible avistamiento de Greg Victor y Alice.

Ansioso por unirse a la búsqueda, Gavin se había sentido decepcionado cuando el comisario les había encargado hablar con los dueños de los negocios con los que Greg había tenido entrevistas de trabajo desde que llegó a Kent hacía cuatro meses.

—Necesitamos saber qué impresiones tuvieron de él —dijo Sharp—. Las declaraciones tomadas por los agentes uniformados solo confirman que tuvo reuniones con ellos. Quiero saber qué les contó. Cuanta más información tengamos antes de entrevistarlo, mejor.

Gavin no podía discutir la lógica del comisario, y se tragó su frustración al saber que, a pesar de haber trabajado cuatro turnos nocturnos seguidos, Carys ahora lideraba la búsqueda de Alice.

Se llevaba bien con su colega, pero siempre había habido un toque de competitividad subyacente en su relación laboral. Hace un año, estaba convencido de que ella iba a solicitar el puesto de oficial que se había anunciado dentro del equipo en Maidstone, y se sorprendió cuando ella admitió que no se sentía preparada para tal tarea.

—Eh, Piper.

La voz de Barnes lo sacó de sus pensamientos. El oficial sostenía abierta la puerta de la tienda de alfombras, con una ceja levantada. —¿Vienes o qué?

—Perdón.

Gavin se apresuró tras él y parpadeó mientras sus ojos se adaptaban a la iluminación artificial dentro de la tienda.

Un abrumador olor a compuestos químicos asaltó sus sentidos, el aire denso con el hedor de alfombras y tapetes nuevos. A su izquierda, rollos de muestras de alfombras habían sido apilados a lo largo de la pared, los variados tonos vibrantes, de imitación antigua y apagados ofrecían una plétora de opciones para los clientes de la tienda. Pilas de tapetes de diferentes formas y tamaños habían sido apiladas a lo largo del suelo de la tienda a su derecha.

Al fondo de la tienda, dos hombres en mangas cortas y con corbata interrumpieron su conversación y observaron mientras él y Barnes se acercaban.

Barnes mostró su placa. —¿Quién es el gerente aquí?

El más bajo de los dos, un hombre de unos cuarenta y tantos años con entradas y gafas de montura metálica, casi levantó la mano antes de cambiar de opinión en el último momento y señalarse el pecho.

—Yo. ¿De qué se trata?

—Disculpe, ¿su nombre es? —dijo Barnes.

—Clive Morton.

—¿Hay algún lugar donde podamos hablar en privado?

Morton se volvió hacia su colega. —Charlie, ¿puedes avisarme si hay mucho trabajo?

El otro hombre asintió secamente, con gesto sombrío. —Claro.

Morton hizo un gesto a Gavin y Barnes, y luego pasó junto a un mostrador envolvente cargado de catálogos y un antiguo ordenador, antes de pasar una tarjeta de seguridad por un panel junto a una puerta en la parte trasera de la tienda y mantenerla abierta para ellos.

—Hay una pequeña cocina junto a la salida de emergencia en el lado izquierdo —dijo—. Podemos hablar allí.

Gavin entró en el espacio reducido, arrugó la nariz

ante las tazas sucias apiladas en el escurridor y la puerta manchada del microondas, luego se volvió para enfrentar a Morton y sacó su libreta.

—¿De qué se trata todo esto? —dijo Morton. Cruzó los brazos sobre el pecho y se apoyó contra el marco de la puerta, sus ojos moviéndose de un detective al otro.

—Greg Victor —dijo Barnes—. Entendemos que lo entrevistó para un trabajo aquí. ¿Puede confirmar cuándo fue eso?

Morton se rascó la barbilla. —Pensé que el nombre me sonaba familiar. Es el tipo que se ha fugado con esa niña pequeña, ¿no? Pensé que había algo raro en él.

—¿Cuándo lo entrevistó?

—Debió ser hace unas ocho o nueve semanas. Charlie, el de allá afuera, fue el candidato seleccionado y comenzó hace un mes, así que sí, ocho o nueve semanas.

—¿Cuáles fueron sus impresiones de él?

Morton frunció el ceño. —La verdad es que no lo recuerdo muy bien.

—Acaba de decir que "pensó que había algo raro en él" —dijo Gavin.

El rostro del hombre se sonrojó. —Solo fue una forma de hablar. Recuerdo que llegó temprano a la reunión. Yo venía tarde, regresando de nuestra oficina central en Ashford, y él estaba deambulando por la tienda cuando llegué. Megan, que estaba trabajando aquí esa tarde, dijo que no habló mucho una vez que se presentó.

—¿Qué le contó sobre su empleo anterior? —dijo Barnes.

—No mucho, aparte de lo que ya estaba en su CV. Quiero decir, vamos, él mataba animales para ganarse la vida, ¿no? No parecía muy entusiasmado con ello, eso seguro. —Se estremeció—. Si yo fuera él, también habría estado buscando un nuevo trabajo.

—¿Aún tiene una copia de su CV en archivo? —Gavin miró alrededor de la pequeña cocina, pero no vio ningún archivador.

—Probablemente no —dijo Morton—. La oficina central se encarga de todo eso. Los únicos CV que guardo son los de las personas que termino contratando.

—Necesitaremos un nombre y un número de alguien con quien podamos hablar allí —dijo Barnes—. ¿Por qué no le dio el trabajo?

—Porque tenía otros dos candidatos mejor calificados —dijo Morton—. Tuve para elegir.

Después de concluir la entrevista, Barnes lideró el camino de vuelta al coche y se detuvo junto a la puerta del conductor, lanzando las llaves de una mano a otra.

—Bueno, a pesar de la afirmación de Kay de que estas entrevistas nos ayudarán a construir una imagen de Greg, no puedo evitar sentir que es un hombre bastante gris. No es exactamente el señor personalidad por lo que parece, ¿verdad?

—Solo fue una entrevista de trabajo —dijo Gavin—. ¿Cuántas personas has entrevistado a lo largo de los años que puedas recordar, a pesar de nuestro entrenamiento?

Barnes hizo una mueca. —¿Quién es el siguiente en la lista?

Gavin revisó sus notas. —Hay un almacén de materiales de construcción a unos ochocientos metros de aquí en dirección a Tonbridge. Según la documentación que encontramos en su habitación en casa de Robert y Annette, Greg tuvo una entrevista allí a principios de agosto.

—Eso fue hace solo unas semanas. —Barnes abrió bruscamente la puerta del coche—. Esperemos que recuerden más sobre él.

Gavin no dijo nada, guardó su libreta y luego sacó su teléfono móvil del bolsillo. No había nuevos mensajes, ni llamadas perdidas.

La ventanilla del pasajero bajó.

—Créeme —dijo Barnes—, si encuentran a Alice, Carys te lo hará saber. Vamos.

Gavin frunció el ceño y se subió al coche.

CAPÍTULO 34

Barnes aferró sus dedos alrededor del volante, apretó los dientes y deseó que el semáforo se pusiera en verde.

A su lado, Piper pasaba por las aplicaciones en la pantalla de su móvil, murmurando entre dientes. El joven agente dirigió su atención a la carretera cuando Barnes aceleró una vez más.

—¿En qué calle está ese almacén de materiales de construcción?

—Justo al lado de London Road —dijo Barnes, y volvió a sumirse en el silencio.

Le costaba todo su esfuerzo no detenerse y revisar su propio móvil.

La idea de que Alice Victor fuera llevada a través de los pantanos por su tío le traía dolorosos recuerdos del secuestro y casi ahogamiento de su propia hija.

Solo la rápida acción de un agente y una oficial había salvado la vida de Emma. Barnes no sabía qué habría hecho si la hubiera perdido, ni qué le habría hecho al hombre que se la había llevado.

Intentó reprimir las náuseas en la boca del estómago y se prometió que llamaría a su hija esa noche cuando terminara su turno. Ahora que estaba en la universidad, sus conversaciones se habían vuelto demasiado breves para su gusto. Sospechaba que ella a veces lo consideraba autoritario, pero tenía la amabilidad de entender qué motivaba sus temores.

—¿Qué? —La voz de su colega lo sacó de sus pensamientos—. Perdona, no te escuché. ¿Qué dijiste?

Piper señaló a través del parabrisas.

—Es este desvío a la izquierda aquí adelante.

—Vale.

El almacén de materiales de construcción ocupaba un gran terreno en la esquina del cruce, con la entrada en una calle y la salida en la otra. Un polvo color arena cubría la explanada de hormigón, y Barnes reprimió un gemido al ver a un hombre manejando una amoladora angular cortando losas de pavimento de hormigón en un lado del patio cerca del aparcamiento.

—Este coche va a parecer que ha cruzado el maldito Sahara para cuando nos vayamos de aquí —dijo.

Piper resopló.

—Bueno, tú eres el conductor, así que te toca limpiarlo.

Barnes puso los ojos en blanco, apagó el motor y salió. Parpadeó cuando la brisa llevó una nueva nube de polvo hacia ellos, estornudó, luego cerró el coche y se apresuró hacia el edificio del tamaño de un almacén.

Se sacudió un fino polvo de los hombros mientras Piper lo seguía entre un par de mostradores de servicio desatendidos, e ignoró la alegre música pop que sonaba desde los altavoces en los confines de las vigas de acero que se elevaban sobre su cabeza.

Ocho filas de altas estanterías corrían de un lado a otro de la tienda, y letreros colgaban de las vigas indicando dónde encontrar suministros de fontanería, accesorios y complementos de baño, o electrodomésticos de cocina.

—Una pesadilla —dijo Piper, mientras una familia de cuatro liderada por un padre de aspecto abrumado pasaba rozándolo, sus voces discutiendo, desapareciendo alrededor de una esquina y en un pasillo etiquetado como "iluminación".

—Unos años más, y ese serás tú —dijo Barnes—. Un par de críos pegados a tus pies, una esposa quejumbrosa, el lote completo.

Sonrió mientras su colega se estremecía, luego vio a un hombre con una camisa polo amarillo brillante empujando un carrito de mano cargado de rollos de papel pintado.

—Disculpe.

El hombre se detuvo lentamente y miró a Barnes de arriba abajo, luego a Gavin.

—¿Son ustedes la policía?

—Nos preguntábamos si podríamos hablar con el gerente.

—¿Stephen? Está en la parte de atrás. Vayan por aquí, luego giren a la izquierda. Verán una oficina; está ahí.

—Gracias.

El hombre gruñó un reconocimiento, luego se alejó con el carrito, el chirrido de una rueda indicando su lento progreso mientras Barnes se giraba y caminaba en la dirección opuesta.

Vio un conjunto doble de ventanas en la parte trasera del edificio tipo almacén donde el empleado los había dirigido, y golpeó con los nudillos en la puerta abierta.

Un joven de aspecto frágil de unos veinte y tantos años se dio la vuelta desde un portátil que había estado mirando y se puso de pie de un salto.

—¿Quiénes son ustedes?

Barnes hizo las presentaciones.

—Estamos buscando al gerente.

—Ese soy yo. Stephen Francis.

—¿En serio? —Barnes se aclaró la garganta para ocultar la sorpresa en su voz, y se preguntó cuándo todo el mundo había empezado a parecer tan joven—. ¿Cuántos años tiene?

—Veintinueve. ¿Por qué?

—Queríamos hablar con usted sobre Greg Victor. Tengo entendido que lo entrevistó para un trabajo aquí hace unas tres o cuatro semanas.

—Oh. Él. —Francis se dejó caer de nuevo en su

asiento y se pasó una mano por el pelo a la altura del cuello—. Sí, estoy algo contento de no haberlo contratado ahora. Qué pesadilla habría sido eso.

—¿Qué puede decirnos sobre él?

—No mucho. —El labio superior de Francis se curvó—. No creo que le hiciera gracia tener que reportar a alguien más joven que él. Tan pronto como me vio, como que se cerró. Podría haber hecho el trabajo, quiero decir, apilar estantes y operar una caja registradora no es difícil, pero pude ver que iba a ser un problema. Le di el trabajo a otra persona.

—¿Todavía tiene una copia de su currículum?

—Creo que sí. Espere.

Barnes se apartó mientras Francis empujaba su silla hacia atrás y cruzaba la diminuta oficina hasta un archivador de cuatro cajones en la esquina de la habitación.

El gerente de la tienda se agachó mientras abría el cajón inferior y hurgó en el contenido antes de sacar un documento de dos páginas y empujarlo hacia él.

—Aquí tiene.

—¿Puede darnos una copia?

—Puede quedarse con ese. No es como si fuera a contratarlo ahora, ¿verdad?

Barnes no respondió, y en su lugar pasó la mirada por el contenido del currículum. Coincidía exactamente con el que se había encontrado en la casa de Annette y Robert Victor, y no proporcionaba nueva información sobre los antecedentes de Greg.

Resistió el impulso de suspirar.

—Bien, gracias por su tiempo. Lo llamaremos si tenemos más preguntas.

—Tienes razón —dijo Gavin mientras salían del almacén de materiales de construcción y cruzaban el polvoriento aparcamiento. Terminó de hojear el currículum y luego lo dobló—. Nada fuera de lo común. Te hace preguntarte por qué se ha descarrilado así.

—¿Verdad? Quiero decir, secuestrar a su sobrina es jodidamente extremo.

Barnes dejó de caminar cuando su móvil comenzó a vibrar en su bolsillo. Lo sacó y tragó saliva para contrarrestar el nudo en su garganta mientras leía el mensaje.

El móvil de Gavin vibró un segundo después.

—La han encontrado —dijo Barnes, con la voz quebrada—. La han encontrado, maldita sea.

CAPÍTULO 35

—Dame esos prismáticos.

Kay se los arrebató de la mano extendida a la policía a su lado, y luego los enfocó hacia la tierra pantanosa y plana debajo del Common.

—¿Dónde? —dijo.

—Busca los postes de la portería en el campo de juego —dijo Laura, protegiéndose los ojos del sol—. Luego avanza hasta que veas los límites exteriores del pantano. Hay unos árboles achaparrados en el medio. Vi un destello azul entre ellos, y luego a un hombre y una niña pequeña.

Kay contuvo la respiración mientras seguía sus indicaciones, y luego dejó escapar un jadeo.

—Maldita sea, Hanway, buen avistamiento. —Kay devolvió los prismáticos y tomó la radio que Carys le ofrecía—. Necesito dos equipos dirigiéndose de vuelta hacia el campo de recreo ahora. Tenemos un avistamiento probable en los pantanos, pero no quiero hacerlo correr. Tenemos que pensar en la seguridad de Alice.

Se volvió hacia el policía Morrison. —Dave, ¿dónde está la patrulla acuática? Necesito un bote abajo en el paseo del río, por si acaso.

—Me pondré en contacto con ellos, jefa.

Al devolver la radio, captó la mirada de Carys mientras la detective bajaba su teléfono móvil. —¿Le dijiste a Barnes y a Piper?

—Sí.

—Bien. Haz que vuelvan a la sala de incidentes y empiecen a llamar para conseguir al equipo Interrogación al Menor más cercano disponible para una sesión informativa tan pronto como Alice haya sido recuperada. Asegúrate de que también revisen las celdas, no quiero que Greg Victor intente autolesionarse mientras está bajo custodia. Vigilancia las veinticuatro horas, ¿entendido?

—Sí, jefa.

Carys se alejó y se llevó el móvil a la oreja, sus instrucciones a sus colegas llevadas por la ligera brisa que agitaba las ramas de los árboles sobre la cabeza de Kay.

El oficial de Interrogación al Menor sería la única persona autorizada para entrevistar a Alice sobre lo que había sucedido en el barco y su posterior secuestro. Ni siquiera se permitiría la presencia de la madre de Alice, pero se podría nombrar a un intermediario especializado si Annette lo deseaba.

Kay sabía lo vital que sería la evidencia de Alice, y cómo su manejo del rescate de la niña y su regreso con su madre sería analizado por sus superiores, el Servicio de Fiscalía de la Corona y el abogado defensor de Greg Victor.

—¿Quién está liderando los dos equipos de búsqueda más cercanos? —le dijo a una sargento cercana.

—Hughes está allá abajo, más cerca del campo de recreo, jefa —dijo la mujer—, y Tasker se está moviendo hacia los pantanos desde el extremo inferior del Common.

Kay levantó la mano a su frente y se protegió los ojos del resplandor del río por el sol naciente. Golpeaba contra la parte posterior de su cuello, un recordatorio de que el verano aún no había terminado y de que una niña pequeña estaba a la intemperie, expuesta a los elementos.

Observó al equipo de ambulancia que se cernía en el perímetro de los oficiales reunidos, y tragó saliva mientras los veía revisar su equipo y suministros. Tendrían todo lo necesario para tratar a Alice si fuera necesario, pero sabía por su propia experiencia que mantenerse ocupado también era una forma de contrarrestar los nervios y el miedo de que algo pudiera salir mal.

—Jefa, mire.

Su atención volvió rápidamente a los pantanos de abajo ante la voz de la sargento, a tiempo para ver a un hombre llevando a una niña lejos de un grupo de árboles.

Sus hombros estaban caídos por el agotamiento; sin embargo, cuando la niña tropezó en el terreno irregular, no dudó y la levantó en sus brazos. Arrastró los pies hacia las casas que daban al campo de recreo, todo su lenguaje corporal representando a un hombre derrotado.

—Se está rindiendo —dijo Kay—. Haz que ese equipo se despliegue allá abajo, que no lo agobien. Dejadle algo de espacio en caso de que cambie de opinión. No tenemos idea de cuál es su motivo, y no quiero que nadie lo asuste.

—Entendido, jefa —dijo la sargento, y se llevó la radio a los labios.

—¿Qué está pasando, jefa? —Carys apareció a su lado, con el teléfono móvil aún en la mano—. ¿Se está moviendo?

—Ha salido de su escondite —dijo Kay, señalando la figura que se acercaba a un seto detrás de uno de los postes de la portería—. ¿Tienes un mapa?

—Aquí. —Carys levantó su móvil, luego hizo zoom en una imagen—. Hay un sendero en la esquina del campo que lleva a la carretera.

—¿Has oído eso? —Kay se volvió hacia la sargento a su lado.

La mujer asintió y transmitió la información, y Kay observó cómo un tercer grupo de oficiales se derramaba en la carretera desde un espeso matorral, cortando cualquier esperanza de escape.

—Carys, ¿tienes las llaves de tu coche?

—Sí.

—Bien, llévame allá abajo. Laura, ven con nosotras.

Carys se apresuró hacia un hatchback azul de cuatro puertas estacionado desordenadamente detrás de dos coches patrulla, y lo puso en marcha tan pronto como Kay cerró la puerta y Laura se desplomó en el asiento trasero.

La detective le pasó su teléfono móvil y aceleró pasando a un ciclista.

Kay se aferró al apoya manos. —Laura, ¿puedes mantener contacto por radio con Hughes por mí? Hazle saber que voy en camino.

—Sí, señora.

El paisaje pasó borroso por la ventana mientras Carys dirigía el coche alrededor de una curva cerrada que descendía hacia los pantanos.

Las órdenes ladradas entre los equipos uniformados entre ráfagas de estática por la radio se sumaban a la oleada de adrenalina que corría por Kay.

¿Y si Greg Victor se asustaba?

¿Y si Alice estaba enferma? ¿Era por eso que se estaba rindiendo?

Un destello azul llamó su atención en el espejo de la puerta y giró la cabeza hasta que pudo ver el coche patrulla detrás de ellas.

—¿Laura? Haz que apaguen esas malditas luces. No hay necesidad de anunciar nuestra llegada.

La voz de la policía llegó desde el asiento trasero mientras transmitía las instrucciones de Kay, y luego se inclinó hacia adelante.

—Hecho. Y Hughes dice que tienen contacto visual. Están a unos cuatrocientos metros de ellos.

—De acuerdo.

Kay se agarró con fuerza mientras Carys tomaba la última curva y deslizaba el coche hasta detenerse detrás de dos vehículos de la Policía de Kent en un área de descanso.

—El campo de recreo está justo allí a nuestra izquierda, jefa —dijo, y arrancó las llaves del encendido.

—Vamos.

Kay se mantuvo en el borde izquierdo de la carretera mientras esta subía hacia el pueblo, y resistió el impulso de correr.

Ahora tenía tres equipos rodeando a Greg Victor, y no deseaba asustar al hombre. El seto a su lado era un enredo de zarzas, espinos y avellanos, y mientras se apresuraba hacia el límite del sendero que Carys había identificado en el mapa, intentó mirar a través de la vegetación.

Era inútil: no podía ver nada.

—Laura, asegúrate de que el volumen de tu radio esté bajo, ¿de acuerdo? —dijo por encima del hombro.

—Sí, señora. Hughes dice que Victor está ahora a

doscientos metros de la carretera. Ha entrado en el sendero y se dirige hacia aquí.

El estómago de Kay se retorció.

—¿Alice sigue con él?

—Sí, la está cargando.

Su atención se desvió hacia la cima de la colina al escuchar un alboroto.

Un hombre apareció junto a un letrero que señalaba hacia el campo de recreo al mismo tiempo que ocho policías uniformados irrumpían por una puerta junto a una propiedad que bordeaba la carretera.

Kay podía oír la voz de Hughes acercándose mientras hacía gestos hacia Alice.

Los hombros de Greg se hundieron mientras bajaba a la niña al suelo y levantaba las manos.

Alice se abrazó a su costado, acurrucándose detrás de su pierna derecha mientras él hablaba con el sargento y el resto de los oficiales lo rodeaban, cortando cualquier medio de escape.

—Está aterrorizada —dijo Kay, y corrió hacia ellos.

A medida que se acercaba, la mirada de Greg se apartó de Hughes y la miró fijamente, con ojos suplicantes.

—No la asustes —dijo—. Por favor. Ella no entiende.

Kay recorrió con la mirada a la niña de cinco años, notando las manchas de hierba en sus vaqueros, el barro alrededor de los dobladillos y los hilos rotos en el jersey verde que llevaba puesto.

Unos ojos azul brillante brillaban bajo un flequillo rubio, y Kay se forzó a sonreír.

Se agachó frente a la niña.

—Hola, Alice. Soy Kay.

—¿Dónde está mi mami?

CAPÍTULO 36

Ignorando los gritos de Greg Victor, Kay cogió a Alice en sus brazos y corrió hacia el coche de Carys.

La detective ya había arrancado el motor y dado la vuelta al vehículo, y mientras Kay aseguraba a Alice en el asiento trasero y metía su chaqueta junto a ella para rellenar el cinturón de seguridad, Carys le gritó por encima del hombro:

—He hablado con Barnes, se dirige a casa de Kenneth Archerton. Gavin se ha puesto en contacto con Annette, pero su casa sigue asediada por los periodistas. No quiere que el reencuentro sea allí; quiere mantener a Alice alejada de las cámaras.

Kay se movió hacia la puerta del pasajero y subió.

—Vale, vámonos. No la culpo, ahora van a ser como buitres.

Los ojos de Carys se dirigieron al espejo retrovisor y sonrió. —¿Tienes suficiente calor, Alice?

Al girarse para mirar a la niña, Kay vio que estaba mirando por la ventana con el pulgar en la boca.

Sus ojos estaban muy abiertos mientras observaba el paisaje pasar rápidamente, y luego dirigió su mirada a los asientos delanteros.

—¿Dónde está mi mami?

—Está esperándote, Alice. Te estamos llevando con ella ahora. ¿Tienes frío?

—No.

—Vale.

El teléfono móvil de Carys comenzó a vibrar en el soporte del salpicadero, y Kay lo cogió.

—¿Gavin?

—Jefa, tenemos la ambulancia siguiéndoos hasta la casa de Kenneth Archerton para que puedan examinar a Alice. También tenemos a una especialista en camino. Le he pedido a Annette que traiga un cambio de ropa para Alice también.

—Gracias, Gav. Probablemente estemos a unos veinte minutos de distancia ahora.

—Estaremos allí.

El coche de Carys redujo la velocidad detrás de una fila de tráfico que se dirigía a Maidstone, y Kay reprimió la tentación de seguir girándose para comprobar cómo estaba Alice. No quería darle motivos de preocupación a la niña y aumentar lo que ya debía ser un momento confuso para ella.

A pesar de la ropa sucia de la niña, no había notado ningún moretón o rasguño en su cara o manos, pero sería tarea de la paramédica que viajaba tras ellos realizar un examen exhaustivo mientras se reunía con su madre.

Kay apretó los dientes, sin saber qué haría si resultaba que Greg Victor había lastimado a su sobrina de alguna manera.

Momentos después, Carys redujo la velocidad del coche cuando las puertas de la casa de Kenneth Archerton aparecieron a la vista, y Kay respiró aliviada.

No había reporteros merodeando fuera, y un coche patrulla estaba estacionado en el arcén junto a la entrada. El conductor levantó la mano hacia Kay y Carys antes de que pasaran por las puertas.

La puerta principal se abrió cuando su vehículo crujió sobre la grava hacia la casa, y apareció Barnes. El detective mayor se dio la vuelta e hizo señas a alguien en la casa mientras las puertas se cerraban detrás del coche.

Annette Victor apareció en el umbral junto a él, con la mano sobre la boca.

—¡Mami!

Carys frenó hasta detenerse ante el grito de Alice, y Kay saltó del asiento del pasajero. Abrió de golpe la puerta trasera antes de que Annette tropezara bajando los escalones de la entrada hacia ellos mientras la ambulancia entraba en el camino. Soltando el cinturón de seguridad de Alice, Kay puso a la niña en el suelo.

—Está aquí, Alice. Tu mamá está aquí.

Dio un paso atrás cuando un sollozo escapó de los

labios de Annette y la mujer se agachó en el camino de entrada, con los brazos extendidos.

La niña se lanzó al abrazo de su madre, y Kay parpadeó para contener una lágrima mientras Annette se levantaba con piernas temblorosas y apretaba a su hija contra su pecho.

Alisó el cabello de Alice, pasó sus dedos por su cara, y luego se volvió hacia Kay.

—Gracias, gracias.

Su voz se quebró mientras las lágrimas corrían por su rostro.

Kay asintió y tomó un profundo respiro. —¿Entramos? El equipo de la ambulancia querrá examinarla para asegurarse de que esté bien.

Annette se giró cuando la paramédica cruzó el camino de entrada hacia ellas, con una bolsa de lona en la mano.

La menuda rubia se detuvo a unos pasos de distancia y esperó la señal de Kay.

Alice se retorció en los brazos de su madre, pataleando, y Annette la bajó al suelo, manteniendo un agarre firme en su mano.

—Por supuesto —dijo—. Todos los demás están en la cocina, sus detectives, quiero decir. Y una mujer que dice ser especialista en este tipo de cosas.

—Es para asegurarnos de que hagamos todo en el mejor interés de Alice —dijo Kay—. ¿Está su padre aquí?

—Tuvo que ir a la oficina, algo urgente surgió. Está

de camino de vuelta. Lo llamé tan pronto como me enteré de la noticia.

—Bien, pues antes de que llegue Kenneth vamos a necesitar que cambie a Alice de ropa, para que podamos llevarla como evidencia —dijo Kay mientras seguía a Annette hacia la cocina—. Después de eso, tendremos que organizar que Alice sea entrevistada mañana por la mañana, mientras su recuerdo aún está fresco.

—Pero... pero no puede. Necesita quedarse aquí conmigo. Necesita recuperarse.

—Entiendo su preocupación, Annette, pero su testimonio es vital en nuestra investigación sobre por qué Greg la secuestró y qué pasó mientras estaban huyendo. —Kay cruzó miradas con la oficial de Interrogación al Menor —. Bethany aquí va a realizar la entrevista con Alice. Tiene mucha experiencia en esto, y su hija estará en buenas manos.

Alice se soltó del agarre de su madre y se acercó a la puerta trasera, con las manos contra los cristales mientras miraba el vasto jardín más allá.

—Pero yo estaré con ella también, ¿verdad? —Annette miró de la oficial morena a Kay, y luego de vuelta.

Bethany se apartó del mostrador de la cocina en el que se había estado apoyando, con el rostro impasible.

—Tendremos una suite especializada preparada para entrevistar a Alice, y la haremos sentir lo más cómoda posible. Es esencial que hablemos con ella a solas porque...

—Pero quiero estar con ella...

—Señora Victor...

—Annette.

—Annette, sé que es difícil para usted, pero existe el riesgo de que Alice no nos cuente todo si usted está en la habitación con ella —dijo Bethany. Sus ojos se suavizaron—. Puede que se sienta avergonzada o quiera protegerla de escuchar algo que de otro modo me diría si usted no estuviera presente en la habitación.

—Es muy importante que hagamos esto de la manera correcta —dijo Kay—. Como dijo Bethany, no puede estar en la habitación con ella. Solo se nos permite hacer esto una vez, así que debemos asegurarnos de hacerlo bien y escuchar cada aspecto de la historia de Alice.

Annette palideció. —¿Cree que le hizo daño?

—Si pudiera dejar que la paramédica la examine mientras le quita esta ropa, se lo agradecería. Bethany irá con usted también, en caso de que necesite anotar algo. —Kay hizo un gesto a la paramédica que se cernía en el umbral, sus ojos llenos de preocupación por la niña de cinco años que se había alejado de la puerta trasera y ahora miraba a su madre, en silencio.

—Oh. —Annette parpadeó, luego sacudió ligeramente la cabeza—. Está bien. ¿Vamos arriba, Alice? ¿Te quitamos esa ropa sucia?

Alice esbozó una pequeña sonrisa, luego deslizó su mano en la de su madre y la siguió dócilmente desde la cocina.

—Gavin, ¿puedes ir con Lucy y Bethany y esperar fuera de la habitación para guardar esa ropa en bolsas? —dijo Kay.

—Jefa.

Kay respiró hondo mientras las voces se alejaban por el pasillo y subían las escaleras. —Carys, vuelve a la comisaría y empieza a avanzar con el plan de entrevista formal, por favor. Pide a Fiona Wilkes que ayude; podríamos usar su aporte en los aspectos psicológicos de este caso. Volveré con Barnes y Piper.

—Lo haré, jefa.

—Vete a casa después de eso; te quiero aquí a las siete de la mañana.

La agente asintió, luego salió disparada de la habitación, la puerta principal cerrándose de golpe tras ella antes de que Kay se volviera hacia Barnes y exhalara.

—¿Estás bien? —dijo él.

—Sí, eso creo. ¿Y tú?

La piel alrededor de sus ojos se arrugó. —Ahora sí. Fue un buen resultado, Kay. ¿Dónde está Greg?

—En custodia en la comisaría a estas alturas. Sharp sigue allí; de hecho, creo que nadie se fue a casa esta mañana. Una vez que tengamos la ropa de Alice como evidencia, volveremos. Entrevistaré a Greg con Piper, pero me gustaría que tú observaras con Carys.

—¿Crees que hablará?

—No lo viste en los pantanos, Ian. Se rindió. Cinco días huyendo, y luego… nada.

—¿Tal vez esté sintiendo algo de remordimiento?

—No lo sé. Por eso quiero el aporte de Fiona. Pensará en un ángulo que podríamos pasar por alto.

La especialista en entrevistas había estado trabajando con la Policía de Kent durante varios años, proporcionando análisis y aportes en algunas de las entrevistas más difíciles que se habían realizado, y Kay respetaba la ética de trabajo de la mujer. Solicitar su ayuda no era una indicación de derrota; era otro aspecto para asegurarse de que tuviera las preguntas más cuidadosamente formuladas cuando comenzara a hablar con Greg Victor.

Levantó la vista al oír unos suaves pasos que se dirigían a la cocina para ver a Alice vestida con unos vaqueros limpios y una sudadera blanca, su pelo mojado rizándose alrededor de sus mejillas.

Un fresco aroma a fresas e hibisco llenó el aire mientras la niña deambulaba hacia la mesa de la cocina y se subía a una de las sillas de pino junto a ella, sus ojos esperanzados.

—Alguien tiene hambre —dijo Annette al entrar en la habitación, una sonrisa de alivio cruzando sus labios.

—Eso es genial —dijo Kay—. Antes de que nos vayamos, creo que Ian tiene algo para ti, Alice.

Barnes sacó el conejo azul de detrás de su espalda y simuló que saltaba por la mesa hacia Alice.

El rostro de la niña se iluminó, una amplia sonrisa dentuda arrugando sus facciones mientras extendía la mano para cogerlo.

—¡Thomas!

Barnes sonrió. —¿Ese es su nombre?

—Sí. —Alice apretó el conejo contra su pecho—. Se escapó.

—Pero ahora ha vuelto contigo, ¿no?

Su rostro decayó y asintió. Su labio inferior tembló, y Annette la rodeó con el brazo, acercándola.

—Está bien, mi amor. Todo ha terminado.

Alice se alejó del abrazo de su madre y tendió el conejo a Barnes.

—Mi papá dijo que tenía que mantener a Thomas a salvo, pero no lo hice.

—Está bien. Lo recuperaste, ¿verdad? —dijo Barnes, su voz cargada de emoción.

—Tú lo encontraste. —La niña empujó el conejo de peluche hacia él—. Quiero que tú lo tengas.

CAPÍTULO 37

El comisario Devon Sharp se detuvo en el pasillo fuera de las salas de interrogatorio e hizo un gesto a Kay para que esperara.

—Llevo aquí desde las seis de la tarde de ayer, así que me voy a ir a descansar unas horas. Antes de irme, quiero que sepas lo orgulloso que estoy de ti. Solo llevas dieciocho meses en este puesto, y sin embargo me has demostrado a mí y a los otros que eras la indicada para el trabajo. Larch nunca debería haberte detenido.

Kay dio un paso atrás.

—Gracias, jefe. Lo aprecio.

—El mérito es tuyo, Kay. Tienes un gran equipo arriba, pero eso se debe a cómo los diriges. Sé que la comisario jefa también está impresionada —se interrumpió cuando apareció Gavin—. Muy bien, nos vemos mañana por la mañana.

El agente asintió al comisario cuando se marchó, y luego le entregó una de las dos carpetas de manila a Kay.

—Fiona Wilkes tuvo algunas ideas sobre un par de preguntas —dijo—. Hay un resumen arriba para ti.

Kay abrió la carpeta y recorrió con la mirada las sugerencias de la especialista en interrogatorios.

—Esto está bien. ¿Se fue a casa todo el mundo que estaba trabajando aquí anoche?

—Sí —dijo él—. Incluso Carys.

—Menos mal, parecía muerta de cansancio en casa de Archerton.

Gavin señaló hacia la sala de interrogatorios.

—¿Lista, jefa?

—Por supuesto. Guía el camino.

Gavin abrió la puerta de la sala de interrogatorios tres y se hizo a un lado para dejarla pasar. Hizo un gesto a un agente uniformado para que saliera de la habitación, y Kay observó la figura abatida desplomada en una de las sillas de plástico que rodeaban una mesa metálica.

Greg Victor había sido reducido a una criatura patética. Desde que llegó a la comisaría, le habían quitado la ropa para análisis forense y lo habían sometido a un registro completo antes de tomarle muestras de ADN.

Ahora, estaba sentado con un traje de papel arrugado y botines, el pelo mojado de punta y círculos oscuros bajo los ojos.

Bajó la mirada hacia sus manos entrelazadas cuando

Kay sacó una silla frente a él, y ella notó que tenía las uñas mordidas hasta la carne.

Mientras Gavin presionaba el botón de "grabar" en la máquina a su lado y recitaba la advertencia formal, Greg hizo una mueca y se removió en su asiento.

A su lado, su abogado se aflojó la corbata, evidentemente resignado a que le esperaba un largo día.

—Diga su nombre completo y dirección para el registro, por favor —dijo Gavin.

Greg Victor tartamudeó su respuesta, luego se pasó el dorso de la mano por la boca.

—¿Cuánto tiempo ha vivido en esa dirección?

—Desde finales de mayo.

—¿Y dónde estaba antes de eso?

Greg tomó un respiro tembloroso y confirmó la dirección de su ex esposa en Nottingham.

—Nos separamos. La pillé teniendo una aventura. Mi hija, Sadie, vive con ella.

—Hablemos de lo que pasó el viernes pasado —dijo Kay—. ¿A qué hora salió de la casa de Kenneth Archerton con su sobrina, Alice?

—Alrededor de las ocho. —Greg se aclaró la garganta y bajó la mirada a sus manos—. Sí, las ocho. Tenía el barco alquilado desde las diez, y sabía que el tráfico sería lento para atravesar la ciudad a esa hora de la mañana.

—¿Por qué estaba Alice en casa de Kenneth?

—Ella y su madre se habían quedado a dormir la noche anterior.

—¿Por qué se llevó a Alice con usted?

—Le prometí que la llevaría al río antes de que empezara la escuela. Nos oyó hablar de ello en una barbacoa hace unas semanas y no dejó de insistir. — Levantó la cabeza—. Annette y Robert estaban de acuerdo. Había estado cuidándola de vez en cuando desde que vine aquí. Llevaba un chaleco salvavidas.

—¿Dónde alquiló el barco?

—En Toppings. Vi su anuncio en las redes sociales. Están en Tonbridge.

—¿A qué hora salió de Toppings?

—Eran más de las diez cuando terminé el proceso de entrega con ellos y me aseguré de que Alice entendiera los peligros. Nos detuvimos a almorzar en Yalding. — Se frotó un nudillo en el ojo, luego bajó la mano a la mesa, con el puño cerrado—. ¿Está bien? Intenté asegurarme de que se mantuviera caliente, y solo nos quedamos sin comida esta mañana. Perdió su conejo. Es uno azul, ¿lo han encontrado?

—¿La tocó de alguna manera? —dijo Gavin.

—¿Qué? —Los ojos de Greg se abrieron de par en par, y luego agarró el borde de la mesa y le lanzó una mirada de desprecio al agente—. No, por supuesto que no. Es mi *sobrina*. ¿Qué clase de monstruo cree que soy?

—La clase de monstruo que secuestra a una niña pequeña y desaparece durante cinco días, dejando a su madre traumatizada.

—No la toqué. No le hice daño. Solo estaba tratando de mantenerla a salvo.

—Si estaba tratando de mantenerla a salvo, ¿por qué no fue a la policía? ¿Por qué huir?

—Mire, sé que fue estúpido. Debería haber acudido a ustedes, pero cuando escuché ese disparo, supe que tenía que alejar a Alice de allí lo más rápido posible. No fue hasta ayer que me di cuenta de que probablemente había empeorado las cosas.

—¿Disparó a su hermano?

—¡No!

—¿De quién estaba tratando de mantener a salvo a Alice? —dijo Kay.

—No lo sé —dijo—. Robert apareció esa noche y dijo que había un problema. Me dijo que la alejara del barco.

—Espere —dijo Kay, y frunció el ceño—. Retroceda. Dijo que se detuvieron a almorzar en Yalding. ¿Qué pasó después de eso?

Una triste sonrisa cruzó las facciones de Greg.

—Fue una tarde perfecta. Solo había unos pocos barcos en el río entre allí y Teston. Alice vio los columpios junto al área de picnic antes del puente y quiso ir a jugar, así que amarré allí durante una hora más o menos. Finalmente se aburrió, así que nos pusimos en marcha de nuevo. La hice quedarse dentro cuando pasamos por la esclusa porque no podía vigilarla y abrir y cerrar las compuertas, pero aparte de eso estaba feliz de estar en la cubierta conmigo. Le gusta avistar las ratas toperas.

—¿Cuándo se puso Robert en contacto con usted?

El rostro de Greg se ensombreció. —Me llamó justo antes de que llegáramos a Barming. Me sorprendió; había estado en Francia toda la semana y no debía volver hasta el sábado. Me dijo que había tomado el ferry de vuelta a Dover esa mañana y que necesitaba ver a Alice. Le dije que volvería a la mañana siguiente, pero él insistió en que era una emergencia —suspiró—. Sonaba enojado y asustado. Para entonces, Alice me estaba mirando de forma extraña porque podía oír su voz, así que le dije que nos encontrara en la esclusa de East Farleigh. Sabía que tendría que amarrar justo después de allí para pasar la noche, y Alice estaba empezando a tener hambre, así que pensé que Robert podría unirse a nosotros para cenar.

—¿A qué hora llegaron a East Farleigh?

—Para cuando pasamos la esclusa, eran casi las seis y media. La mayoría del tráfico de gente que volvía del trabajo ya había pasado por el puente y las cosas empezaban a calmarse. Un par de personas paseando perros pasaron mientras comprobaba las amarras, pero eso fue todo.

—¿A qué hora llegó Robert?

—A las siete, más o menos.

—Cuénteme qué pasó cuando llegó.

—Alice se alegró de verlo. Cenamos y luego dejamos que Alice se quedara despierta un rato para jugar. —Frunció el ceño—. Subimos a cubierta; Robert dijo que necesitaba hablar. Se fumó un cigarrillo; Annette no le dejaba fumar delante de Alice. Pero podíamos verla a través de la ventana. —Greg exhaló—. Le estaba preguntando sobre su viaje a Francia y por qué necesitaba hablar conmigo con tanta urgencia, porque no había dicho nada desde que llegó. Supongo que no quería asustar a Alice. En fin, no sé, vio algo o a alguien en dirección a East Farleigh. Me dijo que me callara cuando estaba a mitad de frase, estiró el cuello y luego me dijo que fuera a buscar a Alice.

—¿Quién era?

Negó con la cabeza. —No lo sé. Yo no pude ver a nadie, pero la luz ya se estaba desvaneciendo. Él juraba que había alguien bajo el puente mirándonos.

—¿Qué hizo usted?

—Nada, al principio. Pensé que me estaba tomando el pelo. Luego empezó a asustarse, a suplicarme, y me dijo que Alice estaba en peligro y que tenía que sacarla de allí.

—¿Fue entonces cuando disparó a Robert? —dijo Gavin.

—No, ya se lo he dicho: yo no le disparé. Fue otra persona.

—¿Quién?

—No lo sé. Robert me dijo que cogiera a Alice y huyera. No sabía de qué estaba hablando. Le dije que si quería escapar, deberíamos usar el barco si estaba asustado, pero dijo que no funcionaría. Tiró su cigarrillo al agua y luego entró en la cabina e hizo que Alice se pusiera una sudadera. Ella estaba llorando porque él le gritaba que se diera prisa. —Negó con la cabeza—.

Metió algunas latas de comida y un par de botellas de agua en una mochila y me la lanzó. Intenté calmar a Alice y le grité a Robert, le dije que la estaba asustando, y fue entonces cuando se calló. Él... estaba aterrorizado, ahora me doy cuenta. Alice estaba de pie en medio de la cabina, llorando a mares, y entonces él vio el conejo de peluche que le había dado Kenneth. Robert se lo dio, supongo que para intentar calmarla porque le dije que no lo había soltado desde esa mañana. Y luego nos empujó a los dos hacia la cubierta y me dijo que me largara. Dijo que pasara lo que pasara, no volviera al barco y que usara el que había alquilado en Allington.

—¿Usted sabía lo del segundo barco?

—Esa fue la primera vez que oí hablar de él.

—¿Por qué robar la canoa, entonces?

Greg se pasó la mano por su pelo corto. —Alice estaba demasiado cansada para caminar cuando llegamos a Maidstone, y sabía que tenía que hacer algo. Logramos evitar a la gente, y entonces vi la canoa enredada entre unos matorrales cerca del club de remo. No lo pensé: la arrastré al agua y partimos. No me di cuenta de que tenía un maldito agujero en el costado hasta que casi habíamos llegado a Allington.

—¿A dónde planeaba ir?

—Al principio, pensé en tomar el barco que Robert había alquilado, pero luego me di cuenta de que no tenía las malditas llaves. En su prisa por echarme del barco, se había olvidado de dármelas. Estaba asustado para entonces. Pensé que tal vez me habían seguido, que podrían haber encontrado las llaves en su cuerpo. Es decir, si sabían que había viajado a East Farleigh, podrían haber sabido que debían buscarme en Allington, ¿no? Llevé a Alice por el camino de sirga todo lo que pude antes del amanecer, y luego dormimos a la intemperie bajo el puente que pasa por debajo de la M20. No tenía un plan después de eso. Solo quería mantenerla a salvo, tienen que entender eso.

En el silencio que siguió, Kay podía oír el reloj haciendo tictac en la pared detrás de ella y el débil sonido de voces a lo largo del pasillo hacia la puerta que daba al mostrador de recepción.

El abogado pasó la página de su libreta, el crujido ensordecedor a sus oídos mientras ella entornaba los ojos mirando a Greg Victor.

—¿Qué tan lejos por el camino de sirga llevó a Alice antes de volver y dispararle a su hermano? —dijo ella.

—Nunca le disparé a Robert —dijo él, con voz baja.

—Entonces, ¿quién lo hizo?

—Mire, hice lo que me pidió. Dejé el barco y me dirigí hacia Maidstone. Había avanzado cerca de un kilómetro cuando… —Tomó una respiración entrecortada y se pasó una mano por los ojos—. Oí un *bang*, desde atrás. Nunca había oído un arma antes, no en la vida real. Pero sabía que eso era. Sabía que lo habían matado. Y sabía que no podía volver allí. Cogí a Alice y empecé a correr.

—¿Tiene alguna idea de quién querría matar a su hermano? —dijo Kay.

—No, pero estaba asustado. Debería haberle preguntado por qué, pero no hubo tiempo. Cuando hablamos después de la cena, dijo que iba a hablar con Annette sobre mudarse de la zona. Dijo que ya había tenido suficiente.

—¿Alguna vez había dicho algo sobre mudarse antes?

—No a mí.

—Cinco días huyendo, Greg. ¿Qué pasó hoy? Esperaba que lo atraparan, ¿verdad?

El hombre frente a ella se desmoronó visiblemente, sus ojos enrojeciendo. —Porque pensé que ustedes serían mejores para mantenerla a salvo que yo. Soy padre, detective, y el tío de Alice. No soy un fugitivo. No soy un maldito malvado que anda por ahí secuestrando niñas pequeñas. Estaba tratando de salvarla, como su padre, mi hermano, me dijo que hiciera.

Kay miró su reloj e hizo una señal a Gavin para que terminara la entrevista. Cerró de golpe la carpeta de manila y se puso de pie, su mente dando vueltas por la declaración de Greg y las revelaciones que había escuchado.

Mientras abría la puerta, oyó el sonido de una silla arrastrándose por el suelo de baldosas y se giró, lista para defenderse.

En cambio, Greg Victor estaba de pie junto a la

mesa, con las manos a los costados y el rostro descompuesto.

—Por favor, cuiden de Alice. Creo que todavía está en peligro. Yo no maté a mi hermano, fue alguien más. Tienen que creerme.

CAPÍTULO 38

Kay lideró el camino hacia la sala de incidencias, dejó caer la carpeta que llevaba sobre su escritorio al pasar y llamó la atención del equipo de investigación.

—Todos, reunión ahora. Tenemos mucho que hacer y poco tiempo.

Se dirigió a la pequeña cocina al final de la sala y echó café instantáneo en una taza desportillada, añadiendo dos cucharadas de azúcar. Se giró cuando Fiona Wilkes, la especialista en entrevistas, se unió a ella.

—¿Qué opinas? —dijo Fiona, frunciendo el ceño.

—Nos queda un largo camino por recorrer con este caso —dijo Kay—. He hablado con Sharp y ha autorizado otras doce horas para entrevistar a Greg con el fin de darle suficientes descansos, pero también he solicitado a un magistrado que lo retenga por más tiempo si es necesario, basándome en la gravedad de los cargos de secuestro.

—Probablemente sea lo mejor. Revisaré la grabación y te avisaré si puedo ofrecer alguna sugerencia para la próxima entrevista.

—Gracias, Fiona.

Tan pronto como el último miembro del equipo tomó asiento, Kay se movió al frente de la sala. —Greg Victor, como sospechábamos, está negando tener algo que ver con el asesinato de su hermano y ha declarado que hubo una tercera persona involucrada en la muerte de Robert Victor.

Una ola de conversaciones recorrió a los oficiales reunidos, luego se desvaneció cuando su atención volvió a Kay.

Ella revisó la lista de elementos en la pizarra. —¿Qué pasó con nuestras indagaciones sobre la canoa? ¿Averiguamos de dónde vino?

—Sí, jefa. —El policía Phillip Parker levantó la mano—. Eve Henderson de Penenden Heath. Se presentó cuando estábamos hablando con los habituales del club de remo esta mañana. Regresó de vacaciones ayer y descubrió que la canoa faltaba cuando llegó allí. Estaba a punto de denunciarlo cuando llegamos. Se sorprendió de que la hubieran tomado; dijo que fue golpeada por una barcaza en julio y no era segura para usar.

—Gracias. Parece que Greg la robó para poner distancia entre él y el centro de la ciudad y no se dio cuenta de que estaba dañada —dijo Kay—. Confirmó en su entrevista que tenía una fuga, por eso la abandonó.

—¿Y si está diciendo la verdad y no le disparó a su hermano? —dijo Gavin—. ¿Qué hay de su comentario de que Alice no está a salvo?

—Si está diciendo la verdad sobre el asesino de Robert, entonces quizás esté preocupado de que esa persona aparezca en la casa —dijo Barnes—. Organizaré un equipo de vigilancia después de esta reunión, pero Annette y Alice se están quedando en la casa de Kenneth por el momento.

—Así que deberían estar a salvo allí —dijo Kay—. Hay vigilancia las veinticuatro horas en las puertas. Ponte en contacto con los uniformados y avísales de lo que Greg nos ha dicho. No quiero que corran peligro si está diciendo la verdad, así que diles que estén alerta.

—Jefa.

Hizo una pausa cuando el teléfono de Debbie comenzó a sonar y esperó mientras ella hablaba brevemente con el interlocutor y luego terminó la llamada.

—Se nos ha concedido una prórroga adicional a la de Sharp para entrevistar a Greg Victor —dijo—. Dada la gravedad de lo que ha hecho, y considerando que Alice no será entrevistada hasta mañana por la mañana, el magistrado acaba de firmar el papeleo hace un momento.

—Esas son buenas noticias. Gracias, Debbie —dijo Kay—. Bien, algunos de vosotros habéis estado aquí desde la madrugada, así que voy a dar por terminada la jornada antes. Hemos tenido un resultado fantástico hoy, y les estoy muy agradecida a todos por su tenacidad y dedicación para traer a Alice Victor a casa sana y salva. Debbie, ¿puedes pasar el cronograma para esta noche y el resto de la semana? Así podremos hacer que todos volváis con vuestras propias familias lo antes posible. Bien, todos podéis retiraos.

Se dirigió de vuelta a su escritorio y tomó su teléfono móvil, luego sonrió al mensaje de texto que se mostraba en la pantalla de bloqueo.

Bien hecho. Te amo - Adam.

Se le ocurrió una idea, y sintió un calor creciente en su pecho mientras escribía una respuesta.

—¿Te vas? —dijo Barnes mientras recogía las llaves de su coche de su lado del escritorio.

—Sí —dijo ella, y sonrió—. Faltan un par de horas para que mis padres regresen a casa, y hay algo que necesito hacer.

CAPÍTULO 39

Kay aparcó en el estacionamiento junto a la camioneta de Adam, abrió la puerta y se apartó el cabello de los ojos mientras una suave brisa soplaba sobre el ondulado paisaje.

Nubes grises se arremolinaban en el horizonte, mientras que una tormenta de fin de verano, pronosticada para la noche, retumbaba a unos kilómetros de distancia.

Sus tacones se hundieron en la fina capa de grava mientras cruzaba hacia la extensión verde del cementerio, y se abrochó la chaqueta con una mano mientras sujetaba un ramo de flores con la otra.

Un grupo de tres personas estaba reunido en la cima de la colina, y pudo distinguir la alta figura de Adam mientras la esperaba con las manos en los bolsillos del abrigo ligero que llevaba puesto.

Su madre y su padre se encontraban a su lado, los

ojos de su madre llenos de preocupación mientras Kay se acercaba. Su padre sostenía otro ramo de flores en las manos.

Adam sonrió y la abrazó cuando llegó a su lado, luego la besó.

—Fue una buena idea —dijo.

Ella sonrió y luego se volvió hacia sus padres.

—Gracias por esperar. No estaba segura de si iba a poder salir a tiempo para veros antes de que os fuerais.

—No digas tonterías —dijo su madre—. Siempre podríamos habernos quedado una o dos noches más si fuera necesario. Tu padre no tiene que estar en el hospital para su próxima revisión hasta principios de la semana que viene.

—¿Lleváis mucho tiempo aquí?

—Llegamos hace unos veinte minutos —dijo Adam —. Tu madre y tu padre querían estirar las piernas antes del viaje de regreso, así que hemos dado un paseo por los alrededores mientras te esperábamos.

Kay exhaló, liberando parte del estrés de los últimos cinco días.

Se giró hasta que pudo ver colina abajo hacia los campos abiertos detrás de la sede de la policía, más allá de los terrenos del cementerio. Nunca dejaba de asombrarle que en cuestión de minutos después de salir del trabajo, pudiera estar en pleno campo abierto. Era por eso que ella y Adam habían elegido establecerse en el pueblo, y por lo que nunca se imaginaba marcharse.

Sin importar lo que su trabajo le deparara, ahora sabía que podía afrontarlo.

—Es un lugar bonito —dijo su madre.

—Tienes razón, lo es.

Entrelazó sus dedos con los de Adam y le apretó la mano.

—¿Vamos?

Bajaron por la pendiente hasta llegar a una hilera de tumbas sencillas, con ornamentos de piedra más nuevos y menos desgastados que los demás. Habían dejado flores y peluches junto a más de una, pero Kay mantuvo la mirada apartada de ellas y se concentró en cambio en la que buscaba en medio de la fila.

Había demasiado dolor aquí, demasiada tristeza, y no podía soportar absorber el dolor de otros mientras aún lidiaba con el suyo propio.

Le llegaba en oleadas, cayendo sobre ella en los momentos más inesperados, despertándola de golpe o asestándole un puñetazo en el esternón mientras soñaba despierta en medio de las reuniones de dirección.

Finalmente, llegaron allí, la precisión de las letras de bronce sobre la piedra de granito moteado captando la luz de la tarde.

Elizabeth Hunter-Turner. Amada hija, arrebatada demasiado pronto.

Adam la atrajo hacia su pecho y la besó.

—Te quiero.

—Yo también te quiero. —Le puso el ramo en la mano y se volvió hacia su madre y su padre, que se habían detenido a unos pasos de distancia para darles un momento a solas—. Si esperáis aquí, iré a buscar agua fresca para el jarrón.

No esperó una respuesta y se dio la vuelta antes de que pudieran ver sus lágrimas.

Aclarándose la garganta, caminó a lo largo de la fila hasta una toma de agua que habían instalado bajo un tejo, enjuagó el jarrón de metal y se apoyó en el grifo mientras lo llenaba.

El secuestro y rescate de Alice había desenterrado emociones que había intentado desesperadamente enterrar, y mientras se secaba los ojos con el dorso de la mano y sorbía, se preguntó cómo habría sobrellevado la situación si estuviera en el lugar de Annette Victor.

Era por eso que había estado dispuesta a hacer cualquier cosa para encontrar a la niña de cinco años. Era por eso que había impulsado a su equipo a trabajar tan duro.

Cerró el grifo y volvió hacia las tumbas.

Adam estaba agachado en la base de la tumba de Elizabeth, hablando con sus padres mientras arrancaba mechones de hierba larga que amenazaban con borrar las fechas inscritas debajo del epitafio de su hija. Sonrió cuando ella lo alcanzó y tomó el jarrón de sus manos.

—Ven aquí —dijo su madre. Ella se acercó y su madre le rodeó la cintura con un brazo, apoyando la cabeza en su hombro.

Permanecieron en silencio mientras Adam y su padre arreglaban las flores, y se dio cuenta de lo agradecida que estaba de haberse reconciliado con su madre. Había temido la reacción de su madre ante su aborto involuntario, temía el rechazo, y en su lugar había ocultado la verdad durante mucho tiempo. Su madre había quedado inconsolable cuando se enteró, aislándose de Kay.

El tiempo y la enfermedad del padre de Kay habían ayudado a sanar su resentimiento.

—Ojalá la hubiera conocido. Ojalá hubiéramos tenido la oportunidad. —Exhalando, se apartó de su madre y sonrió a su padre—. Gracias por venir aquí con nosotros.

Él asintió, incapaz de hablar.

Adam le dio un toque en el brazo.

—¿Sabes qué, Phil? Volvamos al coche y dejemos que estas dos tengan un momento a solas, ¿de acuerdo?

Kay observó cómo los dos hombres se alejaban hacia el camino principal, sus voces un murmullo bajo.

—¿Estará bien? ¿La niña pequeña que encontraste?

Se volvió hacia su madre.

—Eso espero. La especialista la entrevistará mañana, y le hemos dado a su madre la referencia de un psicólogo que puede ayudar si es necesario.

—¿Le hizo daño?

—No lo sabemos con seguridad. Todavía no. Espero que no.

Comenzaron a caminar hacia el estacionamiento, la brisa acariciando los hombros de Kay y haciendo susurrar las hojas de los arces y los abedules plateados.

Los colores empezaban a cambiar, con un sutil tono amarillo y naranja en las ramas que bordeaban el cementerio, y un esparcimiento de hojas caídas tempranamente cubría el césped.

Su madre dejó de caminar y le agarró el brazo.

—Espera.

—¿Qué pasa?

—Nada. —Su madre tomó aire profundamente—. Solo quería decirte que ahora entiendo por qué haces esto, Kay. Estoy muy orgullosa de ti.

Kay parpadeó para contener las lágrimas y rodeó los hombros de su madre con el brazo.

—Gracias.

CAPÍTULO 40

A la mañana siguiente, Kay apuró los restos de su tercer café y empujó la taza al otro lado del escritorio.

El equipo había pasado el tiempo desde la reunión matutina ayudando a Bethany a preparar la sala de interrogatorios número dos de manera que no intimidara a Alice.

Barnes y Piper habían arrastrado una pequeña mesa de café y dos cómodos sillones, alquilados para ese día, a través del estacionamiento y dentro del edificio, y los habían colocado junto a una alfombra colorida y una caja de juguetes. El detective mayor había desaparecido a las nueve en punto, para consternación de Kay, hasta que reapareció media hora después con una pequeña colección de coches de juguete.

—Annette te dijo que Alice quería ser piloto de carreras, ¿recuerdas? —dijo—. Pensé que estos podrían ayudar.

Kay sonrió, sabiendo que el secuestro de Alice había traído de vuelta recuerdos dolorosos para su colega, y se sintió conmovida por el hecho de que hubiera pensado tanto en el bienestar de Alice para la entrevista.

Acercó su silla al escritorio cuando sonó su teléfono, mostrando el número de recepción de la comisaría en el identificador de llamadas.

—Hunter.

—Soy Hughes, de recepción, jefa. La señora Victor está aquí con Alice.

—Gracias, iré enseguida. ¿Puedes llevarlas a la sala que hemos preparado para que pueda acomodar a Alice?

Colgó el auricular en la base y les hizo una señal a sus dos agentes.

—Carys, Piper, id a las oficinas de Ken Archerton y hablad con Melissa Lampton. Ved si puede arrojar algo de luz sobre la declaración de Greg Victor de que Robert estaba en peligro. Preguntadle si recibió alguna amenaza mientras estaba en el trabajo. Después de eso, id a la casa de Ken y averiguad si ha recibido alguna amenaza contra el negocio o sus empleados. Con suerte, con Annette fuera del camino, se sentirá más inclinado a hablar.

—Lo haremos, jefa —dijo Gavin—. Buena suerte con Alice.

—Gracias —dijo Kay—. Esto no va a ser fácil para ninguno de nosotros. Barnes, ¿estás listo?

—Sí, jefa.

Kay recogió su libreta, teléfono móvil y un par de bolígrafos y comenzó a caminar hacia la puerta detrás de él, cuando Gavin gritó.

—¡Eh, Ian!

Barnes se detuvo y miró por encima del hombro. —¿Qué?

Carys levantó el juguete que ahora ocupaba un lugar de honor en su escritorio.

—No te olvides de llevar tu conejo —dijo.

—Muy graciosa.

Barnes puso los ojos en blanco mientras la sala de incidentes se llenaba de risas, y Kay sonrió.

—Sabías que te lo estabas buscando al dejarlo en tu escritorio —dijo, dándole un suave empujón hacia la puerta—. ¿Por qué no te lo llevaste a casa?

—Porque allí no tengo dónde ponerlo... además, ¿qué diría Pia? —Llegó a lo alto de las escaleras y se detuvo—. Para ser honesto, me gusta tenerlo ahí en mi escritorio. Me recuerda por qué hago esto.

Kay sonrió y luego lo siguió escaleras abajo hacia las salas de interrogatorios.

La puerta de la sala de interrogatorios número dos estaba abierta, y cuando entró, Bethany y Annette se callaron y se volvieron hacia ella.

Alice estaba de pie junto a su madre, con la cara hacia abajo.

Kay miró los ojos enrojecidos de la niña y se volvió hacia Annette. —Me doy cuenta de que esto va a ser perturbador para ambas, pero es una parte esencial de nuestra investigación en curso sobre por qué sucedió todo esto. Haremos todo lo posible para que sea lo más fácil posible para Alice, y se sentirá cómoda aquí.

Annette se secó los ojos con un pañuelo arrugado, luego sorbió y forzó una sonrisa mientras miraba a su hija. —¿Vas a ayudar a la detective Hunter y a su equipo esta mañana?

La niña de cinco años bajó la mirada a sus pies, rebotó la punta de su zapato en el suelo de baldosas y se encogió de hombros.

—Sí —dijo.

—Te traje unos coches nuevos —dijo Barnes—. ¿Quieres verlos?

El rostro de Alice se iluminó mientras tomaba los juguetes de él y se dirigía a la mesa de café.

Kay se volvió hacia Annette. —Antes de comenzar la entrevista con Alice, quería preguntarle sobre algunas entradas en los estados de cuenta bancarios de Robert. Uno de mis colegas notó que ha habido algunos depósitos grandes de dinero cada mes desde abril.

—Oh, me dijo que eran una especie de bonificaciones por desempeño que había recibido, eso es todo —dijo Annette—. Hizo un par de buenos tratos para el negocio a principios de año.

Mientras el sonido de los intentos de Alice de hacer ruidos de motor y frenadas repentinas llenaba la habitación, Kay hizo un gesto a Bethany. —Deberíamos dejarlas hablar, Annette. ¿Quiere venir conmigo?

Encontraré a alguien que le traiga una taza de té o algo, y puede esperar en nuestra área de cafetería.

La madre de la niña respiró hondo y luego asintió.

—De acuerdo. Supongo que cuanto antes empiecen, antes terminará todo, ¿no? Volveré en un rato, Alice.

—Vale, mami.

Bethany ajustó el auricular que llevaba puesto. —Jefa, dame un par de segundos para asegurarme de que puedo oírte bien cuando estés en la suite de observación, por favor.

—De acuerdo.

Kay envió a Annette a la cafetería con un policía y luego se acomodó en una de las sillas frente a los monitores en la suite de observación de al lado.

Bethany había estado jugando con Alice y ahora cada una de ellas estaba sentada en un sillón, con los coches de juguete yendo y viniendo por la mesa entre ellas.

Kay habló por el micrófono junto al monitor, y Bethany se tomó un momento para asegurarse de que Alice estuviera distraída antes de mirar hacia una de las cámaras y asentir.

Se recostó en su asiento y se obligó a relajarse. El enlace de comunicaciones era la única forma en que ella y Barnes podrían interactuar con Alice ahora, y se mordió el labio mientras escuchaba a la oficial de Interrogación al Menor guiar a Alice a través del guion cuidadosamente preparado.

Cada pregunta había sido formulada de manera que

pudiera extraer información de la niña sin causarle un estrés indebido.

—Allá vamos —murmuró Barnes entre dientes—. Vamos, Alice. Tú puedes hacer esto.

CAPÍTULO 41

Gavin se puso a caminar junto a Carys, protegiéndose los ojos del sol mientras cruzaba la concurrida calle a su lado.

Emitió un silbido bajo mientras contemplaba la obra de piedra del edificio de oficinas de los comerciantes de vino, y luego se rio de la placa azul en la pared sobre una de las ventanas delanteras.

—Menuda oficina.

—Ya lo sé. Espera a ver el interior. Un maldito lujo comparado con la nuestra. —Carys sonrió y empujó la puerta principal.

Mientras Gavin observaba su entorno, dejó que su colega tomara la iniciativa y la vio acercarse a la mujer sentada detrás del mostrador de recepción.

Las dos mujeres hablaron en voz baja, pero después de ver cómo la confusión se apoderaba del rostro de Carys, se acercó.

—¿Ocurre algo?

—Esta es Sharon Eastman —dijo Carys—. La señora Eastman me estaba diciendo que Melissa Lampton ya no trabaja aquí.

—¿Qué? —Gavin frunció el ceño—. ¿Por qué no?

Los labios de la recepcionista se tensaron.

—Lo siento, no tengo permitido hablar sobre asuntos de personal.

—¿Cuándo se fue? —dijo él.

—Ayer por la mañana.

—¿Estaba usted aquí en ese momento?

Ella se sentó y paseó la mirada por la pantalla y el teclado de su ordenador, con expresión afligida.

—Sí.

—¿Qué pasó, Sharon? —dijo Carys, suavizando su voz.

Gavin alzó la mirada hacia la escalera a su izquierda y el rellano sobre el área de recepción, pero el espacio estaba tranquilo. Más allá de una puerta cerrada, pudo oír la risa de una mujer, y luego voces. Su mirada volvió a posarse en la recepcionista.

—Puede contárnoslo, Sharon. Podría ser de ayuda.

La mujer sacó un pañuelo de papel arrugado de la manga de su blusa y se sonó la nariz. Parpadeó.

—Solo puedo contarles lo que oí. No vi nada.

—De acuerdo, continúe —dijo Carys.

—Sucedió justo después de que llegara, así que alrededor de las ocho y veinte. Me gusta llegar de diez a quince minutos antes de mi hora de entrada a las ocho y media; me da tiempo para organizarme y tomar un café antes de desactivar el servicio de contestador nocturno.

Gavin permaneció en silencio, con la mandíbula apretada.

—Acababa de sentarme aquí y estaba a punto de ponerme los auriculares cuando oí a alguien gritando arriba. Al principio pensé que alguien estaba bromeando, pero luego sonó enfadado.

—¿Quién sonaba enfadado? —dijo Carys.

—John Lavender; tiene un puesto similar al que tenía Robert.

—¿Cuánto tiempo lleva trabajando aquí?

—Seis meses. Ken lo contrató cuando su salud empeoró después del invierno, para que pudiera asumir parte de su carga de trabajo.

—Continúe.

—Luego oí hablar a una mujer, como si estuviera intentando calmarlo, y reconocí la voz de Melissa.

—¿Pudo oír lo que decían?

Sharon negó con la cabeza.

—¿Qué pasó después? —dijo Gavin.

—Oí que se abría una puerta. —La recepcionista bajó la voz y se inclinó más cerca—. La oficina de John es la que está al final del pasillo, a la izquierda al subir las escaleras. La oí cerrarse de golpe, y luego pasos por el rellano encima de mi escritorio. Debió de ser Melissa, porque la oí hablar con una de las chicas de la oficina administrativa, y luego bajó aquí. Me entregó su tarjeta de acceso a la puerta principal y el teléfono móvil que usa para el trabajo.

—¿Le dijo algo? —preguntó Carys.

—Sí. Dijo que John le había pedido que se fuera. Dijo que él le había dicho que con Robert muerto, no podían permitirse mantenerla porque ya no había necesidad de una asistente personal adicional. Estaba temblando cuando salió por la puerta principal.

Gavin exhaló y arqueó una ceja a su colega antes de volverse hacia Sharon.

—¿No tendrá por casualidad la dirección de ella, verdad?

Sharon se mordió el labio.

—No puedo... Me metería en muchos problemas. Tendrán que preguntarle al señor Archerton o a John cuando vuelva a la oficina más tarde.

—¿Está fuera en este momento?

—Sí, tenía una reunión a las diez en Hythe.

—De acuerdo —dijo Carys. Sacó una tarjeta de visita de su bolso y se la entregó—. Gracias por su tiempo. ¿Puede darle esto al señor Lavender cuando regrese y pedirle que nos llame?

El teléfono junto a Sharon comenzó a sonar mientras ella giraba la tarjeta entre sus dedos, y asintió.

—Lo haré.

Gavin caminó por la lujosa alfombra hasta la puerta principal y la mantuvo abierta para Carys. Se detuvo en la acera y miró hacia el edificio.

—Eso fue un poco repentino.

—¿Verdad que sí?

—No me importaría escuchar la versión de Melissa.

—A mí tampoco. Vamos, yo conduciré mientras tú intentas localizar su dirección.

Momentos después, Carys conducía entre el tráfico mientras Gavin sostenía el móvil contra su oreja.

—¿Quién es ese tal John Lavender del que hablaba? —dijo ella—. Estoy intentando recordarlo de las declaraciones.

—Es un representante de ventas como lo era Robert —dijo él—. Un par de años más joven, eso sí. Creo que es de la zona de Staplehurst.

—Deberíamos hablar con él esta tarde si no nos devuelve la llamada.

—Espera —dijo Gavin. Activó el altavoz cuando respondieron a su llamada—. ¿Debbie? ¿Puedes averiguar una dirección de Melissa Lampton para nosotros? No está en el trabajo… aparentemente se fue ayer y no volverá.

—Sin problema.

Oyó el roce de papeles y luego el hábil tecleo mientras Debbie realizaba una búsqueda en línea.

—Aquí tienen. Debe ser una de las últimas personas por aquí con un número de teléfono fijo que no está en la guía. Es una dirección en Borough Green. Os la enviaré por mensaje de texto.

—Gracias, Debs.

—¿Vas a llamarla primero? —dijo Carys.

—No. —El teléfono emitió un *ping*, y él leyó la

dirección en voz alta—. No quiero darle una excusa para irse a ningún lado antes de que lleguemos.

Le dio la dirección a Carys y luego se acomodó para el corto trayecto.

—¿Qué crees que está pasando?

Ella se encogió de hombros.

—No lo sé. Tal vez Robert estaba trabajando a espaldas de Ken para intentar cerrar un trato con otro proveedor o algo así. Quiero decir, en este momento, ni siquiera sabemos si Greg está diciendo la verdad sobre lo que pasó. Podría haber sido él. Podría haber disparado a su hermano y estar mintiendo descaradamente. Supongo que no lo sabremos a menos que Alice pueda arrojar algo de luz.

—Parece una buena chica, ¿no? Inteligente, quiero decir.

—Esperemos que así sea —dijo Carys—. Porque en este momento estamos agarrándonos a un clavo ardiendo, ¿no?

Podía escuchar la frustración en la voz de su colega, pero no había palabras de consuelo que pudiera ofrecerle.

CAPÍTULO 42

Melissa Lampton vivía en una casa adosada en un callejón sin salida que daba a la calle principal de Borough Green.

Carys empujó una puerta de madera para entrar en un jardín ordenado con adoquines de hormigón que conducían a una puerta de entrada pintada de colores vivos, y notó que la casa construida en los años 30 había sido objeto de una renovación. Macetas de diversos tamaños se habían colocado en el umbral, y el zumbido constante de las abejas acompañaba una ráfaga de fragancias provenientes de lavanda y abelias de aroma intenso.

Después de tocar el timbre, dio un golpe en el buzón para asegurarse, y luego reprimió un bostezo.

El cambio de los turnos nocturnos a los diurnos siempre la dejaba destrozada y desorientada durante al menos cuarenta y ocho horas, y no echaba de menos su época como policía. Siempre le costaba dormir, y no tenía idea de cómo la gente lograba dormir ocho horas o más, o por qué eso se consideraba normal.

—¿Quieres tomar un café después de esto? —dijo Gavin, con ojos preocupados.

Ella logró esbozar una sonrisa. —Buena idea. Te toca pagar, ¿no?

—Muy graciosa.

Se volvieron hacia la puerta cuando esta se abrió y apareció Melissa Lampton, con sus ojos grises muy abiertos mientras su mirada se desplazaba de ellos a la calle y de vuelta.

—¿Qué hacen aquí?

—Nos preguntábamos si podríamos hablar un momento, señora Lampton. ¿Podemos pasar?

—Supongo que sí.

Carys entró en un pasillo que estaba en proceso de decoración. Una escalera plegable estaba apoyada contra la pared detrás de la puerta de entrada, mientras que un montón de sábanas para el polvo cubría la alfombra junto a la escalera. Varias latas de pintura estaban alineadas junto a la escalera, con dos pinceles equilibrados sobre las tapas.

—No puedo decidir qué color elegir —dijo Melissa. Se cruzó de brazos—. ¿Qué quieren, de todos modos? Ya di mi declaración y hablé con ustedes el lunes.

—Entendemos que ya no trabaja para Wilkinson's

Wine Merchants —dijo Carys—. ¿Podría decirnos por qué?

—Tendrán que preguntarle a John Lavender. O a Ken. —La mujer escupió las palabras, su disgusto era evidente.

—Señora Lampton, ¿podríamos sentarnos en algún lugar? —dijo Gavin—. Nos gustaría escuchar su versión de los hechos.

—Oh, está bien. Vengan a la cocina. La sala de estar es un desastre; iba a contratar a alguien para que lijara los suelos este fin de semana, pero no sé si debería hacerlo ahora. No sé si puedo permitírmelo.

Mientras seguía a la mujer a una cocina en la parte trasera de la casa, Carys se aventuró a hacer otra pregunta. —¿Vive sola aquí?

La boca de la mujer se torció. —Sí, gracias a Dios. Me divorcié hace cinco años. No volveré a cometer ese error.

—Entiendo. —Carys asintió, y supuso que no se les ofrecería una taza de té.

—Antes de que pregunten, sí, me despidieron ayer. John Lavender, nada menos. ¿Saben que solo lleva seis meses con Ken? Qué descaro. Sharon probablemente se los dijo; supe que estaba escuchando a escondidas en el momento en que vi su cara cuando bajé las escaleras, pero no habría sido difícil. Creo que toda la oficina nos oyó.

—Supongo que su decisión fue una sorpresa —dijo Gavin.

—Vino de la nada. —Melissa tomó una respiración entrecortada y parpadeó para contener las lágrimas—. Cinco años había estado allí. Trabajé cualquier cantidad de horas después de que mi divorcio se concretara. No sé qué voy a hacer ahora.

—¿No recibió ninguna advertencia de que iban a despedirla?

—Ninguna en absoluto. Es decir, sé que Ken está enfermo y todo, pero uno pensaría que después de todo este tiempo habría tenido la decencia de decírmelo él mismo.

—Volviendo a su trabajo con Robert Victor —dijo Carys—. ¿Alguna vez le dio alguna indicación de que pensaba que su vida estaba en peligro? ¿O que estaba siendo amenazado de alguna manera?

—No. De lo contrario, habría dicho algo el lunes cuando hablamos. Todo era como de costumbre hasta que... —Melissa se interrumpió, limpiándose los ojos—. Qué maldito lío. Gracias a Dios que encontraron a su hija.

—¿Alguna vez la conoció?

—¿A Alice? Una o dos veces. Annette venía a la oficina con ella si estaban en la ciudad para almorzar con Robert. Una niña encantadora. ¿Creen que estará bien?

Carys pensó en la entrevista que estaba realizando la oficial de Interrogación al Menor en la comisaría y forzó una sonrisa. —Esperamos que sí. ¿Está segura de que no hay nada más en lo que pueda pensar? ¿Algo que pueda ayudarnos a entender por qué mataron a Robert?

—No, no creo.

—De acuerdo, gracias por su tiempo. No la molestaremos más.

Decepcionada, Carys inclinó la cabeza hacia la puerta, sus pensamientos girando en torno a las preguntas que tendrían que hacerle a Kenneth Archerton, y siguió a Gavin de vuelta por el pasillo.

—¿Detective?

Carys se giró en el escalón, con la mano en el marco de la puerta. —¿Sí?

Melissa se aferró a la puerta como si estuviera estabilizándose. —Hay… hay algo. Ayer me pregunté si debería haberles llamado cuando me di cuenta.

—¿Se dio cuenta de qué?

Melissa se mordió el labio. —Le di a su colega el itinerario equivocado.

—¿Cómo dice?

—El itinerario de Robert. Para su viaje a Francia. Estaba apurada una vez que nuestro sistema informático comenzó a funcionar correctamente el lunes cuando imprimí el itinerario. No me di cuenta. Solo leí la primera página, porque era la misma, y no me molesté en revisar el resto. Iba a leerlo antes de enviárselo por correo electrónico, pero me puse a hablar con Sharon y se me olvidó. Lo dejé en recepción; hubo un pánico por una entrega de Chablis que llegaba tarde y yo era la única que estaba por ahí para solucionarlo. Ella debe haberlo puesto en una de sus bandejas para devolvérmelo y se le olvidó hasta que su colega apareció exigiendo una copia el martes por la tarde. Ella asumió que era para eso que estaba allí, para pasárselo a él.

—¿No recuerda qué era diferente en el que se suponía que debía darnos?

—Originalmente, se suponía que visitaría un viñedo a unos kilómetros de Vallaire durante los últimos dos días. Me llamó para cancelar esa parte del viaje el domingo por la noche antes de volar. Tuve que ir corriendo a la oficina temprano al día siguiente para disculparme con los dueños y arreglar que volviera el mes siguiente para reunirse con ellos.

—¿Dijo qué iba a hacer esos últimos dos días que cambió sus planes? —dijo Gavin.

—Solo que tenía algunos asuntos personales que resolver y que tomaría el mismo vuelo de regreso a Gatwick que le había reservado.

—¿Por qué no nos mencionó esto antes? —dijo Carys.

—Lo siento. No se me ocurrió en ese momento.

Carys contuvo su frustración. —Solo una pregunta más. ¿Se modificó el itinerario de alguna manera después de la muerte de Robert?

La mujer frunció el ceño. —No. No que yo sepa, en todo caso. ¿Por qué habría de modificarse?

—No importa. Gracias por su tiempo.

—No puede decirle a nadie que ha estado aquí, ¿de

acuerdo? No quiero que sepan que ha hablado conmigo. —Sus ojos se abrieron de par en par—. Necesito esa indemnización por despido, no sé cuánto tiempo me llevará encontrar otro trabajo si no me dan una carta de recomendación.

—Seremos lo más discretos posible —dijo Carys.

CAPÍTULO 43

—Vaya, qué lugar tan bonito —dijo Gavin mientras Carys conducía a través de las puertas de hierro forjado y subía por el camino hacia la casa de Kenneth Archerton.

—Cada vez que veo una casa tan grande, me pregunto cuánto tiempo lleva mantenerla limpia —dijo ella—. Qué pesadilla.

—Si te puedes permitir esto, puedes permitirte personal. Tiene un ama de llaves, ¿no? Me pregunto por qué contestó él al interfono.

—Probablemente estaba pasando cuando pulsé el botón. Quiero decir, no es como si ella estuviera pendiente de él las veinticuatro horas del día, ¿verdad?

—Kay dijo que usáramos la puerta lateral. Aparentemente, la principal está cerrada de nuevo por los periodistas que estuvieron en la casa de Annette.

—Pero la carretera está en silencio ahora, ¿no? —Carys comprobó el espejo retrovisor—. No vi a nadie.

—Ya es noticia vieja que Alice haya sido encontrada. Escuché que la comisario jefe retiró las patrullas de aquí y de la casa de Annette Victor hoy temprano también; no hay suficiente personal en la lista para proporcionar cobertura.

—Jesús.

Al salir del coche, miró hacia las ventanas del piso superior, el cielo azul y las nubes blancas se reflejaban en el cristal reluciente, y luego parpadeó al ver movimiento en el extremo más alejado de la casa. Un rostro apareció en una de las ventanas de la planta baja: unos ojos que la miraban fijamente bajo unas cejas pobladas que contrastaban con su cabello escaso.

Ella levantó su placa, y el hombre asintió.

—No se arriesga —dijo Gavin mientras la seguía por el camino.

—No lo culpo. Va a ser igual de malo, si no peor, cuando esto vaya a juicio.

Carys no se molestó en llamar cuando llegaron a la puerta; podía oír a Kenneth Archerton abriendo la sólida cerradura, y dio un paso atrás cuando él la abrió.

—¿Sí?

—Agente Carys Miles, señor Archerton. Este es mi colega, el agente Gavin Piper. Nos preguntábamos si podríamos pasar, por favor. Tenemos algunas preguntas más que nos gustaría hacerle como parte de nuestras investigaciones en curso.

—Por supuesto. ¿Ha dicho algo ya?

Archerton se hizo a un lado y les hizo señas para que entraran.

—Me temo que no puedo comentar sobre eso. —Esperó mientras él volvía a cerrar la puerta con llave.

—Vengan por aquí.

Se arrastró hacia la cocina, el suave golpe de la base de sus bastones hacía eco en las baldosas mientras cruzaba hacia la encimera.

—Patricia está fuera en este momento, pero puedo ofrecerles café —dijo, señalando una máquina de última generación que brillaba bajo las luces intensas.

—Gracias, pero estamos bien, señor Archerton —dijo Carys—. ¿Le gustaría sentarse?

—Sí, por mucho que me cueste admitirlo. Maldita enfermedad. —Hizo una mueca, luego señaló una larga mesa que había sido construida a partir de un solo tronco de árbol, con los remolinos y los nudos dejados in situ. Ocho sillas estaban colocadas alrededor, y él gravitó hacia una en la cabecera de la mesa antes de hundirse en ella con un gemido y luego apoyar sus bastones contra la silla a su lado—. Pensé que estaban hablando con Alice esta mañana.

—Está siendo entrevistada por una especialista en la comisaría en este momento, señor Archerton. Dudo que tarden mucho más. —Carys repasó sus notas con la mirada—. ¿Greg Victor tenía algo que ver con sus intereses comerciales?

Archerton frunció el ceño. —No, nada en absoluto.

—¿Lo había conocido?

—Algunas veces, como le dije a su colega. Desde que se mudó aquí, probablemente lo he visto una o dos veces en casa de Annette y Robert durante el verano.

—¿Ha estado aquí alguna vez?

—No como invitado, no. Quizás un par de veces para recoger a Alice cuando la cuidaba por Annette. Y, antes de que pregunte, nunca se me ocurrió que debería invitarlo. No éramos lo que yo llamaría "cercanos".

—¿Qué hay de Robert? ¿Cómo se llevaba con él? —dijo Gavin.

Archerton pasó los dedos por los remolinos de la mesa. —Me caía bien. Me caía muy bien. Se preocupaba mucho por Annette y Alice. No podría haber sido un mejor padre.

—¿Tuvo algún problema con él en el trabajo?

—No que yo recuerde. Era alguien en quien descubrí que podía confiar; trabajábamos juntos en las negociaciones, problemas que pudieran surgir, ese tipo de cosas. Es insustituible. No sé qué vamos a hacer sin él.

—¿Hubo algún problema entre él y sus clientes que le preocupara? —dijo Carys.

—No. —Se frotó la barbilla con la mano—. ¿Creen que Robert fue asesinado por algo relacionado con mi negocio?

—Eso es lo que estamos tratando de determinar —dijo Carys—. Sus movimientos en Francia parecen erráticos. Cambió su itinerario para cancelar reuniones con poca antelación, y los dos lugares que el coche de alquiler muestra que visitó según el GPS no están cerca de viñedos conocidos.

Gavin le pasó una fotocopia de un mapa que había sido marcado con las dos calles en las ciudades identificadas por el GPS. —¿Tiene algún interés comercial en alguna de estas dos ubicaciones?

Archerton tomó el mapa de él, se subió las gafas por la nariz y entrecerró los ojos mirando la página. —No están cerca de ningún viñedo, como dicen, así que ¿por qué los tendría?

—¿Cómo era el matrimonio de su hija? —dijo Carys—. ¿Vio o escuchó algo que le preocupara?

—No. Robert era un buen padre para Alice, era fácil llevarse bien con él, y era un activo para mi negocio. —El rostro de Archerton se ensombreció—. No sé qué va a hacer Annette sin él. Le he mencionado que quizás debería vender la casa y mudarse conmigo. El lugar es lo suficientemente grande, después de todo.

—¿Cómo estaba Alice anoche?

—Feliz de estar aquí. Confundida por la ausencia de su padre, y preguntando por qué no puede ver a su tío. —Su labio superior se curvó—. Annette se lo dijo anoche después de la cena. Que su padre no iba a volver a casa. Pobre criatura.

Archerton alcanzó sus bastones, se levantó lentamente y se arrastró por las baldosas hasta que estuvo mirando por la ventana hacia el jardín paisajístico más allá.

—Alice está tan triste en este momento, solo quiero verla sonreír de nuevo. —Suspiró—. Esperemos que el especialista que tiene que ver el lunes esté de acuerdo, pero creo que debería empezar la escuela lo antes posible. Al menos le dará algún tipo de rutina en su vida mientras resolvemos este lío.

Carys pasó la página de su libreta, dejando que un silencio descendiera sobre la cocina por un momento, y luego se inclinó hacia adelante.

—¿Por qué John Lavender despidió a Melissa Lampton ayer?

—¿Por qué? ¿Ha presentado alguna queja?

—En absoluto. Fuimos a la oficina para hablar con ella y nos sorprendió descubrir que ya no trabaja para usted.

—No fue una decisión fácil —dijo él—. Pero John y yo (él es mi otro gerente de ventas) revisamos las cifras el lunes por la noche, y con el secuestro de Alice y el asesinato de Robert... bueno, digamos que algunas de las ventas que habíamos incluido en nuestro flujo de caja para los próximos seis meses probablemente no se materialicen. Estamos perdiendo clientes por culpa de Greg Victor, detective. Eso significa que estoy perdiendo dinero. Con Robert fuera, no puedo permitirme mantener a una asistente personal que ahora no asiste a nadie. Hace un par de años, habría podido mantenerla por sentido del deber, pero hoy en día mi sentido del deber es para con mi negocio. De lo contrario, no tendré nada que dejarles a Annette y Alice cuando me vaya. Por supuesto, una vez que el negocio se estabilice de nuevo, podría considerar invitar a Melissa a que se una a nosotros otra vez.

—¿Está diciendo que su decisión fue puramente empresarial? —dijo Gavin.

—Así es, sí. Mire, no estoy orgulloso de ello, y por eso su indemnización por despido es varios meses más de lo que estoy obligado a dar por ley. Al menos podrá terminar las renovaciones de su casa mientras busca trabajo.

Carys empujó su silla hacia atrás.

—Gracias por su tiempo, señor Archerton. Le dejaremos continuar.

—No hay problema, detective. —Su rostro se contorsionó en una mueca mientras ajustaba las muletas en su agarre.

—Saldremos por nuestra cuenta, señor Archerton — dijo Gavin.

CAPÍTULO 44

Esa tarde, Kay echó un vistazo a los rostros exhaustos de su equipo de investigación y se acercó al escritorio de Debbie.

—¿Puedes pedir que entreguen una docena de pizzas? —dijo, entregándole su tarjeta de débito—. Tengo la sensación de que no soy la única que va a necesitar algunos carbohidratos para sobrevivir a la reunión informativa.

La policía sonrió y tomó su teléfono.

—Al menos así captarás su atención.

—Eso es lo que estoy planeando.

Un movimiento junto a la puerta llamó su atención y asintió hacia Carys y Gavin mientras se dirigían a sus escritorios. Dejaría que el equipo pusiera sus ideas en orden y actualizara sus notas en la base de datos HOLMES2, y luego comenzaría.

—¿Cómo fue la entrevista de Alice? —preguntó

Sharp, deteniéndose junto a su escritorio con una taza de café en la mano.

—Bethany estuvo brillante —respondió—. Es la primera vez que trabajo con ella y quedé realmente impresionada. Alice también fue muy valiente.

—¿Tenemos suficiente para acusar a Greg Victor?

—Yo diría que sí por el secuestro, después de la conversación que acabo de tener con Jude Martin del Servicio de Fiscalía de la Corona. —Su boca se torció —. No estoy segura sobre el asesinato.

—Bueno, lo tenemos por unas horas más, gracias al magistrado. Veamos qué podemos descubrir en ese tiempo respecto al asesinato. De lo contrario, lo acusaremos por delitos relacionados con el secuestro y seguiremos trabajando con lo que tenemos —dijo Sharp —. ¿Alice no escuchó nada?

—Dijo que oyó un golpe, pero creo que es demasiado joven para atar cabos.

—Maldición. Entonces, ¿por el momento solo tenemos la palabra de Greg de que no tuvo nada que ver con la muerte de su hermano?

—Sí. —Señaló con la barbilla hacia donde Carys y Gavin estaban sentados en sus escritorios, inclinados sobre sus teclados—. A menos que esos dos puedan arrojar algo de luz sobre si alguien más tenía un motivo.

—Bueno, veremos qué sale de esta reunión informativa, y luego creo que tú y yo deberíamos entrevistar a Greg de nuevo. ¿Puedes pedirle a alguien que llame a su abogado y que esté aquí a las cinco en punto?

—Lo haré.

—Me uniré a ti para la reunión. —Sharp sopló sobre la superficie de su café—. Solo veré qué ha logrado colar Debbie en mi bandeja de entrada primero.

Guiñó un ojo y cruzó la sala de incidentes hacia su oficina, deteniéndose para hablar con diferentes miembros del equipo mientras pasaba.

Kay pasó los siguientes diez minutos en su escritorio, desplazándose por la lista de correos electrónicos que habían aparecido desde esa mañana y delegando lo que podía, y luego miró por encima de la pantalla de su ordenador cuando el sargento Hughes apareció en la puerta con una pila de cajas de pizza equilibradas en sus brazos.

—¿Sobornando a las tropas de nuevo, jefa? —dijo Barnes.

—Funciona, ¿no? Todavía estás aquí.

Él se rio, recogió su libreta y móvil, y comenzó a empujar su silla hacia el frente de la sala.

—Te veré allí.

Bloqueó la pantalla de su ordenador, se acercó a la pizarra al final de la sala y luego despejó espacio en una de las mesas a su lado para las cajas de pizza.

—Muy bien, venid a buscarla mientras aún está caliente. ¿Puede alguien traer algunas toallas de papel para usar como servilletas?

Tomando una rebanada cubierta de jamón y piña,

dio un paso a un lado. Como uno solo, su equipo se abalanzó sobre la comida, su alegre charla llenando el aire mientras se empujaban por los sabores favoritos.

El ambiente había cambiado desde el arresto de Greg Victor y el regreso de Alice, y aunque sentía que no estaban menos motivados, reconoció que parte del fuego se había apagado en la investigación ahora que la urgencia había disminuido.

Dependería de ella mantener su enfoque para llevar un caso convincente al Servicio de Fiscalía de la Corona, y no tenía intención de abandonar a Annette Victor y su hija en su causa para encontrar justicia por lo que les había sucedido.

Sharp se elevaba sobre el final de la fila para la comida, tomó su rebanada y luego se apoyó contra el marco de la puerta de su oficina mientras comía, su mirada vagando sobre la multitud mientras encontraban asientos o algún otro lugar donde posarse.

Kay terminó de comer, agarró otra rebanada antes de que todo desapareciera y la dejó a un lado en una toalla de papel sobre la mesa junto a ella antes de limpiarse los dedos.

—Empecemos, entonces. —Señaló la pizarra—. Antes de llegar a las tareas de hoy, os daré una rápida actualización sobre la entrevista de Alice esta mañana. Bethany pasó poco más de una hora con ella, y Barnes y yo estábamos observando a través de un enlace de video. Después de crear un vínculo con Alice, Bethany le preguntó sobre su relación con su tío. Parece que desde que se mudó con Annette y Robert, ha pasado mucho tiempo con Alice, recogiéndola del jardín de infantes de vez en cuando y cuidándola para darles a sus padres algo de tiempo libre por las noches. Dice que hablaba mucho de su propia hija, Sadie, y que ella estaba ansiosa por ver a su prima de nuevo.

—Familia feliz, entonces —dijo Gavin.

—En efecto. Cuando le preguntaron sobre el viaje en barco, Alice se agitó, más malhumorada que angustiada. Había estado esperándolo con ansias, y dijo que Greg le había prometido llevarla en un barco "todo el verano". Confirmó lo que Greg dijo sobre detenerse para almorzar en el pub de Yalding, y que jugó en los columpios del parque, ese que está cerca del puente Teston. Bethany le preguntó por qué estaba enojada, y Alice dijo que su padre lo arruinó. Cuando le preguntaron cómo lo hizo, Alice dijo que apareció en el barco, y su tío parecía molesto de verlo. Dijo que intentaron estar alegres, pero que podía ver que les costaba. —Kay hizo una pausa y revisó sus notas—. Cuando Greg estaba cocinando la cena, "hacía mucho ruido, golpeando las puertas de los armarios y cosas así". Después de la cena, le dijeron que jugara con sus juguetes, y los dos salieron a la cubierta.

—¿Pudo escuchar algo de su conversación, jefa? —dijo Parker.

—No, nada que Bethany pudiera determinar. Después de un tiempo (Alice no pudo decir cuánto tiempo pasó) Robert volvió a la cabina y le dijo que tenía que irse. Empezó a meter algo de su ropa en una bolsa. Dijo que estaba molesta porque él "arrugaba las cosas en lugar de doblarlas" y que su mamá se habría enojado si hubiera visto eso. Le dijo que eligiera un juguete para llevar, pero ella no pudo decidirse lo suficientemente rápido para él, así que le dio el conejo.

Kay esperó mientras su equipo se ponía al día con sus notas, y luego continuó.

—Bethany le preguntó a Alice si su papá le dijo algo antes de que dejara el barco, y ella dijo que le dijo que era una buena niña y le dio un abrazo. Dijo que le dijo que quería quedarse en el barco con él, pero él se agachó y le dijo que había un hombre malo persiguiéndolo, y que tenía que irse con su tío Greg porque él la alejaría y la mantendría a salvo.

Un silencio descendió cuando Kay terminó de hablar, y arrojó su libreta sobre la mesa. —No recuerda haber visto a nadie más cerca del barco cuando se marcharon, pero dice que sí oyó un fuerte estruendo. Dijo que Greg dejó de caminar por un momento y se volvió hacia el barco, pero luego cambió de opinión. La levantó y empezó a correr en dirección contraria.

—Maldita sea —dijo Barnes.

—¿Cómo estaba cuando Bethany terminó? —preguntó Carys.

—Aburrida. —Kay logró esbozar una sonrisa—. Y os alegrará saber que Bethany consiguió que admitiera que Greg no la tocó de forma inapropiada, lo cual respalda el examen de la paramédica de ayer, así que eso es algo.

Un suspiro colectivo de alivio recorrió la habitación.

—Se alteró un poco cuando Annette vino a llevarla de vuelta a casa de Ken —dijo Kay—. Annette dijo que Alice ha estado exigiendo volver a casa, porque quiere estar donde su papá era feliz.

—¿Se lo han dicho, entonces? —preguntó Sharp.

—Sí, anoche. Annette dijo que sintió que era lo mejor. —Kay parpadeó y exhaló—. Bien, escuchemos al resto. Carys y Gavin, ¿qué tenéis que informar?

Gavin hizo un gesto a su colega para que tomara la palabra, y Carys se movió al frente de la sala para que pudieran oírla.

—Primero fuimos a la oficina para hablar con Melissa Lampton, pero la despidieron ayer.

La agente dejó que la oleada de preguntas se apagara antes de volver a hablar. —Fuimos a hablar con ella a su casa, y aunque al principio se mostró reacia a hablar con nosotros, confirmó lo que nos habían dicho en la oficina: que el gerente de ventas restante, John Lavender, le informó cuando llegó ayer por la mañana que, con Robert fallecido, su puesto ya no era sostenible. Pensamos que eso sería todo lo que obtendríamos de ella, pero cuando nos íbamos, Melissa dijo que cometió un error al entregarnos el itinerario equivocado a principios de esta semana.

—¿Qué? —Kay se giró desde la pizarra donde había estado tomando notas.

—Eso es lo que dijo, jefa. Dijo que el itinerario que recibimos no era el original de Robert, y que iba a enviarnos el que incluía su ruta original, el que tenía los dos viñedos que se suponía que iba a visitar. Recibimos el revisado, el que tuvo que cambiar a última hora porque Robert la llamó el domingo por la noche para cancelar sus planes de los últimos dos días.

—¿Qué dijo Ken Archerton cuando hablasteis con él?

—Dijo que Lavender habló con Melissa el día anterior en su nombre, y afirmó que el asesinato de Robert ha tenido un efecto adverso en su previsión de flujo de caja, pero no dio más detalles. Le mostramos un mapa con las dos ubicaciones que Robert visitó, y confirmó que no tiene intereses comerciales allí, y no tenía idea de por qué visitaría esas ciudades. También dice que no está al tanto de ningún problema entre Robert y sus clientes.

—De acuerdo, gracias a los dos. —Kay mordió la segunda rebanada de pizza, recorrió con la mirada las notas en la pizarra mientras masticaba, y se preguntó si su equipo conseguiría el avance que tan desesperadamente necesitaban.

CAPÍTULO 45

Kay se detuvo al pie de las escaleras y revisó sus mensajes mientras esperaba que Sharp se uniera a ella.

Le había intrigado el informe de Carys de que les habían dado un itinerario diferente según Melissa Lampton.

—¿Lista? —dijo Sharp mientras bajaba los últimos peldaños—. Parecías perdida en tus pensamientos.

Kay bajó su móvil.

—Estaba pensando en la declaración de Melissa. ¿Y si no se suponía que debíamos saber sobre los cambios en sus planes o el hecho de que visitó a alguien en esos dos pueblos?

—Lo habríamos descubierto de todos modos a través de su GPS.

—No, no lo habríamos hecho, porque solo solicitamos la información del GPS a la compañía de alquiler después de obtener el itinerario para tratar de averiguar dónde había estado. Así es como descubrimos que se desvió de las regiones vinícolas.

Sharp se frotó la barbilla.

—Buen punto.

—Mira, haré que Carys y Gavin lo investiguen por la mañana. No habrá nadie en la oficina central de la compañía de alquiler de coches allí en este momento, nos llevan una hora de ventaja. Solo recibimos la información general del GPS que nos dijo el barrio donde fue Robert. Deben tener las coordenadas exactas. Entonces podemos hacer que alguien vaya allí a echar un vistazo por nosotros, ¿no?

—Incluso con apoyo local, eso podría llevar un par de días para que se firmen los papeles —dijo Sharp—. Y no hay manera de que la comisario jefa nos deje tener fondos adicionales para enviar a alguien allí.

—Al menos podemos ponerlo en marcha —dijo Kay—. Puede que no necesitemos la información si Greg empieza a hablar, pero me gustaría descartarlo. En todo caso, ayudará a corroborar los datos que tenemos.

—De acuerdo, entonces firmaré el papeleo. Haz que Carys o Gavin me lo traigan antes de las diez de mañana, tengo reuniones en la Jefatura a partir de las diez y media.

—Gracias. ¿Vamos a ver qué tiene que decir Greg por sí mismo?

Cuando abrió la puerta de la sala de interrogatorios dos, lo primero que notó fue que todos los muebles blandos y juguetes proporcionados para la entrevista de

Alice no estaban por ningún lado. En su lugar, la habitación había vuelto a su decoración austera, con una mesa y cuatro sillas como único mobiliario.

El abogado de Greg Victor les hizo un gesto con la cabeza cuando tomaron asiento, y Kay extendió la mano para iniciar la grabación antes de leer la advertencia formal y señalar que su conversación era una continuación de la entrevista anterior.

—¿Han hablado con Alice? —dijo Greg—. ¿Está bien?

—¿Qué puede decirnos sobre John Lavender? —dijo Kay.

—No lo conozco.

—¿Está seguro? Porque parece que está muy involucrado en el negocio de Ken. Tiene un papel similar al de su hermano.

—Robert pudo haberlo mencionado una o dos veces.

—¿Cuándo?

—Durante el verano.

—¿Qué dijo sobre él?

Greg dio unos golpecitos con la mano sobre la mesa y luego se detuvo.

—Dijo que era nuevo, que Ken lo había traído hace unos meses cuando su salud empezó a fallar.

—¿Estaba molesto porque Lavender asumió un papel más importante en el negocio?

—Un poco. Creo que pensaba que cuando se tratara de la planificación de la sucesión, él sería la elección obvia, pero Ken parecía estar llevando el negocio en una dirección diferente.

—¿De qué manera?

—No me lo dijo. Se calló entonces, porque Annette entró en la habitación.

—¿Robert mencionó a John Lavender mientras hablaban en el barco el viernes por la noche?

—No. Empezó a decir algo, pero fue entonces cuando me dijo que había visto a alguien cerca del puente. Y luego me dijo que tomara a Alice y nos alejáramos del barco.

Sharp le hizo una señal a Kay para terminar la entrevista, y luego se movió al pasillo y cerró la puerta.

—¿Qué piensas?

—Creo que nos estamos acercando, jefe. Aún no hemos llegado, pero creo que necesitamos hablar con este John Lavender con cuidado antes de seguir adelante con Greg.

—¿No le preguntaron Carys y Piper a Archerton sobre él?

—No estaban al tanto del contexto en relación con lo que hemos aprendido de Greg desde entonces.

—Vuelve allí, averigua cómo conoce Archerton a Lavender, cómo lo reclutó y cuál es su historial. Mejor saber con quién estamos tratando para poder tomar un enfoque estratégico para la entrevista.

—De acuerdo. Llevaré a Barnes allí a primera hora.

CAPÍTULO 46

A la mañana siguiente, Kay pasó la página de un informe interno mientras Barnes reducía la marcha, disminuyendo la velocidad del coche.

—Vaya, vaya. ¿Quién será ese? —murmuró.

Ella levantó la cabeza y miró a través del parabrisas mientras un elegante coche negro de cuatro puertas salía del camino de entrada de Ken Archerton y aceleraba en dirección opuesta.

—¿Conseguiste la matrícula? —dijo, con el bolígrafo listo.

Barnes la recitó de memoria, luego frenó y entró en la propiedad de Archerton. —¿La reconociste?

—No, no es alguien que haya visto antes. Dios, espero que no fuera otro reportero.

Vio cómo la mandíbula de su colega se tensaba mientras frenaba hasta detenerse frente a la casa.

—Al menos lo tendrá en cámara si lo fue —dijo,

señalando con la barbilla hacia el brillante lente que apuntaba hacia ellos desde debajo del techo del porche.

—De acuerdo, vamos a hablar con él.

Antes de que Kay pudiera dirigirse hacia un lado de la casa, la puerta principal se abrió de golpe, y Patricia Wells los miró fijamente desde detrás de ella, con el rostro pálido mientras se aferraba a la superficie de roble.

—¿Se ha ido? —Su voz temblaba, y retrocedió un paso cuando Kay se acercó.

—¿Se refiere al dueño del vehículo que acabamos de ver salir de aquí?

—Sí.

—Creo que sí, señora Wells. Lo vimos alejarse por la carretera hacia Hurst Green. ¿Quién era?

—Un momento. —Desapareció detrás de la puerta por un instante, y Kay oyó el zumbido mecánico cuando las puertas de hierro forjado a través del camino de entrada comenzaron a moverse. Patricia se alisó la camisa al regresar y se hizo a un lado para dejarlos entrar—. Disculpen por esto.

—¿Quién era? —dijo Barnes—. ¿Un reportero?

—No, aunque casi desearía que lo fuera. Dijo que trabajaba con el señor Archerton cuando llamó al intercomunicador de seguridad, así que pensé que estaría bien.

—¿Qué pasó? —dijo Kay—. ¿Quiere llevarnos a la cocina para que pueda sentarse?

—Yo… Sí, probablemente sea una buena idea. Lo siento. Es que estoy un poco conmocionada, eso es todo.

Kay dejó que la mujer caminara delante, y luego arqueó una ceja hacia Barnes.

Su colega se encogió de hombros.

—Vamos. —Kay entró en la cocina para encontrar a Patricia sirviendo un vaso de agua de una jarra con filtro.

—¿Quieren un poco? —dijo.

—Estamos bien, gracias, señora Wells.

—Por favor, llámeme Patricia. "Señora Wells" me hace sonar como mi ex suegra. —Logró esbozar una pequeña sonrisa, luego se apoyó contra la encimera y bebió la mitad del vaso—. Oh, Dios. Mírenme. Qué desastre.

—Tómese su tiempo —dijo Kay—. ¿Está el señor Archerton aquí?

—No, tenía una cita con el médico en el pueblo, así que se fue hace media hora. No pude llevarlo porque tengo que ir a limpiar la casa de una señora a las diez.

Barnes hizo un gesto hacia el grupo de sillas alrededor de la mesa. —¿Quiere sentarse y contarnos quién era ese?

—De acuerdo. —Se sentó y tomó un sorbo de agua—. Me siento tan tonta ahora. Probablemente solo estaba exagerando.

—Parecía que se había asustado —dijo Kay.

—Es que fue muy grosero, eso es todo.

—¿Quién era?

—No lo sé, nunca lo había visto antes. Dijo que trabaja para el señor Archerton. Obviamente por eso vino aquí. Lo estaba buscando. Cuando le dije que estaba fuera en una cita, me dijo que le dijera que tenía que dejar de evitar sus llamadas telefónicas y ponerse en contacto.

Kay frunció el ceño. —¿Tiene idea de a quién se refería?

—No, no tengo ni idea. No estoy al tanto de ninguna llamada perdida; el señor Archerton todavía tiene un teléfono fijo aquí para que yo pueda contestar en caso de que él no pueda llegar a tiempo.

—Supongo que tiene un móvil.

—Sí, pero lo lleva consigo todo el tiempo.

—¿Podría describir al hombre que estuvo aquí?

Patricia se reclinó en su asiento y dirigió su mirada hacia la ventana. —Veamos. Cuarenta y tantos años, quizás; tez oscura, como si tuviera ascendencia italiana o española. Más alto que yo, aproximadamente de su estatura, detective. Tal vez un poco más. Llevaba un traje gris y una camisa azul. Ojos marrones.

—¿Están funcionando las cámaras de seguridad, Patricia? —Barnes apoyó sus manos en el respaldo de una de las sillas y se inclinó hacia adelante—. ¿Quizás podríamos echar un vistazo a las grabaciones?

Para sorpresa de Kay, la mujer sonrió.

—Oh, lo siento —dijo—. No son reales. La señora Victor las puso como una forma de ahuyentar a la gente. Hemos tenido a algunos vecinos pasando por aquí y disminuyendo la velocidad para mirar a través de las puertas, así que pensó en colocarlas sobre las puertas en caso de que se les ocurriera tocar el timbre.

Kay estiró el cuello hasta que pudo ver a lo largo del pasillo. —¿Dónde están Annette y Alice?

—Annette llevó a su padre a su cita y se llevó a Alice con ellos. Dijo que iba a pasar por el pueblo mientras él estaba con el médico para comprarle a Alice unos zapatos nuevos para la escuela. —Puso los ojos en blanco—. Esa niña está creciendo tan rápido, no quería arriesgarse a comprarlos al principio del verano, y creo que pensó que podría animarla, ya sabe, un regalo por portarse tan bien con la entrevista y todo eso.

Kay empujó hacia atrás su silla y le entregó una de sus tarjetas de visita a Patricia. —Si va a estar bien, nos iremos. ¿Puede pedirle al señor Archerton que nos llame cuando regrese a casa? Tenemos algunos detalles que necesitamos aclarar con él como parte de nuestras investigaciones.

—Por supuesto —dijo Patricia.

Mientras Barnes conducía el coche hacia la carretera, Kay revisó sus notas y encontró la matrícula que había anotado.

—¿Estás pensando lo mismo que yo, jefa? —dijo Barnes.

Kay se llevó el móvil a la oreja y esperó a que Debbie contestara. —Si nuestra corazonada sobre ese coche es correcta, entonces necesitamos hablar con John Lavender lo antes posible.

CAPÍTULO 47

Barnes aminoró la velocidad del vehículo cuando respondieron a la llamada de Kay, y le lanzó una sonrisa mientras ella ponía el móvil en altavoz.

—Debs, ¿puedes buscar esta matrícula en el sistema? —dijo, y recitó sus notas—. Me quedaré en línea mientras lo haces. Barnes está aquí conmigo.

—Lo haré, jefa.

Podía oír el tecleo de dedos en un teclado mientras la policía buscaba. —¿Qué opinas, jefa? ¿Apostamos cinco libras?

—No me gustan las probabilidades —dijo ella—. Va a ser él, ¿verdad? Tiene que serlo.

Se quedó en silencio cuando la voz de Debbie regresó.

—Tengo un vehículo registrado a nombre de John Michael Lavender, del número veintiséis de Hazelhurst Close en Staplehurst —dijo.

—Bingo. —Barnes golpeó el volante con la palma de la mano—. Lo tenemos.

—Gracias, Debs. Vamos para allá ahora.

—Nos vemos.

Kay terminó la llamada y se giró en su asiento hasta quedar frente a Barnes. —Muy bien. ¿Qué crees que está pasando?

—Patricia podría estar exagerando —dijo él—. Quiero decir, nunca había conocido a Lavender antes.

—Tal vez, pero parecía bastante alterada, y después de lo que Carys y Piper dijeron sobre Lavender despidiendo a Melissa Lampton ayer, no parece ser una persona muy amigable, ¿verdad?

Arrugó la nariz. —No lo sé. ¿Estará Lavender intentando hacerse con el negocio? ¿Presionando a Ken para que se lo entregue antes de que su salud se deteriore aún más? Annette te dijo que no estaba interesada, ¿no?

—Más o menos. —Kay miró fijamente a través del parabrisas y se mordió el labio—. ¿Crees que Greg Victor está diciendo la verdad, entonces? ¿Crees que fue Lavender quien disparó a Robert?

—Un poco extremo, ¿no crees? —dijo Barnes—. ¿Asesinar a tu colega para posicionarte como el siguiente en la línea de sucesión?

—La gente lo ha estado haciendo durante siglos.

—Oh, mira quién habla, la experta en historia.

Ella sonrió. —Vi algo en la tele sobre eso la otra noche.

—Lo sabía.

Ella se rio mientras él indicaba a la derecha y seguía el sinuoso camino hacia Staplehurst, y dirigió su mirada a los campos que pasaban volando por la ventana, listos para la cosecha.

Barnes redujo la velocidad e indicó a la izquierda antes de llegar a la carretera principal que atravesaba el centro del pueblo, entrando en un laberinto de avenidas y callejones sin salida que se aferraban a los márgenes, atrapados entre el campo y una creciente expansión urbana.

Hazlehurst Close era una calle sin salida compuesta por doce casas adosadas que parecían tener unos treinta años. Barnes vio el número veintiséis al final de una hilera junto a un camino de entrada compartido.

—No veo su coche, ¿tú sí? —dijo.

Redujo la velocidad mientras Kay estiraba el cuello para mirar alrededor de un muro de ladrillo que se había erigido frente a las casas.

—Da la vuelta al final y echemos otro vistazo —dijo ella.

Él bajó la ventanilla mientras pasaban por segunda vez.

Solo había tres coches aparcados fuera, y ninguno de ellos coincidía con el vehículo negro de cuatro puertas que habían visto salir de la casa de Kenneth Archerton.

—Vale, aparca aquí e iré a llamar a la puerta —dijo Kay.

Barnes se detuvo junto a la acera y esperó mientras

ella cruzaba la calle hacia las tres casas adosadas. Tocó el timbre de la propiedad del final, y luego se movió hacia la ventana y se protegió los ojos contra el reflejo.

Después de un momento, se dio la vuelta y regresó al coche.

—¿No está? —dijo Barnes. Subió la ventanilla mientras Kay subía.

—No parece que esté. —Comprobó la hora que mostraba el salpicadero—. Debe haber ido directamente a la oficina.

—Adelante —dijo Barnes, y arrancó.

Le llevó casi una hora (un viaje que implicó muchas maldiciones entre dientes hacia los turistas restantes que aún abarrotaban las carreteras de Kent) pero cuando entró en el aparcamiento municipal frente a las oficinas de Kenneth Archerton, se enderezó y señaló hacia una fila de vehículos en el extremo más alejado.

—Está aquí, mira.

—Hay un espacio junto a su coche —dijo Kay, y se desabrochó el cinturón de seguridad—. Yo me bajaré y luego tú puedes bloquear la puerta del conductor, por si acaso.

Él sonrió e hizo lo que ella sugirió antes de que se apresuraran a cruzar la calle hacia el antiguo edificio.

Siguiendo a Kay a través de la puerta principal, se quedó en el medio del área de recepción mientras Kay hablaba con Sharon Eastman, cuyos ojos se abrieron de par en par al ver a la policía entrar en el edificio una vez más.

—¿Puedo decirle de qué se trata?

—Nuestras investigaciones en curso en relación con la muerte de Robert Victor —dijo Kay.

—Creí oír voces.

Barnes dio un paso atrás y levantó la mirada hacia lo alto de las escaleras para ver a un hombre de unos cuarenta años pasando la mano por la barandilla mientras bajaba.

Coincidía perfectamente con la descripción de Patricia Wells, sus ojos marrones recorriendo desde Kay hasta Barnes y de vuelta. —Supongo que son la policía.

—Inspectora Kay Hunter. Mi colega, el oficial Ian Barnes —dijo Kay—. ¿Podemos hablar en privado?

—Por supuesto. Vengan por aquí, hay una sala de reuniones que podemos usar. ¿Quieren café o algo?

—Estamos bien, gracias —dijo Barnes.

Se quedó atrás y observó a Lavender mientras el hombre los conducía a través de una puerta lateral y hacia una habitación que debió haber sido una sala de estar cuando el edificio era una casa.

Un techo alto y ornamentado colgaba sobre paredes de colores lisos que continuaban el tema de la marca de la empresa con fotografías de paisajes que representaban vistas panorámicas de viñedos de todo el mundo.

Lavender se ajustó los gemelos, luego señaló la mesa ovalada en el centro. —Por favor, tomen asiento. Ya proporcioné una declaración a los agentes uniformados que estuvieron aquí la semana pasada. Ahora, si hay algo más en lo que pueda ayudar, solo…

—Antes de que continúe, señor Lavender, debo decirle que esta va a ser una entrevista formal, así que primero repasaremos la advertencia —dijo Kay. Después de terminar de recitar las palabras, hizo una pausa—. ¿Tiene algún problema con eso? ¿Le gustaría tener presente a un abogado?

Lavender sonrió. —No, está bien. No tengo problemas en hablar con ustedes.

—Bien. ¿Por qué fue a la casa de Kenneth Archerton esta mañana?

—¿Qué tiene que ver eso con...? —Se detuvo y luego continuó—: Lo siento. Supongo que tienen que preguntar sobre todo, ¿verdad? Fui allí para que firmara unos documentos urgentes. ¿Saben que solo viene a la oficina una vez por semana? Esto no podía esperar hasta el martes.

—¿Por qué no?

—Era la documentación de nómina para el pago de indemnización por despido de Melissa Lampton. La salud de Ken puede estar fallando, pero su mente no. Es el único que puede firmar cualquier cosa financiera para la empresa.

—Cuando hablamos con la señora Wells, parecía bastante alterada por su visita.

Lavender se aflojó la corbata. —Dios, lo siento. No quise asustarla. Puede ser exasperantemente protectora con Ken. Para ser honesto, estaba frustrado por tener que ir allí en primer lugar. He intentado decirle a Ken que necesita empezar a dejarme asumir algunos de los aspectos monetarios de las actividades diarias del negocio si él no puede hacerlo. Es decir, podría establecer un límite en el nivel de gastos si le preocupa que pueda tomar una decisión financiera con la que no esté de acuerdo, pero no puede seguir así. Por eso tuve que ir en coche allí esta mañana. —Se recostó en su asiento—. Miren, no manejé de la mejor manera tener que despedir a Melissa, y me siento mal por eso, de verdad. Así que pensé que si podía organizar su paga final lo antes posible, sería una forma de disculparme por eso.

—¿De quién fue la decisión de despedirla?

—Mía. Tampoco fue fácil. Sé que había trabajado estrechamente con Ken y Robert estos últimos años y yo soy el nuevo, ¿verdad? Puedo imaginar cómo se sintió, pero no fue una decisión tomada a la ligera. Había revisado todas las finanzas con Ken cuando nos enteramos de lo de Robert. Ken tiene un plan de gestión de crisis para la empresa desde que le diagnosticaron esclerosis múltiple, por si algo le pasaba y su salud empeoraba, pero no contó con que su gerente de ventas clave fuera asesinado, ni con el consiguiente interés de los medios. Esto incomodó a algunos de nuestros clientes. Tanto así, que nuestra capacidad para negociar acuerdos para importar vino y luego venderlo aquí ha disminuido en los últimos días. No tuvimos otra opción más que tomar la decisión de no contratar un reemplazo para Robert hasta que el negocio se estabilice. Y por eso también despedí a Melissa.

—¿Qué tan estrechamente trabajaba usted con Robert Victor? —dijo Barnes.

Lavender se encogió de hombros. —No tan estrechamente. Manejábamos cuentas separadas. Él tenía sus clientes, yo tenía los míos. Lo mismo con los proveedores. Así es como Ken organizó el negocio. No quería que compitiéramos entre nosotros, solo con otros comerciantes de vino.

Barnes deslizó una copia del mapa que Gavin había usado para representar los movimientos de Robert en los últimos días antes de su asesinato.

—¿Qué hay aquí? —dijo, señalando la página.

Alcanzando el mapa, Lavender lo giró. —Parecen unidades industriales, o el tipo de cosa que usan las pequeñas empresas. No tengo idea. ¿Dónde es?

—Al norte de Le Mans. Es donde Robert fue después de cancelar sus reuniones del miércoles y jueves de su viaje.

—Eso no tiene sentido —dijo Lavender. Empujó el mapa de vuelta a Barnes—. ¿Por qué haría eso?

—¿Dónde estaba usted el viernes pasado? —dijo Kay.

—Aquí. Trabajando.

—¿Hasta qué hora?

—Me fui de aquí alrededor de las siete. Tuve una conferencia telefónica tarde con un viñedo en California; es el único problema de estar a cargo de nuestras cuentas estadounidenses y del hemisferio sur

—dijo—. Tengo que trabajar tarde en la noche o en la madrugada por las diferencias horarias.

—¿A dónde fue cuando salió de aquí? —dijo Barnes.

—A casa, y luego me cambié y me encontré con unos amigos para tomar unas copas en el pub. Fuimos a comer curry a un nuevo lugar que acaba de abrir. —Frunció el ceño—. Les dije todo esto a los dos policías que tomaron mi declaración. Salí del restaurante a las diez y media y me fui a casa.

—¿Cuánto había bebido?

—Demasiado para conducir, detective, así que si está insinuando que tuve algo que ver con la muerte de Robert, puede olvidarse de eso. —La mandíbula de Lavender se tensó—. Me fui a casa, vi televisión durante una hora más o menos y luego me fui a la cama. Lo primero que supe de Robert fue cuando Ken me llamó el domingo por la mañana con la noticia.

Kay giró a una página limpia en su libreta y se la pasó a Lavender. —Necesitaremos nombres, direcciones y números de teléfono de los amigos con los que dice que se reunió el viernes por la noche.

Sacó un bolígrafo del bolsillo de su camisa. —Me lo imaginaba.

CAPÍTULO 48

Barnes miró el contenido de su escritorio con un suspiro, luego hojeó con el pulgar el papeleo que Debbie había apilado en la bandeja superior de archivos.

Decidiendo que nada era urgente, se pasó una mano por los ojos cansados.

Kay había partido hacia la Jefatura tan pronto como él había aparcado detrás de la comisaría, convocada por la comisario jefa y acompañada por Sharp, quien estaba encargado de proporcionar una actualización sobre la investigación del asesinato.

Barnes deseaba poder ser de más ayuda.

Se dio una sacudida mental y barrió los restos de su sándwich del escritorio antes de iniciar sesión en su ordenador. Pasó la siguiente media hora respondiendo a varias solicitudes y aclaraciones en respuesta a sus indagaciones, y se sintió aliviado al descubrir que el principal sospechoso de una serie de robos en el norte de la ciudad había sido sentenciado esa mañana.

Al menos estaba obteniendo resultados en algún lado.

Su mirada se apartó de la pantalla del ordenador cuando un hombre entró en su campo de visión.

—¿Qué tienes para mí, Parker?

—Resultados de nuestras llamadas a los amigos de John Lavender —dijo el policía—. Todos dijeron lo mismo: John estuvo en el pub desde las siete y cuarenta y cinco, y luego fueron al restaurante de curry. Estuvo allí toda la noche con ellos, se fueron alrededor de las diez y media, y él se fue directamente a casa. Uno de ellos, Mark Price, vive a cuatro puertas de John y dice que recogió una botella de vino tinto que John le había prometido antes de irse a su casa. Calcula que se fue de allí alrededor de las once.

—Lo cual no le da a Lavender tiempo suficiente para conducir hasta East Farleigh y enfrentarse a Robert —dijo Barnes, y arrojó sus gafas sobre el teclado—. Bien, gracias.

—¿Estás bien, Ian? —Laura le entregó una taza de té, luego se dejó caer en una silla libre a su lado—. No pareces feliz.

—Gracias por el té. —Dio un sorbo y lo dejó a un lado—. Estoy frustrado, eso es todo. Igual que todos nosotros. Pensé que teníamos algo antes, pero resulta que no es nada.

—¿Qué pasó esta mañana? —dijo Carys mientras se unía a ellos. Sacó la silla de Kay y sorbió su té.

Él les contó sobre la visita a Kenneth Archerton y la posterior entrevista a John Lavender.

—Lo que pasa —dijo— es que, de alguna manera, sentí lástima por el tipo después de que nos fuimos. Ahí está, tratando de mantener el negocio de Ken funcionando por él, pero Ken no le deja hacerlo. Uno pensaría que con su salud en declive le habría entregado parte de la responsabilidad financiera.

—Tal vez estaba pensando en hacer eso con Robert —dijo Carys—. Ya sabes, mantenerlo en la familia, por así decirlo.

—Quizás no —dijo Gavin. El joven detective se apoyó contra el escritorio de Kay—. A veces eso es lo peor que puedes hacer con un negocio, ¿no? Piensa en la cantidad de veces que has oído hablar de conflictos familiares arruinando negocios exitosos a lo largo de los años.

—Me imagino que Ken es el tipo de persona que establecería algo así de manera que sea legalmente a prueba de bombas —dijo Carys—. Después de todo, ha dejado muy claro en sus declaraciones que tiene la intención de dejar el negocio a Alice. Incluso Annette me lo dijo, admitió que no tiene ningún interés en ello.

Barnes exhaló. Alargando la mano hacia su taza de té con la esperanza de que se hubiera enfriado lo suficiente para beberlo, asombrado de que Carys casi hubiera terminado el suyo, sus ojos se posaron en el conejo azul equilibrado sobre la pantalla de su ordenador.

Lo cogió de su posición omnisciente y lo giró en sus manos, preguntándose por qué alguien mataría al padre de una niña pequeña.

—¿Y si alguien no quisiera que Alice tuviera el negocio? —dijo.

Gavin arrugó la nariz. —No lo veo. Robert no era un factor en los planes de Ken para el negocio, así que matarlo no servía de nada en ese aspecto. Alice aún lo heredaría.

Barnes gruñó, pasando distraídamente las manos por el material de peluche, las puntas de sus dedos trazando las costuras. Piper tenía razón: Robert no tenía ningún derecho sobre el negocio de vinos por encima de su hija.

Frunció el ceño cuando su pulgar se enganchó en una superficie rugosa.

—Maldita sea —dijo, y sacó sus gafas de lectura del bolsillo de la camisa—. No puedo ver nada sin estas.

—¿Te estás poniendo viejo, Ian? —Carys sonrió.

Hizo una pausa para hacerle un gesto obsceno con los dedos, sonrió, y luego miró fijamente la parte trasera del conejo una vez más.

—Eres una belleza —murmuró.

—¿Qué pasa? —dijo Laura.

No respondió, y en su lugar se movió hacia donde estaba sentada Carys. —Quítate de en medio, Miles. Necesito entrar en ese cajón. Sé que Hunter tiene unas tijeras por ahí en alguna parte.

Carys sonrió y rodó su silla fuera del camino. —Se lo diré.

—Es una emergencia.

Se inclinó, alcanzó el cajón y sacó unas tijeras de costura que había visto usar a Kay el mes anterior. Volviendo a su escritorio, se sentó y comenzó a cortar la costura rugosa del conejo de peluche.

—¿Qué estás haciendo? —dijo Laura, con un toque de alarma en su voz.

—Esto siempre ha sido sobre Alice, ¿no? —dijo, poniéndose un par de guantes protectores de una caja entre los escritorios—. Greg dice que trató de protegerla, y Robert vio algo en Francia que lo asustó y volvió corriendo a ella, solo para ser asesinado. Entonces, ¿qué tiene de especial ella?

Sus colegas lo miraron en silencio mientras continuaba cortando las suturas. Maldijo por lo bajo cuando las tijeras se engancharon en su pulgar, y luego continuó. —Según Annette, cuando Hazel le mostró la fotografía del conejo, Alice dijo que su abuelo se lo había dado. Cuando intenté devolvérselo, ella dijo que su padre le dijo que lo mantuviera a salvo antes de enviarla lejos del barco. Entonces, ¿por qué dármelo a mí?

Carys se encogió de hombros. —Tal vez quería que lo tuvieras porque lo rescataste del río después de que ella lo dejara caer. Eso es lo que te dijo, ¿no?

—Eso es lo que pensé, pero estaba equivocado. —Sonrió cuando la costura se rasgó, luego levantó el conejo y puso su mano debajo—. Creo que su padre sabía sobre esto.

La boca de Laura se abrió cuando un chorro de pastillas rosadas se derramó del juguete de peluche y cayeron sobre la mano de Barnes y su escritorio.

—Maldita sea —dijo Gavin.

CAPÍTULO 49

—¿Qué está pasando? Barnes, ¿estás robando cosas de mi cajón otra vez?

Kay se dirigió hacia el grupo de detectives reunidos alrededor de sus escritorios y los de Barnes, pero se detuvo y frunció el ceño cuando su broma pasó desapercibida en medio de la cacofonía de voces.

—Bueno, ¿a qué viene tanta emoción?

Carys se volvió hacia ella, luciendo una amplia sonrisa.

—Barnes lo ha resuelto.

Kay vio el conejo de peluche destrozado en el escritorio del oficial y frunció el ceño.

—No creo que Alice quisiera que lo convirtieras en un animal atropellado, Ian.

—Muy graciosa —dijo él.

Su mirada se detuvo en las pastillas rosadas que se habían derramado sobre la superficie junto al peluche.

Tanto Barnes como Piper estaban agachados en el suelo, recogiendo las pastillas sueltas que habían caído sobre la alfombra, sus movimientos meticulosos mientras se aseguraban de contar cada una.

—¿Qué está pasando?

—Era el conejo —dijo Barnes—. Por eso Alice quería que lo tuviera. El equipo de Harriet no habría sabido buscar esto; no había rastro de nada de esto cuando se encontró en la canoa. —Se puso de pie y recogió el juguete, extendiéndoselo a ella—. Mira, el interior tiene un forro impermeable. Tal vez podamos obtener algunas huellas. Solo lo encontré porque la costura había sido recocida y tenía un borde áspero. Eso me hizo pensar, eso es todo.

Kay se puso un par de guantes y luego giró el conejo entre sus manos.

—Vaya, vaya, vaya… ¿notaste la etiqueta en su trasero? "*Fabriqué en France*".

Barnes asintió.

—Eso fue lo que me dio curiosidad.

—Apuesto a que fue hecho al norte de Le Mans —dijo Gavin—. Debe tener algo que ver con el lugar al que fue Robert Victor.

Kay devolvió el conejo y tomó su teléfono.

—Mira a ver si hay algún fabricante de juguetes en cualquiera de las dos ubicaciones donde sabemos que Robert se detuvo. Llamaré a Sharp para ponerlo al día sobre todo esto. Ahora vamos a necesitar ayuda de nuestros colegas de allí.

—Jefa.

Gavin volvió rápidamente a su escritorio y comenzó a trabajar, y ella se volvió hacia Barnes.

—Buen trabajo, Ian.

—Puede que nunca lo hubiéramos sabido —dijo él—. Fue suerte. Simplemente no podía entender por qué Alice le daría su juguete a un completo extraño.

—Tal vez ella sabía lo que había dentro —dijo Carys—. O, al menos, que había algo malo en él. Y saber que eres policía significa que, dada su edad, confía en ti.

Barnes se encogió de hombros, con un ligero rubor subiendo a sus mejillas. Se quitó las gafas y las limpió contra su camisa antes de guardarlas en su bolsillo.

Kay se alejó unos pasos cuando respondieron a su llamada.

—Jefe, soy Hunter. Hemos tenido un avance en el caso Victor, y creo que querrás ver esto. De acuerdo, nos vemos en quince minutos.

Colgó el teléfono y, alzando la voz, se dirigió al resto del equipo en la habitación.

—Reunión informativa, ahora.

—¿Qué quieres que haga con todo esto? —dijo Barnes, señalando las pastillas—. ¿Debo embolsarlo todo y enviarlo para análisis?

—Por favor —dijo Kay—. Y diles que es urgente. Sé que dirán que siempre lo es, pero diles que creemos que es un fuerte candidato para el motivo del asesino de Robert Victor.

Se abrió paso entre dos policías y se dirigió al frente de la sala, el equipo quedó en silencio cuando se unió a ellos.

—Bien, entonces Kenneth Archerton le da a su nieta el conejo de peluche que ha sido fabricado en Francia… ¿estamos asumiendo que las drogas fueron insertadas antes de que saliera del país o una vez que llegó aquí?

—Antes de que llegara aquí —dijo Carys, golpeando su bolígrafo contra su barbilla mientras miraba fijamente la pizarra—. Así que, o bien él fue allí con el pretexto de un viaje de negocios, lo cual es poco probable dada su salud, o alguien lo trajo de vuelta.

—¿Robert o John Lavender? —dijo Kay.

—John es nuevo en la empresa y sus antecedentes están limpios —dijo Laura—. ¿Y si un tercero, tal vez alguien de la fábrica en Francia, lo trajera, Ken se lo diera a Alice y Robert se enterara? Estaría furioso, pero querría ver el montaje por sí mismo antes de enfrentarse a Ken.

—Por eso se desvió de su itinerario planificado. —Kay asintió—. Bien. Entonces, ¿qué está pasando? ¿Por qué darle el conejo a Alice de entre todas las personas?

—Tal vez esto sea una prueba —dijo Gavin, tomando asiento junto a Barnes—. Quizás querían ver si podían pasar ese conejo por la aduana sin ser atrapados antes de enviar un cargamento más grande. Y luego, para evitar sospechas, Ken podría habérselo dado a Alice para que lo guardara. Solo él sabría lo que había dentro.

Mirando fijamente la fotografía de Kenneth Archerton que había sido colocada junto a las del resto de su familia, Kay sacudió la cabeza y luego se volvió para enfrentarlos.

—Nos ha engañado, ¿verdad? Solo tenemos su palabra de que está enfermo.

—¿Jefa? —dijo Laura.

—¿Qué evidencia tenemos que sugiera que tiene esclerosis múltiple? Uno, él nos lo dijo. Dos, sabemos que tiene una cuidadora, Patricia Wells. Tres, usa bastones para moverse. Eso es todo.

Barnes silbó por lo bajo.

—Y como es el abuelo de Alice, lo hemos puesto por encima de toda sospecha. Cristo, qué demo...

—Quiero que traigáis a Patricia Wells ahora para interrogarla. Veamos qué tiene que decir sobre la salud de su empleador. Carys, Gavin, esa es vuestra tarea. —Se pasó una mano por el pelo—. Supongo que también deberíamos tener otra charla con Greg Victor.

—Ha sido trasladado al ala de prisión preventiva hasta que declare ante el tribunal la semana que viene. Tendré que llamarles para concertar una cita —dijo Carys—. ¿Qué hay de Ken Archerton?

—Esperad —dijo Kay—. Veamos primero si Greg puede decirnos algo. Ken probablemente sabe que Barnes tiene el conejo, pero puede que aún no se dé cuenta de que conocemos su importancia. No después de cómo han ido nuestras últimas dos conversaciones con él, de todos modos.

—¿Crees que fue él? —dijo Gavin.

—Tranquilo —dijo Kay—. Paso a paso. Primero reunamos estas otras declaraciones de testigos. Dado lo que esa familia ha pasado en las últimas dos semanas, no podemos permitirnos cometer un error. Necesitamos estar seguros de que tenemos razón en esto. Hablando de eso, Debbie, ¿puedes llamar a Andy Grey y pedirle que su equipo revise de nuevo las imágenes de videovigilancia del viernes pasado por la noche en las cercanías de East Farleigh? ¿Qué tipo de coche conduce Patricia Wells? ¿Alguien?

—Un hatchback negro de cuatro puertas, jefa —dijo Laura.

—Bien, eso es lo que están buscando, Debs.

—Jefa.

Kay arqueó una ceja. —Bueno, no os quedéis ahí sentados, pandilla.

El equipo se apresuró a levantarse de sus sillas, y en cuestión de segundos la sala de incidentes se convirtió en una cacofonía de ruido. Hizo una señal a Barnes mientras Sharp entraba, y puso al día al comisario.

—¿A dónde vais ahora? —preguntó él.

—A la prisión, para entrevistar a Greg Victor. Volveremos aquí después para informar a Carys y Gavin y averiguar si hay algo en su declaración que coincida con la de Patricia Wells.

—Bien —dijo él—. Una vez que tengamos esas declaraciones, tomaremos una decisión sobre Ken Archerton. Y, Barnes… buen trabajo.

CAPÍTULO 50

Gavin se ajustó la corbata, intentó alisarse el cabello y luego se dio por vencido y cerró de golpe la puerta de la taquilla.

Abrió bruscamente la puerta hacia el pasillo principal, esquivó a una policía que se concentraba en la radio sujeta al frente de su chaleco, y se apresuró a reunirse con su colega.

Carys recogió los expedientes en sus brazos y empujó hacia atrás su silla cuando él se acercó a grandes zancadas.

—¿Listo?

—Sí. ¿Se ha calmado?

—Tan callada como un ratón una vez que la llevaron a la celda. —Sonrió la agente—. Solo era un vaso de agua. Menos mal que tenías una camisa limpia en tu taquilla. Creí que dos de las chicas de administración se iban a desmayar de la emoción cuando te vieron entrar.

Gavin puso los ojos en blanco. —¿Ya llegó su abogado?

—Acaba de llegar.

—Vamos.

Le abrió la puerta y la siguió escaleras abajo, reflexionando sobre Patricia Wells.

Cuando se presentaron en la casa de Kenneth Archerton, la cuidadora había abierto la puerta con un vaso de agua en la mano y les había dicho que Archerton estaba en una cita médica, habiendo tomado un taxi al centro.

Cuando Carys le informó a la mujer que debía responder algunas preguntas en la comisaría y que se esperaba que los acompañara de inmediato, Gavin se llevó la peor parte de la reacción de la mujer.

El agua le dio de lleno en la cara.

Mientras él permanecía chorreando en el umbral, Carys había advertido formalmente a Patricia antes de llevarla al coche.

Su colega casi se ríe y pasó todo el viaje de vuelta a la comisaría con la mandíbula apretada, incapaz de mirarlo.

Ahora, abrió la puerta de la sala de interrogatorios y notó que un aire de reticencia se aferraba a Patricia.

Estaba sentada junto a su abogado, un hombre llamado Douglas Carter, con una expresión sumisa mientras Gavin y Carys tomaban asiento.

Él dispuso sus notas mientras Carys iniciaba la grabación y recitaba la advertencia formal.

—Mi cliente quisiera disculparse por sus acciones anteriores —dijo Carter—. Reaccionó de forma exagerada.

Gavin no dijo nada, abrió el archivo frente a él y se tomó su tiempo para pasar a una nueva página de su libreta. Comparó la hora de su reloj con el reloj de la pared, sacó su bolígrafo y la anotó en la línea superior antes de recostarse en su silla.

Finalmente, se dirigió a la mujer frente a él.

—¿Cuánto tiempo ha trabajado para Kenneth Archerton?

Patricia se apartó un mechón suelto de los ojos. —Unos cinco meses.

—¿Cómo consiguió el trabajo?

—A través de una conocida. Dijo que conocía a un empresario al que recientemente le habían diagnosticado esclerosis múltiple y necesitaba ayuda a tiempo parcial.

—¿Con qué organización está registrada?

Aclarándose la garganta, Patricia lanzó una mirada a su abogado y luego volvió a mirar a Gavin. —No lo estoy. Pero tengo todas las certificaciones adecuadas.

Él entrecerró los ojos. —¿Son válidas?

—Sí. Por supuesto que lo son.

—¿Dónde obtuvo sus certificaciones? —dijo Carys.

—En Francia.

Gavin dejó de recostarse y apoyó las manos sobre la mesa. —¿En qué parte de Francia?

—En Laval. Está al oeste de Le Mans. Hay una escuela comunitaria allí. Cuando me separé de mi marido, me mudé allí por un tiempo. Quería un cambio de aires. Luego se acabó el dinero y supe que tendría que encontrar algo que hacer. —Sonrió, pero la expresión no le llegó a los ojos—. La población está envejeciendo, ¿no? Al menos tenía una buena oportunidad de no quedarme sin trabajo.

—¿Cuándo volvió a Inglaterra?

—Aproximadamente un mes antes de empezar a trabajar para el señor Archerton.

—¿Había hablado con él antes de eso?

—No, mi amiga lo arregló todo. Tuve una entrevista con él la semana antes de empezar, como formalidad, pero eso fue todo. Supongo que se podría decir que congeniamos de inmediato.

Una sonrisa astuta cruzó los labios de Carys, y luego sacó una copia de un correo electrónico de la carpeta al lado de Gavin y la giró para que Patricia la viera. —Hemos hablado con Annette Victor, quien confirmó su historia. Desafortunadamente, la escuela comunitaria en Laval nunca ha oído hablar de usted.

Los ojos de Patricia se abrieron de par en par mientras leía el correo electrónico.

—¿Alguna vez ha visto a Kenneth Archerton caminar sin la ayuda de sus bastones? —dijo Gavin.

Ella negó con la cabeza. —No.

—¿Quién es la amiga que la puso en contacto con él?

—¿Por qué? Ella no tiene nada que ver con esto.

—Necesitamos un nombre.

Patricia empujó el correo electrónico de vuelta a través de la mesa hacia él. —No.

—Si no nos ayuda, no podemos ayudarla —dijo Carys, y dejó el correo electrónico donde estaba—. ¿Puede conducir Archerton?

—¿Qué? No lo sé. Siempre me pide que lo lleve a cualquier parte, o si no puedo o quiere hacer algunos recados, toma un taxi como hizo hoy.

Gavin se obligó a ceñirse al plan de entrevista que él y Carys habían acordado con Fiona Wilkes, a pesar de su desesperación por exigir las respuestas que buscaban. Respiró hondo y luego sacó una de las fotografías de la escena del crimen en Tovil y la sostuvo en alto.

Patricia jadeó y se echó hacia atrás en su asiento al ver las facciones destrozadas de Robert Victor.

—¿Ken Archerton tiene un arma? —dijo él.

—No lo sé.

—Piense cuidadosamente, Patricia. ¿Cree que Ken la va a proteger cuando hablemos con él?

La mandíbula de la mujer se movió, y luego hizo una señal a su abogado y le susurró al oído.

Carter asintió y luego se volvió hacia los dos detectives. —Me gustaría hablar con mi cliente en privado.

—Estaremos afuera.

Gavin empujó su silla hacia atrás, esperó a que Carys terminara la grabación y luego recogió el contenido del archivo y salió al pasillo. Giró sobre sus talones cuando su colega cerró la puerta de golpe.

—Lo tenemos, ¿verdad?

—Casi. —Carys exhaló—. Me pregunto cuánto sabrá ella.

—Depende de cuánto confiara en ella, supongo. ¿Crees que Ken simplemente la empleó como parte del engaño de que estaba enfermo, o piensas que está más involucrada?

—Tiene que estar metida en esto, ¿no?

—¡Gav! —Debbie apareció en la puerta que daba a la escalera y les agitó un montón de papeles—. Andy ha enviado los resultados de las cámaras de seguridad de East Farleigh.

Él tomó las páginas que le extendía y las sostuvo de manera que Carys pudiera verlas al mismo tiempo. Cada una era una imagen fija tomada de una cámara de seguridad en el lado sur del puente medieval que cruza el río Medway.

En cada una, se mostraba un hatchback negro de cuatro puertas con una matrícula que coincidía con la registrada a nombre de Patricia Wells cruzando el puente y luego girando a la izquierda hacia el estacionamiento junto al río.

—Te pillamos —dijo Carys.

—Pero no podemos ver quién lo conduce —dijo Gavin—. ¿Hay más ángulos, Debs?

—No, lo siento, esto es todo lo que tenemos. Estas fueron tomadas a las diez y quince del viernes por la noche.

Él frunció el ceño.

—Todavía había bastante luz a esa hora.

—Quizás esperó en el estacionamiento —dijo Carys —. Dejó que oscureciera y luego caminó hasta el bote. Había menos posibilidades de ser visto por los residentes o paseadores de perros.

La puerta de la sala de interrogatorios se abrió y apareció Douglas Carter.

—Mi cliente desea hablar.

—Me lo imagino —dijo Gavin en voz baja—. Gracias, Debbie.

Siguió a Carys de vuelta a la sala de interrogatorios, cerró la puerta y volvió a iniciar la grabación.

—Antes de que diga nada, quizás quiera echar un vistazo a esto —dijo, y colocó las fotografías frente a Patricia.

Ella palideció, pero no dijo nada.

—No tenemos todo el día, Patricia —dijo Carys—. ¿Tiene algo que decir?

—Recibí una llamada telefónica a principios de abril de una mujer con la que me había topado en Laval; se me acercó un día mientras estaba sentada en un café tratando de leer los anuncios de trabajo en mi portátil. Se aferró al hecho de que yo era inglesa, y supongo que adivinó que necesitaba el dinero. —Patricia retorció sus manos—. Me dijo que trabajaba para un cliente privado que tenía intereses comerciales en Francia, pero que vivía en Kent. Dijo que recientemente le habían diagnosticado esclerosis múltiple, pero que aún era bastante independiente. Simplemente quería a alguien que estuviera disponible para hacer la limpieza y lavara la ropa, pero que pudiera ayudar si su condición empeoraba. Le dije que no estaba capacitada para eso, pero ella solo dijo que no me preocupara, que lo arreglaría para que si alguien preguntaba, no fuera un problema.

Se inclinó y sostuvo su cabeza entre las manos.

—Sé que fui estúpida, pero necesitaba el dinero. Mi ex marido y yo no éramos ricos ni nada por el estilo, y mis ahorros estaban empezando a agotarse. La mayoría de nuestros amigos eran suyos, y no sabía qué más hacer. Así que acepté el trabajo.

—¿Está enfermo? —dijo Gavin.

—No. Dijo que me necesitaba para ayudarlo a mantener las apariencias.

—¿Quién era la mujer que la reclutó? —dijo Carys.

—Beatrice. No sé su apellido. Trabaja para el señor Archerton en el lado francés de su negocio.

—¿Seguimos hablando del negocio de vinos o de algo más?

—Del otro negocio. Las drogas. —Patricia exhaló—. Miren, solo lo descubrí por accidente hace unas semanas. Lo escuché hablando por teléfono una tarde; al principio no se dio cuenta de que yo estaba fuera del estudio. Creo que debió haber olido el abrillantador de muebles que estaba usando, porque cuando terminó me llamó. ¿Qué podía hacer? Me preguntó si había oído algo, y le dije que sí, pero que guardaría silencio porque no quería perder mi trabajo. Me dijo que me pagaría mucho más por mi lealtad.

—¿Y no pensó en denunciarlo?

—¡No podía! Para empezar, necesitaba el dinero, y ¿qué me habría pasado? Él sabía que visitaba a mi madre en Leicester de vez en cuando; usé su dirección en el currículum que le di a Beatrice porque ella específicamente pidió una dirección del Reino Unido. ¿Y si le hubiera hecho daño? Ustedes han visto lo que le pasó a Robert.

—Háblenos de su enfermedad. Tenemos declaraciones aquí que sugieren que usted era quien lo llevaba a sus citas con el médico de cabecera y a ver a un especialista que estaba viendo en Manchester. ¿Con quién se reunía realmente?

Los hombros de Patricia se hundieron.

—Las citas con el médico de cabecera eran reales. Tiene presión arterial alta.

—¿Y Manchester?

—Es el otro extremo del negocio de drogas. Ahí es donde planean enviarlas. A Ken le gusta que yo conduzca hasta allí para que él pueda trabajar mientras viajamos. Está en las etapas finales de organizar todo.

—¿Puede describir a esta Beatrice?

—Más o menos de mi altura. Pelo negro de longitud media. Delgada. No flaca, pero tampoco gorda.

—¿Qué pasó el viernes por la noche? —dijo Gavin.

—Ken me dijo que iba al centro a encontrarse con un amigo —dijo Patricia, con la voz apenas por encima de un susurro—. Dijo que no necesitaba que yo condujera, que era solo una corta distancia y que no había mucho tráfico en la carretera.

—¿Alguna vez había conducido su coche sin usted antes?

—Una o dos veces. Solo de noche, eso sí. Para que no lo vieran, supongo.

—¿A qué hora el viernes?

—Se fue alrededor de las nueve y cuarenta y cinco. Estaba de muy mal humor; lo había oído gritando por teléfono en el estudio una hora antes, y me preocupé cuando se hizo el silencio. Llamé a la puerta y le pregunté si estaba bien, y me dijo que sí y que no quería que lo molestaran.

—¿A qué hora regresó?

—Alrededor de las once y media. Subió directamente y se duchó. Cuando bajó, me pidió que le llevara una cena ligera. Cuando la llevé al estudio, estaba sentado con un vaso de brandy mirando al vacío con un fuego ardiendo en la chimenea. No me dijo nada, y yo no quise preguntar. Dejé la bandeja de comida en el escritorio y me fui.

CAPÍTULO 51

Kay metió bruscamente su teléfono móvil de vuelta en su bolso y luego forzó una sonrisa mientras se reunía con Barnes junto a la puerta de seguridad de la prisión.

—¿Tú también has dado tus excusas?

—Por suerte, solo planeábamos pedir comida china esta noche —dijo Barnes—. Pia te manda saludos.

—Ya es hora de que nos reunamos todos otra vez. Pensaba invitaros a nuestra casa a principios del verano, pero ha pasado tan rápido.

—Estaría bien. —Barnes entrecerró los ojos mirando hacia la cámara de seguridad—. ¿Saben que estamos esperando aquí, verdad?

Ella arrastró su zapato contra una piedra, haciéndola volar.

—Probablemente están ocupados.

Al escuchar el sonido de la puerta abriéndose, le dio un codazo y luego entró en la prisión.

Los controles de seguridad requeridos tomaron veinte minutos hasta que los guardias quedaron satisfechos de que se habían seguido todos los procedimientos. Una vez que todas sus pertenencias fueron confiscadas, Kay y Barnes fueron conducidos a una sala de entrevistas.

Las cámaras sobresalían de las paredes, y una mesa y cuatro sillas ocupaban la mayor parte del espacio.

—Su abogado ha llegado a la puerta, así que los acompañaremos a él y a Victor en breve —dijo el guardia que los había acompañado.

—Gracias —dijo Barnes, inclinándose para familiarizarse con el equipo de grabación.

Kay se abrazó la cintura y se apoyó contra la pared mientras esperaban. Se preguntó si Alice tendría idea de la cadena de eventos que había desencadenado al dejar caer el peluche mientras huía con Greg. Si no lo hubiera hecho, ¿lo habrían sabido alguna vez?

El asesinato de Robert Victor podría haber quedado sin resolver durante años, y sin embargo aquí estaban, tentadoramente cerca de las respuestas que habían estado buscando.

Se apartó de la pared y se movió hacia una de las sillas cuando la puerta se abrió y el guardia hizo pasar a Greg Victor.

El hombre tenía una apariencia encogida, las secuelas de la última semana evidentes en las líneas que anudaban su frente, sus hombros caídos mientras se arrastraba hacia el asiento frente al de ella.

Su abogado se detuvo en el umbral, esperó hasta que el guardia hubo advertido a su cliente sobre el proceso a seguir, luego asintió en agradecimiento cuando el hombre salió de la habitación.

—Detectives, soy Andrew Gillow, socio principal de Blake Arrow. Actualmente estoy representando al señor Victor en ausencia de mi colega. Es tarde, así que ¿empezamos?

Kay le entregó al abogado una de sus tarjetas de visita y luego le indicó a Barnes que comenzara.

Después de asegurarse de que la grabadora digital estaba funcionando, recitó la advertencia formal y dirigió su atención a Greg.

—Kenneth Archerton no tiene esclerosis múltiple, ¿verdad? —dijo.

Greg tragó saliva.

—Sin comentarios.

—Sabemos que el conejo de peluche que Alice dejó caer en la canoa que robó contenía una cantidad sustancial de drogas ilegales. ¿Tiene algo que decir?

—Sin comentarios.

—Su hermano, antes de su muerte, sospechaba que su suegro estaba involucrado en actividades ilegales que podrían haber puesto en peligro a su hija —dijo Kay—. Tal vez pensó que podría tratar de reunir algunas pruebas antes de venir a nosotros. Tal vez quería confrontar a Kenneth con esas pruebas para obtener algunas respuestas. Pero no tuvo la oportunidad, ¿verdad? Porque Kenneth descubrió que estaba metiendo las narices, y lo mató. ¿Por qué? ¿Por qué correr tal riesgo?

—No puedo. —Greg cerró los ojos—. Lo siento, no puedo ayudarlos.

—Por favor, Greg. Planeamos hablar con Ken, pero sin su ayuda no puedo arrestarlo. No basándome en rumores. Necesito algo con lo que pueda trabajar.

Kay contuvo la respiración, incapaz de pensar en algo que pudiera hacerle cambiar de opinión. Sabía que estaba cerca, pero…

—Robert me pidió que lo ayudara a sacar a Alice del país. Tenía miedo de que Ken lastimara a Sadie si descubría que yo estaba involucrado. —Greg parpadeó, luego se pasó una mano por la boca, con gotas de sudor perlando sus sienes.

—¿Su hija?

Él asintió.

—¿Le ha amenazado a usted o a su hija de alguna manera?

—No necesita hacerlo, sé de lo que es capaz.

—¿Qué sabe sobre la fábrica de juguetes en el norte de Francia? ¿Se lo contó Robert?

—Sí. —Se frotó las palmas de las manos por la cara y luego se inclinó hacia adelante, con los brazos cruzados sobre la mesa. Después de una mirada de reojo a su abogado, tomó un profundo respiro—. Fue por eso que Robert me pidió que me mudara desde Nottingham, para que estuviera en la casa mientras él estaba en el trabajo. Es por eso que me pidió que me llevara a Alice esa noche. No la secuestré. Bueno, no en ese momento. Robert planeaba volver a casa para confrontar a Ken. El viaje en bote fue una decisión de último minuto; me llamó el martes por la noche para decirme que estaba viajando más allá de Le Mans, que tenía que ir a echar un vistazo a algo que pensaba que Ken estaba haciendo con el negocio a sus espaldas. Quería saber que Alice estaba a salvo; ya tenía sus sospechas sobre en qué se estaba metiendo Ken. Simplemente no sabía cómo lo estaba haciendo.

—¿Qué sabe sobre los pagos que Robert recibió cada mes desde mediados de abril?

—Eso era Ken, tratando de endulzarlo. Estaba intentando coaccionar a Robert para que asumiera más responsabilidad mostrándole lo que podía obtener de ello. Robert se negó a gastar nada de ese dinero, pero seguía llegando. Le dijo a Annette que eran bonos por rendimiento, creo. No quería asustarla, no hasta que hubiera encontrado una forma de ponerlas a salvo.

—¿Qué pasó cuando llegó al bote el viernes por la noche?

—Me contó lo que había encontrado. Obviamente no pudo entrar en las propiedades, no quería que Ken supiera que había estado allí, pero alguien debió haberlo visto y lo reportó. Dijo que sí vio que eran compañías de juguetes y que eso era lo que sospechaba. También tenía documentos. Cosas que había encontrado en el estudio de Ken, algunas notas, creó, pero estaba convencido de que Ken se había involucrado en algo grande. Ken les había mencionado a él y a Annette durante el verano que estaba pensando en expandir el negocio para asegurarse de que se convirtiera en el legado que quería dejar a Alice. Le dijo a Robert que quizás tendría que asumir más trabajo para liberar su tiempo. Robert pensó que por eso Ken contrató a John hace cinco meses, porque no tendría tiempo para manejar la parte de la bodega si estaba persiguiendo sus otros intereses.

—¿Qué pasó con los documentos? —preguntó Barnes—. No encontramos nada en Robert cuando lo descubrimos.

—Ken debe de haberlos tomado, entonces.

—¿Qué hay de la esclerosis múltiple? —dijo Kay.

—Todo mentira —dijo Greg—. Robert lo descubrió hace tiempo, pero no le dijo nada a Annette. Lo siguió una noche desde la casa. Resulta que Ken se estaba reuniendo con alguien en el estacionamiento de un restaurante de comida rápida al otro lado de Ashford. Una mujer.

—¿Robert dijo quién era ella?

—No sabía su nombre, pero dijo que la había visto entrar en una de las fábricas en Francia.

—¿La describió?

Greg se reclinó y miró al suelo. —Cabello negro, hasta los hombros. Delgada. Vaqueros negros y una chaqueta de cuero. Lo siento, eso es todo lo que recuerdo. Dijo que parecía la clase de persona que conduce una motocicleta, no una SUV de alta gama.

—¿Le dijo cuándo fue esto? ¿Le dio alguna idea de la fecha en que vio esto?

—No, lo siento.

Kay revisó sus notas. —Hábleme del bote en la esclusa de Allington.

—Robert lo alquiló. Estaba paranoico de que Ken pudiera descubrir que yo tenía a Alice conmigo, así que el plan era amarrar el bote que yo había alquilado junto al Castillo de Allington y luego caminar hasta la esclusa para recoger el bote a su nombre. Creo que pensó que sembraría confusión si Ken se enteraba, porque pensaría que Robert todavía estaba en Francia. —Soltó una risa amarga—. Dios, fuimos tan ingenuos. Por eso no lo usé al final. Pensé que habían descubierto todo el plan.

—¿Adónde habrían ido desde Allington?

—Río abajo hasta Thanet, y luego cambiar a un tercer bote, uno más grande. Robert iba a sacar a Alice del país, ¿sabe? Tiene contactos a través del comercio del vino en Alemania. Era lo único que se le ocurría hacer para mantenerla a salvo.

—¿Annette lo sabía?

—No, él temía demasiado que Ken se enterara y le hiciera daño de alguna manera. —Su boca se torció—. Iba a ir por ella una vez que supiera que Alice estaba a salvo.

—En cambio, Ken de alguna manera se enteró y

supo que Robert estaba de vuelta en el país, gracias a sus contactos —dijo Kay. Se inclinó hacia adelante—. ¿Cree que Kenneth Archerton asesinó a su hermano?

—Sí, por supuesto —dijo Greg—. Y ustedes han dejado que Annette lleve a Alice de vuelta con él.

CAPÍTULO 52

Sharp apareció desde su oficina cuando Kay y Barnes entraron en la sala de incidentes, y señaló al equipo reducido que se mezclaba en el extremo opuesto.

—Carys y Gavin acaban de terminar de actualizar HOLMES2 —dijo—. Tomad algo para beber y luego uniros a nosotros. Supongo que vuestra visita a Greg Victor resultó provechosa, ¿no?

—Creo que estamos listos para un arresto, jefe —dijo Kay.

—Bien. Dos minutos, entonces.

El dulce aroma de las bebidas energéticas se mezclaba con un abrumador olor a comida para llevar mientras los policías reunidos intentaban mantenerse despiertos alimentando sus cuerpos cansados con grasa y azúcar.

Kay se tomó un momento para repasar sus notas y, una vez satisfecha de poder proporcionar un informe conciso a sus colegas, tomó un rollito primavera del escritorio de Debbie con un guiño al pasar y se unió a Barnes al frente de la sala.

Sharp ya estaba ladrando órdenes a los rangos uniformados, planeando los detalles del arresto de Ken Archerton y asegurándose de que todos los archivos y documentación estuvieran en orden para el Servicio de Fiscalía de la Corona.

—Bien —dijo, cuando Kay se unió a ellos—. Carys, ven aquí para informarnos sobre la entrevista de Patricia Wells. Solo los puntos relevantes, eso sí; si alguien está interesado en más detalles, puede leer tu informe y el de Piper en la base de datos.

—Gracias, jefa. —La agente se paró frente a la pizarra y se aclaró la garganta—. Bien, Patricia ha confirmado nuestras sospechas sobre la enfermedad de Kenneth Archerton. Fue reclutada en Francia mientras tomaba un año sabático en un lugar llamado Laval, al oeste de Le Mans. Archerton le dijo que su trabajo era ayudarlo a mantener las apariencias. Empezó a trabajar para él hace cinco meses y lo conoció por primera vez una semana antes de comenzar a trabajar con él. Ella sostiene que solo se enteró de las drogas hace unas semanas y que temía por su vida, así que le dijo a Archerton que guardaría silencio. Luego, él la usó para llevarlo de ida y vuelta a reuniones con una organización de usuarios finales en Manchester, con el pretexto de visitar a un especialista por su esclerosis múltiple. Obtuvo un aumento de sueldo poco después de enterarse de las drogas, así que sin duda Archerton se aseguraba de que no se retractara. Creo que ya sospechaba de lo que él era capaz si acudía a nosotros.

—¿Qué hay de la noche del asesinato de Robert? —dijo Kay—. ¿Pudo arrojar algo de luz sobre eso?

—Sí, afirma que Archerton recibió una llamada telefónica esa noche. No sabía de quién ni de qué se trataba, pero dijo que estaba de mal humor después. A las nueve y cuarenta y cinco, tomó su coche y salió de la casa. Luego dijo que no regresó hasta las once y media.

—Dándole tiempo de sobra para llegar a East Farleigh a las diez y cuarto cuando el equipo de Andy captó su coche en las cámaras de seguridad, esperar hasta que oscureciera y luego caminar hasta el barco y regresar —dijo Gavin.

—Gracias, Carys —dijo Sharp—. Kay, ¿cómo encaja eso con lo que Greg Victor te contó?

Kay sonrió.

—Creo que lo tenemos, jefe. Greg confirma que Archerton no tiene esclerosis múltiple; al parecer, Robert lo sospechaba desde principios del verano, y tampoco creyó en su expansión de negocios. Luego, encontró algunos documentos en el estudio de Archerton que le hicieron sonar las alarmas. Quién sabe, tal vez Archerton se dio cuenta de que Robert tenía eso; Greg ciertamente parece pensar que Robert tenía evidencia cuando llegó al barco el viernes por la noche, pero no estaba en su posesión cuando encontramos su cuerpo.

—Lo interesante es que Greg dice que Robert vio a Archerton reunirse con una mujer en el estacionamiento de un restaurante de comida rápida al otro lado de Ashford hace unas semanas —dijo Barnes—. ¿Patricia te dio una descripción de la mujer que conoció en Laval?

—Cabello negro, delgada, más o menos de mi estatura —dijo Carys—. Se hace llamar Beatrice, sin apellido, desafortunadamente.

—Suena exactamente como la mujer que Robert le describió a Greg —dijo Kay—. Así que definitivamente es una persona de interés en todo esto.

—¿Qué más tenéis vosotros dos? —dijo Sharp, actualizando las notas en la pizarra.

—Greg dijo que su hermano estaba convencido de que la fábrica de juguetes en Francia tenía algo que ver con lo que Archerton está planeando —dijo Barnes—. Y ahora sabemos que probablemente ahí es donde se fabricó el conejo.

—Entonces, Archerton tiene un socio comercial en Francia que planea usar su conocimiento de importación para introducir juguetes rellenos de drogas —dijo Sharp. Apoyó las manos en su cinturón y frunció el ceño—. Pero, ¿por qué juguetes?

Laura levantó la mano.

—¿Jefe?

—Habla.

La policía se puso de pie.

—Cuando estaba en la universidad, tomé algunos

módulos de marketing como parte de mi carrera. Así que me preguntaba si tal vez, usando los peluches, Archerton podría pasar las drogas por la aduana más fácilmente, dado que están bajo presión con la cantidad de controles de productos continentales que entran por Kent. Al dividir los envíos en cantidades más pequeñas de mercancías, reduciría su riesgo y luego, si distribuía los juguetes a través de un socio comercial de confianza (la conexión de Manchester), los usuarios finales podrían acceder a ellos con el pretexto de que estaban comprando los juguetes para sus hijos. Podría estar tratando de establecer una operación de líneas condales también, forzando a niños vulnerables a mover los juguetes entre usuarios, o tal vez venderlos a niños mayores que buscan las drogas, para establecer una base de clientes futura. A eso lo llaman "de la cuna a la tumba" en el lenguaje de la publicidad y el marketing.

—Si los niños pusieran sus manos en esas drogas por error, podría matarlos —dijo Barnes, con una voz poco más que un gruñido.

Sharp se sentó en el borde del escritorio más cercano a la pizarra, su rostro lleno de asombro.

—Maldita sea, Laura. Buen razonamiento.

—Sí —dijo Barnes, dando un ligero puñetazo en el brazo a la policía—. Parece que tu título no fue una pérdida de tiempo después de todo.

CAPÍTULO 53

Kay se protegió los ojos del sol naciente mientras Carys giraba bruscamente hacia el camino de entrada de Ken Archerton, detrás de dos coches patrulla con luces destellantes.

En el espejo lateral, vio otro coche deslizarse hasta detenerse, bloqueando el camino de entrada, y entonces Carys frenó, la maniobra empujando a Kay contra su cinturón de seguridad con fuerza.

—Jesús, Carys, eso va a dejar marca.

—Lo siento, jefa. No quiero que se escape. —La agente aflojó su agarre del volante y flexionó los dedos—. ¿Todavía crees que Alice sabía que algo andaba mal?

—Sí, lo creo. Puede que solo tenga cinco años, pero quedó claro en su entrevista con Bethany que es increíblemente perceptiva para su edad.

—Espero que esté bien después de todo esto.

—Yo también.

Kay abrió la puerta del coche y se dirigió a grandes zancadas hacia la entrada principal, con la mandíbula tensa.

Un todoterreno verde estaba aparcado con la parte trasera hacia la casa, el motor emitiendo un sonido de tictac mientras se enfriaba en el aire matutino.

Antes de que pudiera levantar la mano para llamar a la puerta principal, esta se abrió de golpe.

Annette Victor estaba en el escalón, con el rostro pálido.

—¿Dónde está Patricia? Mi padre no está aquí y se ha llevado a Alice con él. ¿Dónde están? ¿Qué está pasando?

—Tranquilícese —dijo Kay—. Patricia ha estado con nosotros, respondiendo algunas preguntas. ¿Qué quiere decir con que su padre no está aquí?

—Cuando regresé del mercado del pueblo hace quince minutos, había desaparecido. No hay señales de él, ni de Alice. ¿Qué está sucediendo?

Kay dio un paso atrás. El hatchback negro de Patricia estaba aparcado a un lado de la casa, bloqueando el camino que conducía a la puerta lateral. Arqueó una ceja hacia Carys, luego tomó a Annette del brazo.

—Vamos a la cocina —dijo—. Entonces podrá contarme todo lo que su padre le dijo antes de que saliera.

Mientras guiaba a la mujer por el pasillo hacia la espaciosa cocina, podía oír a Carys murmurando órdenes a los cuatro agentes uniformados para que comenzaran a registrar la casa y corroborar la afirmación de Annette de que Alice no se encontraba por ningún lado.

—¿Qué le dijo exactamente su padre esta mañana? —le preguntó a Annette, quien ahora se apoyaba contra la cocina, mordisqueándose una uña.

—Dijo que quería algo de comida y cosas del mercado; en esta época del año la fruta es mejor allí que en el supermercado de la ciudad. Dijo que estaba demasiado cansado para ir conmigo y que le haría compañía a Alice mientras yo estaba fuera.

Con los labios apretados, Kay se giró al oír pasos y vio a Carys acercándose. —¿Algo?

—No.

—Annette, ¿sabe cómo se desplaza su padre si Patricia no está aquí para llevarlo?

—No, depende completamente de ella. A menos que yo lo lleve o use un taxi, claro.

—¿Usa alguna compañía de taxis en particular?

—Sí, Abbotts Cars.

—Carys, ¿puedes llamarles por favor y preguntar si han recogido a Ken Archerton y a su nieta esta mañana?

—Sí, jefa.

—¿Qué es lo que no me están diciendo? —dijo Annette. Dio un paso adelante—. ¿Qué está pasando?

Kay evadió la pregunta. —¿Hay alguna otra ruta de acceso para salir de esta casa, aparte del camino de entrada principal?

—No que se pueda usar con un coche, no. Hay un sendero para caballos que corre por el otro lado del arroyo al final del jardín.

—¿Adónde lleva?

—Bueno, si gira a la derecha la llevará a la granja en la colina. Si gira a la izquierda, sale en la estación de tren en las afueras de Headcorn. ¿Por qué?

—Espere un momento, señora Victor. Vuelvo enseguida.

Kay pasó junto a Carys, quien sostenía su teléfono móvil contra la oreja y hablaba en voz baja, y se apresuró hacia el pasillo donde esperaban los cuatro agentes uniformados.

—Id al jardín trasero. La señora Victor dice que hay un sendero para caballos al otro lado del arroyo. Debbie, hay una granja al final del sendero a la derecha del jardín. Averigua el nombre de los propietarios y llámalos para ver si han visto a Ken o Alice allí.

—Lo haré, jefa.

—El resto de vosotros: aparentemente, la otra dirección lleva a la estación de tren en Headcorn. Ken podría haber abordado un tren allí o haber arreglado para recoger un coche. Rápido, id.

Se volvió hacia la cocina, uniéndose a Annette en la ventana mientras los cuatro agentes corrían hacia el fondo del jardín paisajístico.

—¿Qué están haciendo?

—Señora Victor… Annette, ¿tiene apuntados los

datos de alguno de los amigos de su padre? ¿Gente que conozca a quienes podría pedirles prestado un coche?

—¿Por qué pediría prestado un coche? No puede conducir. —Annette caminaba de un lado a otro por el suelo embaldosado—. Creo… creo que hay una agenda en su estudio. No conozco realmente a ninguno de sus amigos. No tiene muchos, le gusta mantenerse apartado.

—¿Jefa?

—¿Qué pasa?

Carys levantó su teléfono. —La compañía de taxis confirma que no han llevado al señor Archerton a ningún lado esta mañana.

—De acuerdo, gracias. ¿Puedes echar un vistazo en su estudio, a ver si encuentras una agenda?

—Tiene una cubierta de cuero marrón —dijo Annette—. Suele estar junto a su portátil.

—Gracias.

Un golpe en la puerta de la cocina hizo que Kay girara sobre sus talones, y Annette cruzó la habitación para abrirla.

Debbie le hizo señas a Kay. —Tenemos dos juegos de huellas en la tierra al otro lado del arroyo. Un par es de tamaño infantil. Hay un par similar de huellas al otro lado de la valla en el sendero para caballos y la hierba ha sido pisoteada. Creo que se ha ido en dirección a Headcorn, jefa. No los han visto en la granja.

—Gracias, Debbie. Deja a los otros dos agentes aquí. Llévate a Parker contigo y dirigíos a esa estación de tren. Si no hay señales de Archerton o Alice, entonces ved qué grabaciones de seguridad hay. Llámame en cuanto tengas algo.

—Sí, jefa.

—Detective Hunter —Annette tiró de su brazo mientras Debbie cerraba la puerta—. Exijo una explicación. ¿Qué demonios está pasando y dónde diablos está mi hija?

Kay suspiró. —No le va a gustar esto.

CAPÍTULO 54

Kay terminó la llamada telefónica y se pasó una mano por los ojos.

—¿Qué dijo?

Carys pisó el acelerador y cruzó el cruce frente a un tractor que se movía lentamente, mientras un letrero de Headcorn pasaba rápidamente por la ventana.

—Sharp ha emitido una alerta en todos los puertos sobre Kenneth Archerton y Alice. Se ha puesto en contacto con la Policía de Transporte Británica y han alertado a todos los guardias de tren en el tramo de vía que pasa por Headcorn. Si Ken consiguió un coche en lugar de tomar un tren, iniciarán una búsqueda de Reconocimiento Automático de Matrículas si Debbie puede obtener el número de matrícula de las cámaras de seguridad de la estación, y han instalado controles en dos de las carreteras que salen de Headcorn en los últimos cinco minutos. Los están haciendo pasar por controles aleatorios de alcoholemia para no alertar a Archerton.

—Si es que todavía está en la zona.

—Sí.

—Joder.

Kay golpeó rítmicamente la ventana con el costado de su puño.

—¿Crees que Annette estará bien? —dijo Carys.

—No lo sé.

Al principio, Annette no lo creía, su mandíbula se abrió de par en par cuando Kay le informó sobre las otras actividades comerciales de su padre mientras dos coches patrulla más llegaban a la propiedad. La incredulidad pronto se convirtió en ira, y luego cuadró los hombros.

—¿Qué puedo hacer para ayudar? —dijo.

La sorpresa de Kay ante el comentario de la mujer no pasó desapercibida.

—Por lo que me están diciendo, mató a mi marido y puso en peligro a mi niña —había dicho Annette. Se ciñó el cárdigan a la cintura y exhaló—. Sabía que algo pasaba. Pequeñas cosas, como que no cojeaba algunos días si yo aparecía inesperadamente, o llamadas telefónicas que se apresuraba a terminar si entraba en su estudio. Nunca hizo eso con el asunto del comercio de vinos; siempre intentaba involucrarme con la esperanza de que cambiara de opinión sobre hacerme cargo. Sin embargo, en los últimos cinco meses, ha estado distante, casi grosero. Dígame, ¿cómo recupero a mi hija sana y salva?

La mujer había continuado diciéndole dónde guardaba su padre todos sus objetos de valor y documentos privados, así que antes de marcharse con Carys, Kay señaló la caja fuerte que Annette les había mostrado escondida detrás de una de las fotografías del viñedo y dio órdenes a un policía para que buscara un cerrajero para abrirla.

Se incorporó en su asiento cuando la estación de tren apareció a la vista, y abrió la puerta mientras Carys aún estaba frenando.

Debbie salió de la taquilla.

—Los tenemos en cámara, jefa. Llegó aquí hace cuarenta y cinco minutos y compró dos botellas de agua en la máquina expendedora, y luego esperó en el vestíbulo. Hace veinte minutos, llegó una SUV. No se compraron billetes de tren, pero una mujer salió y llevó a Alice al coche a la fuerza, y luego se fueron todos juntos, con Alice en el asiento trasero. —Frunció el ceño—. Opuso resistencia, jefa. No quería entrar en el coche. La mujer la abofeteó en un momento dado.

—¿Qué hizo el tipo de la taquilla?

—No lo vio ocurrir; no había pasajeros esperando, y no se esperaban trenes durante otros cuarenta minutos, así que volvió a reponer los folletos en los expositores de información. Se quedó tan sorprendido como nosotros cuando vio la grabación. Hay algo más: la mujer que los recogió coincide con la descripción que nos dieron Greg Victor y Patricia Wells.

—Beatrice. ¿Conseguiste la matrícula?

—Sí. Se la pasé a Sharp por teléfono para que puedan iniciar la búsqueda con el Reconocimiento Automático de Matrículas. Se dirigieron hacia el norte. ¿Crees que irán hacia la M20?

—Creo que sí. O intentarán subir a un tren que cruce el canal en Folkestone o se dirigirán a Dover para tomar un ferry. Nos iremos y nos acercaremos a la autopista para poder ayudar con la interceptación si es necesario. Que Sharp llame a Folkestone y dé la alerta al control de pasaportes. No podemos dejar que lleven a Alice a Francia.

Kay se volvió hacia el coche, luego se detuvo.

—¿Jefa? ¿Qué pasa?

—Hazme un favor: pídele a Sharp que también vigile el estuario en Rochester. Greg Victor mencionó que su hermano planeaba usar un barco para sacar a Alice del país. Si Ken estaba al tanto de eso, podría intentar lo mismo. Greg no sabe quién era el dueño de ese barco.

Debbie ya tenía el móvil en la oreja. —Adelante, jefa.

—Gracias.

Kay mantuvo un firme agarre en su teléfono móvil mientras Carys conducía el coche por estrechos caminos, los pueblos de Langley Heath y Leeds no eran más que manchas borrosas pasando por su ventana. Pronto, pasaron el grueso seto de ligustro que protegía el castillo de la carretera, luego giraron a la izquierda y se unieron al flujo de tráfico que entraba en el cruce con la autopista.

Kay cerró los ojos.

Tenía que llegar a Alice.

Tenía que salvar a la niña.

Tenía que reunirla con su madre.

—¿Jefa?

Parpadeó, dándose cuenta de que su móvil estaba sonando, y luego vio el nombre de Sharp en la pantalla.

—Hemos tenido un avistamiento en la entrada a Folkestone —dijo él—. Una SUV con matrícula francesa, y hemos visto a la conductora en cámara; coincide con la descripción que tenemos de Beatrice.

—Estamos entrando en la M20 ahora —dijo Kay—. Probablemente estemos a treinta minutos de distancia.

—Gavin y Piper están casi allí, y hay cuatro coches patrulla persiguiéndolos a distancia también. Hemos hecho arreglos para que nuestra gente esté junto al control de vehículos al entrar en la estación internacional —dijo Sharp—. Lo están manejando como un control y registro estándar, así que ralentizará a todos en la cola de los trenes. También tenemos agentes de civil en la zona de restauración. Estamos trabajando sobre la base de que van allí en lugar de a Dover, pero tenemos una operación similar en el puerto también.

—¿Jefa? Ken podría tener un arma. Todavía no hemos localizado la que se usó para disparar a Robert.

—Alertaré a los oficiales en la escena y haré que la respuesta armada se dirija allí también. —Hizo una pausa—. Dios, espero que no los necesitemos, no con una niña involucrada.

—Alice opuso resistencia en la estación de tren de Headcorn, jefa. Podría intentar escapar si se le presenta la oportunidad.

—Tiene agallas para su edad, esa niña. Bien, será mejor que me vaya. Mantente en contacto.

Kay le transmitió la actualización de Sharp a Carys, quien inmediatamente giró el coche hacia el carril de adelantamiento y aceleró a más de ciento sesenta kilómetros por hora.

—A la mierda con esto —dijo entre dientes, y tocó el claxon a un coche deportivo que iba lento.

El conductor se apartó cuando ella le hizo luces, y Kay sintió cómo la aceleración la empujaba contra el asiento.

Veinticinco minutos después, Carys redujo la velocidad y salió de la autopista en la salida hacia la estación de tren internacional.

Kay estiró el cuello para ver sobre el borde del puente de la carretera, notando tres trenes en espera y un flujo de coches desembarcando de un cuarto. Consultó el horario en su móvil. —El próximo sale en cuarenta minutos.

—Ha estado aquí casi una hora, jefa. Entonces, ¿dónde está?

Ambas se sobresaltaron cuando sonó el móvil de Kay.

—Es Sharp. El Reconocimiento Automático de Matrículas perdió la SUV después de la salida diez.

—¿Qué? —El corazón de Kay se saltó un latido—. ¿Cómo?

—Salieron de la autopista. Los tenemos en la A20 durante unos kilómetros, pero luego se desvían campo a través hacia Brabourne Lees. Después de eso, no hemos podido rastrearlos.

Kay tragó saliva. —Jefe, podrían estar en cualquier parte a estas alturas.

—Lo sé, pero apégate al plan hasta que pueda reunir más información por aquí. Pueden haber cambiado de coche, Kay. Tomar el tren para salir del país sigue siendo su opción más rápida. He transmitido el mensaje a todos en la escena, junto con fotografías de Ken y Alice. Patricia Wells ha trabajado con uno de los oficiales aquí para elaborar una mejor descripción de Beatrice, y eso también está siendo distribuido. Te enviaré una copia por mensaje.

—Gracias, jefe.

Levantó la mirada hacia el parabrisas mientras Carys estacionaba el coche detrás de un edificio. Su teléfono emitió un *ping*, y dirigió su atención al rostro que apareció en la pantalla.

Beatrice la miraba fijamente con los ojos más fríos que Kay había visto jamás.

CAPÍTULO 55

—¿Dónde están Barnes y Piper? —preguntó Kay, mientras se abrochaba un chaleco antibalas sobre su blusa.

—Al otro lado del edificio de restaurantes, cerca del área de picnic —dijo el sargento Hughes. Bajó el volumen de su radio hasta que el comentario continuo se desvaneció—. Tenemos tres equipos trabajando en el estacionamiento. Aún no hay señales de ellos. Definitivamente ninguna señal de la SUV.

—Deben haber cambiado de vehículo —dijo Kay—. ¿Hemos recibido algún informe de vehículos robados en las cercanías? ¿En algún lugar entre las salidas diez y once?

Él negó con la cabeza. —Eso no significa que no hayan robado, por supuesto. Hay muchos lugares a lo largo de ese tramo de la A20 donde podrían haber encontrado algo.

Un rugido de motores llenó el aire mientras los coches y camiones comenzaban a precipitarse hacia las puertas de salida en un intento de ser los primeros en la fila para subir al tren que cruza el canal. Kay paseó su mirada por los coches estacionados alrededor del perímetro exterior del edificio de pasajeros. —¿Cómo demonios pasaron el control fronterizo?

—El comisario Sharp dice que la información llegó demasiado tarde al personal de las puertas para detenerlos —dijo Hughes—. Sin embargo, hay una reunión de emergencia en este momento; realizarán una búsqueda de vehículos mientras hacen fila para ser cargados en el tren.

Ella entrecerró los párpados contra una nube de polvo y arena que sopló sobre el asfalto. —De acuerdo, nos uniremos al grupo al otro lado del edificio. Hazme saber cómo les va.

—Jefa.

—Carys, conmigo. Atravesaremos la terminal por si los vemos allí.

Su móvil sonó cuando entraron al edificio de pasajeros a través de puertas dobles automáticas, y se hizo a un lado para evitar a un grupo de jubilados cargados con bolsas de papel llenas de sándwiches, refrescos y chocolate. —¿Saben que pueden conseguir eso del otro lado, verdad? ¿Hola? ¿Sí, Debbie?

—Jefa, el cerrajero ha logrado abrir la caja fuerte en el estudio de Ken Archerton —dijo la policía—. Hemos encontrado una pistola y municiones. He llamado a

Harriet con los detalles y confirma que probablemente sea del mismo calibre que mató a Robert Victor.

Kay exhaló. —Gracias, Debs. Comunica eso a la sala de incidentes, por favor.

—Lo haré.

—¿Tienes radio, Carys?

—Sí.

—¿Puedes informar a los equipos aquí que se ha localizado el arma de Ken en su casa? Seguiremos procediendo con precaución, pero parece que esa fue el arma utilizada para matar a Robert.

Carys se apresuró hacia un expositor de mapas turísticos en francés e inglés y bajó la voz, observando a la multitud frente a ella. Kay dio la espalda a su colega y recorrió con la mirada a las personas que pasaban.

No podía ver a Ken Archerton, pero cada vez que escuchaba el chillido emocionado de un niño, giraba hacia la ubicación del sonido. Su corazón se hundió al ver a niños pequeños y niños de la edad de Alice corriendo entre las piernas de los adultos, pero no pudo ver ninguna señal de la hija de Annette Victor.

—Mensaje transmitido —dijo Carys, apareciendo a su lado—. ¿Quieres hacer un recorrido y luego salir?

—Sí. Los uniformados estarán haciendo controles regulares, pero podemos hacerlo mientras estamos aquí. ¿Puedes echar un vistazo a los baños para discapacitados y yo me ocupo de los de mujeres?

Se separaron, y Kay empujó una puerta marcada como "Damas". Dos de los cubículos estaban en uso, mientras que el resto estaban vacíos. Se quedó cerca de los lavabos, ignorando el rostro demacrado que le devolvía la mirada en el espejo sobre los dispensadores de jabón.

Se preocuparía por dormir cuando supiera que Alice estaba a salvo una vez más, y Kenneth Archerton estuviera arrestado junto con su colega francesa.

Cuando una mujer y luego otra salieron de los cubículos, se apresuró a encontrar a Carys esperando fuera del concurrido escaparate de una cadena de café.

—¿Sin suerte? —dijo.

—No.

—Le pedí a un tipo que echara un vistazo dentro del baño de hombres por mí también. Le mostré una foto de Archerton, pero confirmó que tampoco estaba allí.

—Bien, vamos a pasar por la hamburguesería y luego saldremos para encontrarnos con Barnes y Gavin.

Cinco minutos después, habían salido de nuevo al brillante sol, y Kay se protegió los ojos del resplandor de los parabrisas de los coches mientras se dirigía hacia sus dos detectives.

—¿Algo?

—Aún nada. —Barnes se arremangó la camisa—. El próximo tren sale en quince minutos, jefa. ¿Y si nosotros…?

Un grito perforó el aire.

Kay se giró hacia el sonido, con el corazón acelerado, a tiempo para ver a un hombre agacharse detrás de un coche familiar de color azul marino en los límites del estacionamiento.

Un segundo grito terminó en un llanto ahogado.

—Son ellos.

Kay salió corriendo, haciendo un gesto a Gavin para que tomara posición en el lado opuesto a ella mientras Carys y Barnes cubrían la retaguardia.

Barnes se llevó la radio a la boca, y Kay esperaba que los equipos uniformados estuvieran en camino. Reduciendo la velocidad al llegar al coche familiar, tomó un profundo respiro y luego llamó.

—¿Alice? Soy la detective Hunter. ¿Estás bien?

—Mamiiiiiii…

—Ken, no le haga daño. Por favor, no le haga daño. Solo quiero hablar. —Hizo una señal a Barnes para que se moviera hacia el frente del coche, luego bajó la voz—. Carys, mantén un ojo abierto por Beatrice. Estará cerca, en algún lugar.

Un movimiento repentino la tomó por sorpresa, y fue empujada a un lado cuando una mancha salió disparada desde detrás del coche y corrió hacia otro vehículo más alejado.

Kay no esperó y se deslizó alrededor de la parte trasera del vehículo, mientras Barnes salía corriendo tras Beatrice.

Kenneth Archerton estaba sentado con la espalda contra la rueda delantera, su rostro pálido. —Ella no escuchaba. Le dije que había ido demasiado lejos, que no podía lastimar a Alice.

Bajándose al suelo, frunció el ceño. —¿Está usted bien?

Él jadeaba en busca de aire. —Dolor en el pecho.

—Mierda… Carys, ven aquí y llama a una ambulancia. Ken, ¿adónde está llevando Beatrice a Alice?

—A Francia —gimió.

—¿Cuál es su nombre? ¿Con qué nombre planea viajar, Ken? Es importante.

—Beatrice Caron. Eso es lo que dice en los boletos.

Kay levantó la vista cuando apareció Gavin. —Quédate con él.

Mientras su agente se agachaba junto a Archerton, y Carys daba instrucciones por su teléfono móvil mientras aflojaba el cuello del hombre, Kay se puso de pie y miró por encima de los techos de los vehículos estacionados más allá de su posición.

Cuatro oficiales uniformados corrían a lo largo de la periferia del estacionamiento, manteniendo una amplia distancia entre su posición y el drama que se desarrollaba.

—¿Puedes ver algo, Barnes?

Como respuesta, señaló por encima del techo de un hatchback verde oscuro.

Ella trotó hasta donde él estaba parado.

—¿Son ellas?

—Al otro lado de esa furgoneta blanca. Creo que escuché a Alice —murmuró él.

—De acuerdo, conmigo. —Revisó por encima de su

hombro y luego hizo señas a los agentes uniformados para que se unieran a ellos—. Rodead la furgoneta, vosotros tomad la parte delantera. No puede seguir corriendo, hay una valla perimetral más allá de la siguiente fila de coches. La acorralaremos.

Kay respiró profundo, se forzó a mantener la calma y se movió alrededor del coche.

Agachada en el asfalto, con un brazo alrededor de la cintura de Alice y una mano sobre la boca de la niña, la mujer que coincidía con la descripción de Beatrice la miró con odio en los ojos.

Alice gimió, con los ojos muy abiertos.

—Suéltala, Beatrice.

—Solo cuando llegue a Francia. Entonces la soltaré.

—Eso no va a suceder. No vas a subir al tren.

La francesa se puso de pie, manteniendo un agarre firme en la muñeca de Alice. Su otra mano se deslizó en su bolsillo.

—Mantén las manos donde pueda verlas, Beatrice.

Negando con la cabeza, su cabello negro acariciando sus hombros, la mujer retiró la mano. Flexionó la muñeca, exponiendo un cuchillo.

—Déjame ir o la mato.

Alice gritó e intentó alejarse de Beatrice, con lágrimas acumulándose en sus mejillas.

—Dile a Kenneth que me debe una. Él me saca del país y recupera a su niña.

—Beatrice, cálmate —dijo Kay, manteniendo su voz firme.

La mujer tiró de la muñeca de Alice, torciéndola hacia atrás, forzando a la niña de cinco años a quedarse quieta.

—¡Déjame ir!

Kay levantó las manos.

—La estás asustando. Por favor, baja el cuchillo y resolveremos esto. Solo estás empeorando las cosas para ti.

—No hay nada de qué hablar. No hay… ¡Maldita!

El agarre de Beatrice sobre Alice se aflojó mientras su rostro se contorsionaba de dolor. La francesa soltó el cuchillo, sus manos moviéndose hacia el tobillo que Alice había pateado.

Alice se escapó de sus garras, corriendo hacia los oficiales de policía que esperaban antes de estrellarse contra Barnes, enterrando su rostro en el costado de su pierna.

Hughes no dudó. Se abalanzó sobre la francesa, girando su cuerpo hacia el lado del coche para bloquear cualquier ruta de escape.

—Beatrice Caron, no tiene que decir nada…

Kay corrió hacia donde Barnes estaba acariciando el cabello de Alice, con una expresión sombría grabada en sus ojos.

—Alice, ¿estás herida?

La niña negó con la cabeza, luego se volvió para enfrentar a Kay y se limpió la nariz con el dorso de la manga.

—Quiero a mi mami.

—Vamos a llevarte con ella ahora mismo. ¿Quieres ir con Ian?

Alice asintió.

—Muy bien, salgamos de aquí. Fuiste muy valiente.

Una sonrisa acuosa cruzó los labios de la niña.

—No la escuchen, es una mentirosa —dijo Beatrice, retorciéndose en el agarre de Hughes para mirarlos—. Kenneth fue estúpido al traerla.

—No eres del tipo maternal, supongo —dijo Barnes. Se alejó caminando, con una mano sobre el hombro de Alice.

Beatrice los fulminó con la mirada mientras la llevaban a un coche patrulla que esperaba.

—No pueden probar nada —dijo—. Solo estaba llevando al señor Archerton y su nieta a la estación de tren.

—Oh, creo que tú y yo sabemos que ese no es el caso, madeimoselle Caron —dijo Kay. Abrió la puerta trasera—. Mientras tanto, mis colegas están ansiosos por escuchar tu versión de los hechos.

CAPÍTULO 56

Kay apartó las persianas de la ventana de la oficina de Sharp y observó cómo Kenneth Archerton era escoltado a través del estacionamiento hacia las celdas en la planta baja.

El hombre parecía desafiante a pesar de su situación, con la barbilla levantada y los hombros erguidos.

—Creí haber oído informes de que había sufrido un ataque al corazón en la escena —dijo Sharp al unirse a ella.

—Ataque de pánico autoinfligido —dijo Kay, y sonrió—. El paramédico lo descubrió enseguida y lo autorizó para el interrogatorio.

—Informaré a la comisario jefa en la Jefatura —dijo Sharp—. Al menos eso los liberará a ti y a Barnes para interrogar a Ken. Carys y Piper pueden encargarse de Beatrice. ¿Tienes todo lo que necesitas?

Kay levantó la carpeta manila que tenía en la mano.

—Debbie y Gavin han recopilado todo, y yo he añadido algunas notas extras.

Sharp volvió su atención al estacionamiento mientras Barnes y Carys salían de su coche compartido y se apresuraban hacia el edificio. Sonrió.

—Vigila a esa —dijo.

—¿Quién? ¿Carys? —Kay frunció el ceño—. ¿Qué quieres decir?

—Quiero decir que es solo cuestión de tiempo antes de que quiera extender sus alas más allá de esta comisaría. No tenemos puestos disponibles en la zona para ella, Kay, no con nuestros presupuestos siendo recortados como lo han sido. Querrá empezar a asumir más responsabilidades después de este caso.

—Oh.

Una tristeza la invadió mientras asimilaba las palabras de Sharp. Sabía que ningún equipo de investigación podía esperar trabajar junto durante toda su carrera, pero la idea de perder a una de sus personas clave, y a una amiga y colega cercana además, la dejó melancólica.

—No te preocupes —dijo Sharp—. Estoy seguro de que tendremos suficiente para mantenerla ocupada por un tiempo. Simplemente tendremos que apoyarla tanto como podamos cuando tome esa decisión.

—Y evitar que se aburra mientras tanto —dijo Kay—. Manos ociosas, y todo eso.

—Te convertiré en una gran gerente.

Ella se rio y le dio un golpecito en el brazo con la carpeta.

—No, gracias.

Mirando su reloj, Sharp volvió a su escritorio y dobló su chaqueta sobre su brazo.

—Bien, me voy a la Jefatura. Llámame si me necesitas.

—Lo haré. Oh, antes de que te vayas, Adam y yo haremos una barbacoa esta noche, solo unos pocos de nosotros, como una forma de relajarnos después de esta semana. ¿Queréis venir tú y Rebecca?

Él le guiñó un ojo.

—No me lo perdería. Dile a Adam que llevaré algunas cervezas.

—Vale, gracias. Nos vemos luego.

Barnes apareció en la puerta y asintió al comisario antes de dirigirse a Kay.

—¿Estás lista?

—Sí. —Ella se puso a caminar a su lado una vez que estuvieron en el pasillo—. ¿Cómo está él?

—Manso, especialmente después de que los paramédicos le dijeran, a una distancia que podíamos oír, que estaba en perfecto estado de salud.

—Buen intento.

—No es el primero, y no será el último.

—¿Cómo estaba Alice cuando la llevaste a casa?

—Callada. Exhausta, me imagino. Hablé con Bethany; va a llamar a Annette con los datos de un psicólogo infantil con el que trabaja de vez en cuando, y hemos fijado una hora para que Bethany haga su entrevista formal mañana por la mañana.

—¿Dónde están ahora? No llevaste a Alice de vuelta a la casa de Ken, ¿verdad?

—Solo brevemente, para darle tiempo a Annette de hacer un par de maletas. Se va a quedar con una amiga en Maidenhead durante un par de semanas, para dar tiempo a que las cosas se calmen aquí. —Levantó una bolsa de pruebas con el conejo de peluche dentro—. Hay una cosa: Ken no le dio esto a Alice. Ella admitió que lo encontró en el estudio de su abuelo la mañana que Greg la llevó en el bote. Aparentemente no debe entrar allí, pero Greg y Annette estaban hablando en la cocina sobre algunos arreglos de último minuto y ella se escabulló dentro. Cuando vio el conejo, no pudo resistirse a ponerlo en su mochila. Asumió que Kenneth se lo iba a dar como regalo de todos modos.

—Maldita sea. Bien, ¿veamos qué tiene que decir el señor Archerton por sí mismo?

Kay abrió la puerta de la sala de interrogatorios. Asintió al abogado de Archerton, luego esperó hasta que Barnes hubiera iniciado la grabación. No perdió el tiempo.

—Cuéntenos sobre las fábricas de juguetes en el norte de Francia, Ken. ¿Qué tienen que ver con un exitoso comerciante de vinos?

—No tengo idea.

Kay empujó la bolsa con el conejo de peluche a través de la mesa.

—Esto es lo que pensamos, Ken. Se volvió codicioso. Conoció a Beatrice Caron en una de sus excursiones a Francia. ¿De quién fue la idea de incursionar en el contrabando de drogas? ¿Suya o de ella?

Cuando él no respondió, ella se encogió de hombros y continuó.

—Encontramos una cantidad de pastillas dentro de esto. Así es como planeaba contrabandear las drogas, ¿no es así? Excepto que su nieta lo encontró en su estudio y se lo llevó, porque pensó que era para ella. Luego, cuando le disparó a su padre y ella tuvo que huir con Greg, lo dejó caer por accidente. No se suponía que lo encontráramos, ¿verdad? ¿Fue entonces cuando todo empezó a salir mal?

Esperó, mirando fijamente al hombre frente a ella.

—Hemos tenido oficiales realizando un registro de su propiedad —dijo Barnes—. Han mostrado un interés particular en los juguetes etiquetados como *"Fabriqué en France"* en una caja debajo de su escritorio en su estudio. Cuatro más, aparentemente. ¿Qué cree que encontraremos cuando los abramos?

Kenneth apretó los dientes, con las fosas nasales dilatadas.

—¿Quién está en Manchester, Ken? Apuesto a que no es un médico especialista.

—¿Qué iba a hacer, Ken? —dijo Kay, sin esperar su

respuesta—. ¿Distribuirlas como muestras y luego establecer una cadena de suministro para canalizar sus drogas hacia los usuarios? La gente podría comprar los juguetes como si fueran para sus hijos y, en cambio, obtener las pastillas, ¿no es así?

Archerton se dio palmaditas en el pecho.

—No lo entiende, detective Hunter. Fue idea de Robert. Él me amenazó. Él era el que tenía la pistola.

—Entonces quizás podría iluminarnos sobre lo que pasó esa noche —dijo ella—. Porque, por lo que puedo ver, fue Robert quien descubrió sus planes e intentó detenerlo.

—No sé qué le pasó. Había estado actuando de forma extraña el fin de semana antes de irse a Francia, como si algo le preocupara. —Cerró los ojos, dejando caer su mano sobre la mesa—. Me pregunto cómo pude ser tan estúpido. Ahora me doy cuenta de que quería quitarme del medio para hacerse cargo del negocio.

—Parece un poco extremo, dispararle —dijo Barnes—. La mayoría de la gente haría una oferta en efectivo.

Archerton fulminó con la mirada al oficial. —Como dije, había estado actuando de forma extraña. Por eso fui al barco. Sabía por Annette que Greg se había llevado a Alice por la noche. Pensé que si su hermano también estaba allí, podría hacerle entrar en razón.

—Explique los pagos realizados a su cuenta bancaria y a la de Annette —dijo Kay. Empujó copias de la documentación y señaló las entradas con el dedo

—. Ocho mil libras en abril. Doce mil libras en mayo. ¿Para qué eran?

—Eran pagos de lealtad —dijo Ken—. No quería perderlo frente a un competidor.

—¿Cómo supo que Robert había vuelto a Inglaterra y había ido al barco el viernes pasado?

—No lo recuerdo. Annette o Greg debieron mencionarlo.

—¿Qué salió mal? —dijo Kay.

—Greg y Alice no estaban por ningún lado cuando llegué al barco. Todo lo que quería era hablar, pero Robert no lo permitió. Debió haber escondido la pistola en la cubierta cuando me vio acercarme. Lo siguiente que supe fue que me estaba apuntando con ella, diciéndome que no le servía a nadie en mi estado de salud, y que debería haberle entregado el negocio para que pudiera mantener a mi hija y a mi nieta. —Un suspiro entrecortado escapó de sus labios—. Sucedió tan rápido. Me abalancé sobre él, pensando que podría quitarle el arma de la mano y tirarla al agua, pero… se disparó. Entré en pánico. No sabía qué hacer.

—¿Qué hizo con el arma?

Archerton tragó saliva. —Nada. Cayó al agua.

Kay se reclinó en su silla y tamborileó con los dedos sobre la mesa, observando al hombre frente a ella. Se detuvo y esperó.

Por un momento, el único sonido en la habitación era el ritmo constante del reloj sobre la puerta y el rasgueo de la pluma estilográfica del abogado sobre su cuaderno.

Hizo una pausa, esperando el momento oportuno, sabiendo que los esfuerzos combinados de su equipo durante la semana pasada habían llegado a esto. Una oleada de adrenalina la recorrió mientras levantaba la cabeza.

—Esa es una historia fascinante, señor Archerton. Pero eso es todo lo que es: una historia, ¿no es así? Como la esclerosis múltiple y los dolores en el pecho.

Él frunció el ceño, luego miró a su abogado y de vuelta a ella. —¿Qué quiere decir? Es la verdad. No quise matar a Robert. Fue un accidente.

Sacando una de las fotografías de la autopsia, Kay la deslizó por la mesa hacia Archerton. —Es usted un mentiroso, Ken. A Robert Victor le dispararon en la parte posterior de la cabeza a quemarropa. Lo ejecutó.

Observó cómo la nuez de Adán del abogado subía y bajaba en su garganta, y luego cruzó los brazos sobre la mesa. —El arma tampoco cayó al agua. Nuestro equipo de búsqueda submarina no encontró nada, y la corriente no es lo suficientemente fuerte como para arrastrar un arma río abajo. Tampoco había casquillos, lo que me dice que no solo le disparó a Robert Victor, sino que se tomó el tiempo de recoger los casquillos antes de abandonar el barco.

—No puede probar nada —dijo Archerton, con un gruñido en su voz.

Kay captó la mirada de reojo de Barnes y sonrió.

—Ahí es donde se equivoca, señor Archerton —dijo, y abrió la carpeta de golpe—. Mi equipo ha sido extremadamente minucioso en su trabajo. ¿Empezamos de nuevo, comenzando por el arma que encontramos dentro de la caja fuerte y los restos de ropa quemada en la chimenea de su estudio?

CAPÍTULO 57

Adam picó los últimos tomates, recién cogidos del huerto, y los echó en el bol de hojas de ensalada y aderezo antes de pasárselo a Kay.

—Bien, esto es lo último. Avisa a Barnes que quizás quiera poner la carne en la barbacoa; esa brisa se está poniendo fría ahí fuera.

—Sí, chef.

Sonrió, cogió su copa de vino y salió por la puerta trasera hacia el jardín, sus sandalias resonando contra las losas del pavimento.

Pia, la pareja de Barnes, se levantó cuando ella se acercó a la mesa y apartó servilletas y condimentos para hacer espacio para la ensalada, y luego se agachó hacia un cubo de hielo y sacó una botella de cerveza. Se la pasó a Barnes mientras este echaba su silla hacia atrás.

—Salud —dijo él, mientras Adam se unía a ellos—. Por un buen resultado, jefa.

—Trabajo en equipo —dijo Kay—. Como siempre. Carys, ¿te unes a nosotros? La comida estará lista en un minuto.

La agente dejó la gallina que había encontrado en el parterre y cruzó el césped hacia donde estaban sentados. —Creo que estaba buscando gusanos.

—Están perpetuamente hambrientas —dijo Adam. Empujó suavemente a una segunda gallina para sacarla de debajo de la mesa y la observó con una sonrisa mientras se alejaba corriendo antes de detenerse a picotear algo que encontró junto al escalón de la puerta —. Ni que decir tiene que esta noche el menú incluye filete y salchichas.

—Esas tres están demasiado flacas, de todos modos —dijo Barnes.

Pinchó la carne con unas pinzas, y el aroma de las especias y hierbas que Adam había usado para marinar la comida llegó flotando hasta la mesa.

—¿Conseguisteis los cargos que queríais contra Kenneth Archerton? —dijo Pia.

—Sí —dijo Kay—. Una vez que presentamos las pruebas que teníamos contra él, lo confesó todo. Había ido al barco para intentar persuadir a Robert de que entrara en razón, y cuando no pudo convencerlo, le disparó. Lo consideraba un riesgo demasiado grande. Por eso el barco estaba revuelto: Ken buscaba el conejo que Alice se había llevado y cualquier prueba que Robert pudiera haber escondido en relación con la operación de contrabando.

—¿Qué hay de la francesa que Ian me mencionó? —dijo Pia.

—Beatrice decidió hablar una vez que comparamos sus huellas dactilares con los rastros encontrados en el forro impermeable dentro del conejo de peluche —dijo Gavin—. Está intentando culpar a Ken, pero tengo la sensación de que eran socios en todo esto. Ella fue quien le avisó que Robert había sido visto en la fábrica de juguetes en Laval, y creemos que ella organizó que lo siguieran de vuelta a Kent. Sin embargo, se negó a matarlo.

—Ken nos dijo que ella consideraba que Robert era un problema que él tenía que resolver —dijo Kay—. Tendremos que iniciar el proceso la semana que viene para extraditarla a Francia en algún momento. Nuestros colegas de allí han querido hablar con ella desde hace tiempo. Al parecer, su verdadero nombre es Michelle Dubois, por eso su pasaporte nunca fue marcado cuando entró en el Reino Unido: es falso.

—¿Descubristeis con quién estaba trabajando en Manchester? —dijo Adam.

—Sí, y hemos pasado los detalles de ese aspecto de la operación de contrabando a nuestros colegas de allí.

—Pobre Alice —dijo Barnes—. Espero que esté bien después de todo esto.

El estómago de Kay rugió.

—Lo he oído —dijo Sharp.

Rebecca, su esposa, puso los ojos en blanco. —Deja a la mujer en paz, ha estado ocupada.

—Solo un poco —dijo Kay. Se protegió los ojos del sol poniente—. ¿Debbie organizó el cronograma para el resto del fin de semana?

—Sí, todos tenéis libre hasta el lunes por la mañana —dijo Sharp—. Un merecido descanso, creo que se llama.

—Bien —dijo Gavin, apurando su copa de vino—. Oye, ¿este no era francés por casualidad?

Adam se rio. —No, es de Nueva Zelanda. Bebe.

—En ese caso, ¿puedo dejar mi coche aquí esta noche? Tomaré un taxi a casa y lo recogeré por la mañana.

—Claro —dijo Kay—. Espera, iré a buscar otra botella a la nevera.

—Yo puedo…

—No, no te preocupes. Quiero ponerme una sudadera de todos modos. ¿Los demás tenéis suficiente calor?

Un murmullo de voces le respondió y, satisfecha de que sus invitados estuvieran cómodos, Kay entró en la cocina, dejó su copa de vino en la encimera central y subió rápidamente las escaleras.

Las risas del jardín flotaban a través de la ventana abierta de su dormitorio, y sonrió al oír a Barnes bromeando con Carys. Sin duda, la agente estaba haciendo amistad con otra de las gallinas.

Abriendo un cajón, sacó una vieja sudadera favorita, se pasó los dedos por el pelo y se dirigió de nuevo al rellano.

Se detuvo frente a la habitación de invitados que ahora utilizaban como oficina.

Un oso de peluche estaba sentado en la esquina de su escritorio, con una de sus orejas torcida.

Frunció el ceño, luego cruzó la alfombra y lo cogió.

Dándole vueltas en sus manos, intentó ignorar el dolor en su corazón. En su lugar, examinó

la costura en su parte inferior y sostuvo la etiqueta para poder leerla.

Fabricado en Gran Bretaña.

Kay exhaló.

Volvió a dejar el oso, le dio una palmadita en la cabeza y luego bajó apresuradamente las escaleras para buscar el vino para Gavin.

Cuando llegó al pasillo, un extraño sonido le llegó desde la cocina. Todavía podía oír a sus colegas y a Adam en el jardín, el chisporroteo de la carne en la barbacoa, pero esto era diferente.

—Oh, no…

Se apresuró hacia la puerta justo a tiempo para ver a Mabel, la más grande de las dos gallinas, revolotear desde la encimera antes de pavonearse hacia la puerta trasera.

—Si has cagado en mi cocina, vas a tener muchos problemas.

Se acercó a la encimera, movió la pila de revistas y libros de cocina apilados contra el bloque de cuchillos, y entonces se detuvo.

—¡Adam!

—¿Sí? —Su voz llevaba un tono de preocupación —. ¿Qué pasa?

—¡Una de tus gallinas ha puesto un maldito huevo en la encimera de la cocina!

Una risa estruendosa se filtró desde el jardín.

La gallina se detuvo en el umbral, sus ojos penetrantes evaluándola.

Ella la fulminó con la mirada.

Adam apareció en la puerta trasera, luciendo como si al menos hubiera intentado poner cara seria. Recogió al ave y la sostuvo contra su pecho, con una sonrisa asomándose en la comisura de su boca mientras le alisaba las plumas, y luego le guiñó un ojo.

—Supongo que no te apetece una tortilla para el desayuno mañana por la mañana, ¿verdad?

FIN

BIOGRAFÍA DEL AUTOR

Rachel Amphlett es una de las autoras de ficción criminal y thrillers de espías con más ventas del USA Today; y muchas de sus obras han sido traducidas en todo el mundo.

Sus novelas están disponibles en formato digital, impresos y como audiolibros en bibliotecas y tiendas minoristas, así como en su página web.

Rachel, una viajera entusiasta e investigadora privada por accidente, tiene ciudadanía australiana y británica.

Para más información sobre los libros de Rachel entra en: www.rachelamphlet.com.